Anne Labus

Die kleine Taschennäherei zum Glück

ANNE LABUS, Jahrgang 1957, lebt mit ihrem Mann in Meckenheim bei Bonn. Sie hat viele Jahre in einer Bank gearbeitet, bevor sie sich entschloss, Autorin zu werden. Zudem ist sie als Fitness- und Pilatestrainerin tätig.

In Lenas Leben ist nach dem plötzlichen Tod ihres Mannes Martin nichts mehr so, wie es einmal war. Nun studiert ihr Sohn in einer anderen Stadt, und sie sitzt alleine in ihrer Wohnung und widmet sich dem Nähen. Denn nur an ihrer Nähmaschine vergisst Lena ihren Kummer. Völlig unverhofft erhält sie eine Einladung von Christina, Martins jüngerer Schwester, die zusammen mit ihrem Mann Dan und den beiden Kindern eine Schaffarm im irischen Busby betreibt. Kurz entschlossen packt Lena ihren Koffer und reist in das kleine idyllische Dorf. Endlich ein Tapetenwechsel! Von der Dorfgemeinschaft in Busby wird Lena herzlich aufgenommen. Im Handarbeitskreis trifft sie auf die Weberin Kathy, mit der sie sich anfreundet und schon bald eigene Taschen entwirft und näht. Dann begegnet sie auf einer Wanderung Jack, dem Dorfarzt von Busby. Er hat die Enttäuschung über seine gescheiterte Ehe nie ganz überwinden können, und bald hat Lena beim Gedanken an den kauzigen, verschlossenen Kerl Schmetterlinge im Bauch …

ANNE LABUS

Die kleine TASCHENNÄHEREI zum Glück

ROMAN

more
Immer mit Liebe

FSC
www.fsc.org
MIX
Papier | Fördert gute Waldnutzung
FSC® C083411

ISBN 978-3-98751-003-8

More ist eine Marke der Aufbau Verlage GmbH & Co. KG

1. Auflage 2022

Umschlaggestaltung Grit Bomhauer
graphische Adaption www.buerosued.de, München
unter Verwendung von Motiven von
© 196949498 Rolf E. Staerk; © 1504775141 Artiste2d3d;
© 758024551 Lukasz Szwaj; © 252067621 Rolau Elena
Satz Greiner & Reichel, Köln
Druck und Binden CPI books GmbH, Leck, Germany
Printed in Germany

www.aufbau-verlage.de

1

Ihre Hand griff ins Leere. Wie eine Welle breitete sich die Angst in ihr aus, umklammerte das Herz und machte es ihr fast unmöglich, zu atmen. Er lag neben ihr, röchelte und schlug panisch um sich. Doch sie war gefangen in ihrem eigenen Körper, unfähig, sich zu bewegen, und sah hilflos mit an, wie er seinen letzten Atemzug tat.

Schweißgebadet sprang Lena aus dem Bett, stolperte im Dunkeln über ihre Hausschuhe und tastete sich Schritt für Schritt vorwärts. Sie hielt den Kopf aus dem offenen Fenster und saugte gierig die kühle Nachtluft ein. Endlich ließ die Panikattacke nach, ihr Puls verlangsamte sich, und sie konnte wieder durchatmen.

Lena versuchte gar nicht erst, weiterzuschlafen. Die Angst würde zurückkommen, das wusste sie. Mit zitternden Händen griff sie nach Martins altem Skipullover, der auf seiner Betthälfte lag. Sie streifte ihn über ihren Schlafanzug. Noch immer hing der Geruch ihres Mannes in den Wollfasern, vermittelte ihr das Gefühl, ihn in ihrer Nähe zu haben.

Wann würden diese Alpträume endlich aufhören? Wie oft musste sie Martins Todeskampf noch durchleben?

Im Schein der Straßenlaterne schlich sie in ihr kleines Nähzimmer, schaltete nur die Lichtleiste über der Nähmaschine an und griff in den Karton, der neben ihrem Arbeitstisch stand. Sie wühlte durch abgetragene Hosen und Hemden sowie unzählige Stoffreste und zog eine zerschlissene Jeans hervor.

»Du willst mir doch nicht etwa meine absolute Lieblingsjeans wegnehmen«, hatte Martin gesagt und sich nur schweren Herzens von der ausgefransten Arbeitshose getrennt, die ihm so viele Jahre als Feierabenddress gedient hatte. Er hatte es »die Uniform ablegen« genannt, wenn er den Anzug ausgezogen, Oberhemd und Krawatte abgelegt und sich stattdessen Jeans und T-Shirt übergestreift hatte.

Vorbei, aus und vorbei! Fünfundzwanzig gemeinsame Jahre mit einem Schlag beendet! Lena schluckte ihre Tränen hinunter, kämpfte mit dem Kloß, der sich in ihrem Hals breitmachte. Entschlossen griff sie zur Schere, trennte die Hosenbeine von der Jeans, schnitt gleich große Stücke aus Vorder- und Rückseite, nähte, versäuberte. Doch irgendetwas störte sie an dem Gedanken, dass aus seiner Lieblingshose ein simpler Einkaufsbeutel werden sollte, der irgendwann lieblos im Kofferraum eines Wagens herumliegen würde. Spontan griff sie zum oberen Teil der Jeans. Vorsichtig trennte sie die Seitennähte auf, so dass Vorder- und Rückseite erhalten blieben. Aus einem Kunstlederrest schnitt sie einen schmalen Streifen für den Taschenboden zu und befestigte ihn an den Seitenteilen. Aus einem Einkaufsbeutel fertigte sie das Futter und fixierte es in der Jeanstasche. Als Verschluss diente ihr ein großer Druckknopf, den sie auf den Innenseiten des Hosenbundes anbrachte. Martins blauer Ledergürtel wurde kurzerhand zum Schulterriemen umfunktioniert.

Als vor dem Haus die Müllabfuhr mit den Mülltonnen klapperte, hob sie zum ersten Mal den Kopf von ihrer Arbeit und schaute nach draußen. Weil ihre Augen brannten und sie ihre Füße vor Kälte nicht mehr spürte, kroch sie gegen Morgen ins Bett und fiel in einen kurzen, oberflächlichen Schlaf, die Jeanstasche wie ein Schmusetier im Arm.

»Sorry, Lena, habe ich dich geweckt?«, ertönte wie durch Watte die Stimme ihrer Schwägerin am Telefon. »Es tut mir unendlich leid, dass wir nicht bei Martins Beerdigung waren. Ich hätte so gern von ihm Abschied genommen. Aber ich konnte meinen Mann doch unmöglich mit der Arbeit allein lassen.«

»Das verstehe ich«, murmelte Lena und zog den Pullover enger um ihren Körper. In Wirklichkeit verstand sie überhaupt nichts. Was konnte wichtiger sein, als der Familie bei der Beerdigung des Bruders tröstend zur Seite zu stehen? Eine peinliche Gesprächspause entstand.

»Ist Tobi wieder zurück nach Aachen?«, wollte Christina wissen, und als Lena ihr erzählte, dass ihr dreiundzwanzigjähriger Sohn eifrig an seiner Masterarbeit schreibe und direkt nach der Beerdigung gefahren sei, lenkte Chris sofort ein: »Wie schrecklich! Dann bist du ja allein in dem großen Haus.«

»Ach, halb so schlimm. Das geht schon. Muss ja«, raunte Lena mit belegter Stimme und hätte das Gespräch am liebsten beendet. Was sollte sie der Schwester ihres Mannes sagen, die seit zehn Jahren in Irland lebte und sich nur alle paar Monate per E-Mail meldete? Diese Entfernung zwischen ihnen ließ sich mit einem Telefonat nicht überbrücken. Der Höflichkeit halber fragte Lena aber nach den Zwillingen und wollte wissen, wie das Wetter in Irland sei.

»It's nice between two showers, dieses abgedroschene Sprichwort trifft es wahrscheinlich am besten. Für April ist es schon angenehm mild. Aber davon musst du dir selbst ein Bild machen. Deshalb rufe ich an. Komm zu uns nach Busby. Du kannst in unserem kleinen Gästehaus wohnen, solange du willst. Der irische Wind wird dir die Sorgen aus dem Kopf blasen, und du kommst zur Ruhe. Die Zwillinge würden sich freuen, Dan und ich natürlich auch. Ich möchte dir so gern zeigen, wie wir leben, mit dir am Strand spazieren gehen und dich verwöhnen. Bitte sag Ja!«

Lena schwieg und starrte aus dem Fenster. Dieses Jahr würde sie das Beet ohne Martins Hilfe umgraben …

»Lena, bist du noch dran?«

»Ich kann doch das Haus und den Garten nicht allein lassen.« Ihr schwacher Versuch, die Einladung auszuschlagen.

»Doch, das kannst du! Gib deiner Nachbarin den Schlüssel, und dann komm. Martin hätte es so gewollt.« Chris konnte wirklich hartnäckig sein.

»Ich verspreche, dass ich darüber nachdenke«, murmelte Lena und beendete abrupt das Gespräch.

Auf dem Weg ins Bad blieb sie vor Martins Bild stehen. Er lächelte sie an, als wolle er ihr Mut machen. »Nur weil ich für ein paar Tage auf Dienstreise bin, musst du dich nicht hinter deiner Nähmaschine verschanzen«, hatte er gesagt, bevor er wieder einmal nach Brüssel geflogen war. »Geh mit deinen Mädels ins Kino, oder mach einen Einkaufsbummel auf der Friedrichstraße.«

Sie hatte genickt und dennoch lieber im Garten gearbeitet oder Taschen und Schürzen für den Kirchenbasar genäht. Seit sie in Berlin lebten, arbeitete Lena an drei Vormittagen im Empfangsbereich einer Massagepraxis. Mit Feuereifer hatte sie sich um die Renovierung und Neueinrichtung des Hauses im Berliner Stadtteil Frohnau gekümmert und sich im Garten ausgetobt. Martin hatte es genossen, nach einem langen Arbeitstag nach Hause zu kommen und von ihr kulinarisch verwöhnt zu werden. Manchmal hatte er sie nach Brüssel mitgenommen, wo sie durch die Stadt gebummelt war und Museen besucht hatte, während Martin Sitzungen geleitet und auf europäischer Ebene verhandelt hatte.

»Ihr seid doch nicht normal«, hatte ihr Sohn eines Sonntagnachmittags gesagt, als sie wie zwei frisch verliebte Teenager auf der Couch gesessen und sich geküsst hatten. »Die meisten Eltern meiner Kumpels sind geschieden.« Er hatte sie angegrinst und gesagt: »Weitermachen«, bevor er das Haus verlassen hatte.

Lena strich zärtlich über das Bild ihres Mannes und beschloss, die Einladung der Schwägerin mit ihrer Nachbarin und besten Freundin Susanna zu besprechen. Gleich nach dem Frühstück würde sie zu ihr gehen. Während sie lustlos in ihrem Müsli herumstocherte, klingelte es an der Haustür, und kurz darauf wurde die Tür aufgeschlossen. »Ich bin's!«, ertönte Susannas Stimme. »Deine Wohnzimmerrollos sind immer noch unten, da habe ich mir Sorgen gemacht.«

Seit Martins Tod kümmerten sich Susanna und Klaus rührend um Lena, brachten ihr regelmäßig einen Eintopf vorbei oder baten sie zum Essen zu sich. Die pensionierten Lehrer wohnten im Nachbarhaus und waren seit Lenas und Martins Einzug ihre besten Freunde. Damals waren sie mit Brot und Salz vor der Tür gestanden und hatten die neuen Nachbarn zum Grillen eingeladen. Während Martin und Klaus schon bald ihre gemeinsame Leidenschaft für das Schachspielen entdeckt hatten, hatte Susanna Lena zum Frauentreff in die Kirchengemeinde mitgenommen und ihr das Nähen beigebracht.

»Komm, setz dich, und trink einen Kaffee mit mir«, bat Lena ihre Freundin und rückte ihr einen Stuhl zurecht.

»Hast du wieder die halbe Nacht im Nähzimmer gehockt?« Susanna strich ihr besorgt über die Wange. »Willst du nicht doch mal eine von meinen Schlaftabletten ausprobieren? Du musst wieder in einen normalen Schlafrhythmus finden, sonst streikt dein Körper irgendwann.«

»Du weißt, dass ich nichts von den Pillen halte. Hab ich schon mal ausprobiert und bin den nächsten Tag wie besoffen herumgerannt. Nee, ich muss das ohne Tabletten schaffen.« Energisch schüttelte Lena den Kopf. »Heute Morgen hat meine Schwägerin angerufen und mich eingeladen, sie in Irland zu besuchen.«

»Und jetzt willst du von mir wissen, ob du fahren sollst?« Susanna lächelte Lena aufmunternd an. »Natürlich fährst du! Klaus und ich kümmern uns um euer Haus und den Garten.«

»Aber nächste Woche ist Ostern. Da wollte Tobias doch kommen.« Nachdenklich runzelte Lena die Stirn.

»Dein Sohn wird sicher Verständnis dafür haben, dass du mal rausmusst. Wenn nicht, rede ich mit ihm. Auf mich hört er. Und jetzt iss endlich dein Müsli auf, und komm mit mir zum Frauentreff. Es wird Zeit, dass du wieder unter Leute kommst.« Susanna klopfte ihr aufmunternd auf die Schulter und stand auf.

Eine halbe Stunde später fuhren die beiden Frauen in Susannas altem Golf zum Gemeindehaus, im Kofferraum einen Wäschekorb voll Taschen und Schürzen, die Lena genäht hatte. Susanna hatte ihre selbst gestrickten Socken dazugelegt und scherzhaft gemeint: »Falls die Sachen sich gut verkaufen, machen wir zwei einen Handel damit auf.«

Im Gruppenraum herrschte emsiges Treiben. Wie jeden Mittwochmorgen trafen sich hier etwa zwanzig ältere Frauen. Lena zählte mit ihren sechsundvierzig Jahren zu den Youngstern. Sie nähten oder bastelten für den Basar, tranken Unmengen an Kaffee und besprachen alle ihre kleinen und großen Sorgen. Mit lautem »Hallo« wurde Lena von ihren Freundinnen begrüßt und in den Arm genommen.

»Wie lang warst du jetzt nicht hier, vier Monate?«, fragte Gerda, eine resolute Siebzigjährige, die so etwas wie die Gruppenleiterin war, zumindest glaubte sie das. »Na, wenigstens warst du in der Zwischenzeit fleißig«, bemerkte sie mit Blick auf den gefüllten Wäschekorb. »Du kannst dich nicht ewig in deinem Haus einschließen, irgendwann musst du dich dem Leben wieder stellen. Das musste ich auch.«

Lena warf Gerda einen traurigen Blick zu und drehte sich um. Auf Ratschläge dieser Art konnte sie verzichten. Am liebsten hätte sie auf der Stelle kehrtgemacht. Doch sie hatte versprochen, den neuen Teilnehmerinnen das Nähen von Einkaufstaschen beizubringen. Also hockte sie sich an die Nähmaschine, bat die zwei Neuen, sich neben sie zu setzen, und erklärte ihnen jeden einzelnen Arbeitsschritt.

»Eigentlich ganz einfach. Ihr müsst nur zwei gleich große Stücke Stoff an drei Seiten zusammennähen, die Kanten versäubern und dann die Trageschlaufen ansetzen. Am besten versucht ihr es selbst einmal«, ermunterte sie ihre Schülerinnen und eilte zu ihrer Freundin, die in der Küche stand und Kaffee kochte. »Lass uns fahren.« Lena zupfte Susanna am Ärmel und zog sie mit sich in den Flur. »In meinem Kopf geht es zu wie in einem Bienenhaus. Ich bin die vielen Menschen nicht mehr gewohnt. Am liebsten möchte ich allein sein.«

»Geh schon mal vor zum Auto. Ich komme gleich nach«, sagte ihre Freundin und verschwand im Gemeinschaftsraum. Als sie zurückkam, grinste sie zufrieden. »Ich habe uns abgemeldet und Gerda nebenbei zu verstehen gegeben, dass ich ihr Verhalten dir gegenüber für unmöglich halte. Was bildet sich diese selbstgerechte Kuh eigentlich ein? Ihr Mann ist mit zweiundachtzig friedlich im Fernsehsessel eingeschlafen. Dein Mann war erst zweiundfünfzig, als er starb. Stand mitten im Leben. Es wird Zeit, dass du den alten Tanten mal den Rücken kehrst und nach vorn schaust. Am besten, du packst gleich deine Koffer und fährst nach Irland.« Susanna hatte sich in Rage geredet. Mit glühenden Wangen stand sie vor Lena, die Hände auf die Schultern der jüngeren Freundin gelegt.

Mit Tränen in den Augen nickte Lena. »Du hast recht. Ich muss hier raus, sonst schaffe ich das nicht.«

Den Rest des Tages griff Lena immer wieder zum Telefon, um es gleich darauf zur Seite zu legen. In Gedanken bastelte sie sich die passenden Worte für ihren Sohn zurecht. Suchte nach Entschuldigungen, warum sie nach Irland fahren wollte. Dann sah sie Tobis traurige Augen vor sich, der so sehr unter dem Tod seines geliebten Dad litt.

Morgen rufe ich ihn an, dachte sie, während sie in der Küche stand und Grießbrei kochte. Der weiche, süße Brei war das Einzige, was sie im Moment mit Appetit essen konnte. Schon als Kind hatte ihre Lieblingsspeise sie über so manche schlechte Note und später über den ersten Liebeskummer hinweggetröstet. Mit der Breischüssel vor der Brust saß sie vor dem Fernseher und schaute sich eine langweilige Tierdoku an, als das Telefon klingelte.

»Hey, Mama, wie geht's dir?« Der Klang von Tobias' Stimme hatte sich verändert, war männlicher, wärmer geworden.

»Hallo, mein Großer.« Statt mit ihm über ihre Reisepläne zu reden, fragte sie nach seinen Freunden und der Masterarbeit.

»Deshalb rufe ich an. Wärst du sehr enttäuscht, wenn ich über Ostern in Aachen bliebe? Einer meiner Kumpels feiert seinen Geburtstag nach. Ich komme das nächste Wochenende zu dir, vielleicht bringe ich jemanden mit«, verkündete Tobias.

»Das tut mir leid, mein Schatz. Die nächsten Wochen bin ich nicht zu Hause. Christina hat mich nach Irland eingeladen.« Jetzt war es raus. Lena atmete erleichtert auf. Warum sollte sie nicht nach Irland fahren, wenn ihr Sohn sich schon wieder ins studentische Nachtleben stürzen konnte? Statt eines zustimmenden »Find ich klasse, Mama, dass du das machst« murrte Tobias am anderen Ende der Leitung nur: »Okay, dann lernst du meine neue Freundin eben später kennen. Ich kann dir aber nicht sagen, wann ich wieder Zeit finde, nach Berlin zu kommen.«

2

Drei Tage vor ihrer Abreise stellte Lena den gepackten Rollkoffer in den Hausflur. Christina schien zu ahnen, wie schwer es ihr fiel, sich auf diese Reise einzulassen. Wie einem Kind, das auf seine erste Klassenfahrt geht, hatte die ehemalige Lehrerin genau aufgelistet, was Lena mitnehmen sollte: »Am besten nur T-Shirts und Jeans, einen dicken Pullover (falls du leicht frierst) und vor allem eine wetterfeste Jacke und derbe Schuhe (Wanderschuhe und ein paar normale). Für den Ostertanz kannst du ein Kleid einpacken (muss aber nicht sein).«

Außerdem hatte ihr die Schwägerin Flugdaten und Bahnverbindungen herausgesucht: »Du fliegst nach Cork und nimmst von dort den Zug nach Killarney. Dort holen wir dich dann ab.« Unter dem beigefügten Familienfoto stand: »Damit du uns erkennst.«

Lena ärgerte sich über die Bevormundung. Besonders der Hinweis auf den Ostertanz machte sie wütend. Glaubte die Schwägerin tatsächlich, sie würde vier Monate nach Martins Tod wieder ausgelassen feiern, sich womöglich mit fremden Männern im Walzertakt wiegen? Lena war kurz davor, die Reise wieder abzublasen. Als ihr Blick aber auf das Foto der irischen Familie fiel, stellte sie sich vor, wie enttäuscht die Zwillinge sein würden, die sich so auf sie freuten. Also schluckte sie ihren Ärger hinunter, schnappte sich die Liste und arbeitete sie Punkt für Punkt ab. Zuerst wollte sie kein Kleid mitnehmen, aber dann landete doch das dunkelbraune Wollkleid zusammen mit der dicken Strumpfhose im Koffer. Die schweren Wanderstiefel würde sie auf dem Flug tragen – das sparte Gewicht –, dazu die wetterfeste Wanderjacke und einen Rucksack als Handgepäck. Lena kletterte auf einen Küchenstuhl, den sie vor den Einbauschrank im Flur geschoben hatte. Im obersten Fach wühlte sie zwischen Einkaufskörben und alten Aktentaschen und angelte den Rucksack aus der hintersten Ecke. Seit ihrem letzten Wanderurlaub im Harz vor zwei Jahren war er nicht mehr zum Einsatz gekommen. Die Erinnerung an ein verregnetes Wochenende in Braunlage, eine zweistündige Wanderung mit triefend nassen Klamotten und ausgiebige Kuscheleinheiten im Hotelzimmer raubte ihr für einen Moment den Atem. Ihr wurde schwindlig, und sie suchte Halt an der Flurgarderobe. Als sie vom Stuhl stieg, verfing sich ihre Hand an der Jeanstasche, die dort an einem Haken baumelte. Während sie über den Jeansstoff strich, hatte sie eine Idee. Ein Teil von Martin würde sie auf ihrer Reise begleiten. Kurz entschlossen quetschte sie den Rucksack wieder in den Wandschrank und schob den Stuhl zurück in die Küche. Probeweise hängte sie sich die selbst genähte Tasche über die Schulter und begutachtete sich im Spiegel. Wenn auch dieses für sie viel zu große

Jeansungetüm nicht der neuesten Mode entsprach, war es doch etwas Besonderes! Es war ein Stück Zuhause. Obwohl ihr der Gedanke an die bevorstehende Reise immer noch Bauchschmerzen bereitete, freute sie sich doch tief in ihrem Innern darauf, Martins Schwester nach all den Jahren wiederzusehen.

»Was hältst du von kleinen, selbst genähten Umhängetaschen für die Zwillinge, groß genug, dass eine Tüte Gummibärchen hineinpasst?«, fragte sie am Nachmittag ihre Freundin Susanna. In ihrem Restekarton hatte sie ein großes Stück Baumwollstoff mit aufgedruckten Teddybären gefunden.

Susanna hielt den Stoff gegen das Licht und zog daran. »Wenn du die Taschen fütterst, müsste es gehen. So halten sie auch dem Temperament neunjähriger Mädchen stand. Soll ich dir beim Zuschneiden zur Hand gehen?«

Gemeinsam hockten sie am Arbeitstisch vor dem Fenster. Während Lena die erste kleine Tasche nähte, schnitt Susanna schon die zweite zu und suchte im Karton nach passendem Futterstoff. »Was nimmst du deiner Schwägerin und ihrem Mann mit?«, fragte sie.

»Wenn ich das nur wüsste. Bevor Christina nach Irland zog, war sie eine richtige Leseratte. Deshalb habe ich schon an ein Buch gedacht. Aber ob sie bei ihrer ganzen Arbeit auf der Farm überhaupt zum Lesen kommt?« Lena rieb sich nachdenklich die Nase. »Ich hab's! Ich fülle einen von meinen selbst genähten Einkaufsbeuteln mit Kosmetikartikeln und lege einen Gutschein für ein Abendessen im Lokal ihrer Wahl mit der ganzen Familie dazu. So kann ich mich wenigstens für ihre Einladung revanchieren.«

»Super Idee. Dann pack doch für ihren Mann eine Flasche Spreewälder Whiskey ein. Den von den jungen, flippigen Whiskeybrennern«, regte Susanna an.

»Das ist ja, als wollte ich Eulen nach Athen tragen. Ein echter Ire trinkt doch garantiert nur original irischen Single Malt«, gab Lena zu bedenken.

»Genau das ist ja der Gag. Mit dem Geschenk hast du die Lacher auf deiner Seite, und das Eis zwischen euch ist sofort gebrochen.« Susanna kicherte über ihren Einfall und bot an, den Whiskey zu besorgen. »Morgen früh muss ich in die Stadt, ich brauche dringend neue Sockenwolle. Hast du Lust, mich zu begleiten?«

Lena winkte ab. »Auf keinen Fall. Morgen putze ich noch mal durch. Ich hasse es, zu Hause Chaos zu hinterlassen, wenn ich verreise.«

»Du und Chaos! Aber wenn die Putzerei deine Geheimwaffe gegen Reisefieber ist, dann kannst du gern bei mir weitermachen«, versuchte Susanna, sie aufzuziehen.

»Kommt nicht infrage. Am Nachmittag gehe ich zum Friseur und lasse mir einen neuen Haarschnitt verpassen. Irgendetwas Praktisches, was keine Arbeit macht.«

»Du hast aber nicht vor, dir einen Igel schneiden zu lassen, nur damit du windschnittig bist«, neckte Susanna sie und strahlte, als Lena zum ersten Mal seit Martins Tod wieder lachte.

Nachdem Susanna gegangen war, räumte Lena ihr Nähzimmer so gründlich auf, dass es aussah wie in einem »Schöner Wohnen«-Heft. Kein Stäubchen in den Ecken, alle Scheren und Nadeln an ihrem Platz. Wenn schon in ihrem Kopf das totale Chaos herrschte, musste wenigstens um sie herum alles ordentlich sein.

Vor ihrem Friseurbesuch marschierte Lena am nächsten Tag schnurstracks in den Supermarkt, um Gummibärchen für die Zwillinge sowie Körperlotion, Handcreme und Duschgel für Christina zu kaufen. Als ihr am Bäckerstand der verlockende Duft frisch gebackener Brötchen in die Nase stieg, knurrte prompt ihr Magen, und ihr blieb nichts anderes übrig, als eine »Schrippe« zu kaufen und direkt aus der Tüte zu essen. So heißhungrig war sie schon lang nicht mehr gewesen. Die Aufregung vor der Reise wirkte sich derart auf ihren Appetit aus, dass sie für das Abendessen doch tatsächlich eingelegte Bratheringe in ihren Einkaufskorb legte. *Man könnte meinen, ich wäre schwanger*, dachte sie und widerstand der Versuchung, Schokolade und Chips mitzunehmen. Mit der vollen Einkaufstasche eilte sie die Straße hinunter zum Friseur.

Frau Paschke, ihre Stammfriseuse, hielt ihr freudestrahlend die Tür auf. »Hallo, Frau Kasper, schön, Sie wiederzusehen. Spitzen schneiden, wie immer?«

»Nein, diesmal hätte ich gern eine neue Frisur. Es muss praktisch und pflegeleicht sein«, erklärte Lena, die ihr rotblondes Haar seit ihrem siebzehnten Lebensjahr schulterlang trug und meistens zu einem strengen Zopf zusammenband.

»Wie viel darf ich denn abschneiden?« Frau Paschke schaute Lena mit weit aufgerissenen Augen an.

Lena zuckte mit den Schultern. »Machen Sie mal. Mir ist alles recht. Mit sechsundvierzig wird es Zeit, dass ich mich von dem ollen Zopf trenne.«

»Sie wissen schon, was man über Frauen sagt, die sich nach so vielen Jahren eine neue Frisur zulegen? Dass sie bereit für Veränderungen sind«, merkte die Friseuse an.

Doch Lena ging nicht darauf ein.

Frau Paschke runzelte die Stirn. »Ich schlage einen durchgestuften Bob vor, Kinnlänge. Der ist pflegeleicht und sieht auch ohne aufwendiges Styling gut aus.«

Lena nickte und folgte ihrer Friseuse zum Waschbecken. Sie genoss die sanfte Kopfmassage, schloss die Augen und ging in Gedanken den Inhalt ihres Koffers durch. Vielleicht sollte sie doch lieber den warmen Winterschlafanzug einpacken. Auch wenn die Gegend um Killarney vom warmen Golfstrom begünstigt wurde, sorgten die Südwestwinde doch für eine stetige Brise. Das hatte sie erst gestern Abend im Reiseführer gelesen. Deshalb konnte es im April noch lausig kalt werden. Niedrigste Temperatur zehn Grad! Ihr lief ein Schauder über den Rücken, und sie beschloss, einen zusätzlichen Pullover mitzunehmen.

Lena vertiefte sich in ein Promimagazin und vermied es, dabei zuzuschauen, wie Frau Paschke Strähne für Strähne ihres Haares kürzte.

»Fertig ist die Verwandlung«, frohlockte die Friseurin und nahm ihr den Frisierumhang ab. »Was sagen Sie?«

Lena hielt die Augen einen Moment geschlossen, bevor sie in den Spiegel schaute. Sie drehte und wendete erstaunt den Kopf und sah sich einer vollkommen neuen Frau gegenüber. Frau Paschke hatte recht gehabt, der kinnlange Bob umschmeichelte ihr schmales Gesicht und gab ihr ein jüngeres, modischeres Aussehen.

»Die Frisur ist wirklich pflegeleicht? Oder muss ich stundenlang rumstylen?«, hakte sie nach.

»Wenn ich es Ihnen doch sage! Trocknen lassen, durchschütteln, und schon ist der Look fertig«, bestätigte die Friseurin.

»Aber was ist, wenn mir der Seewind alles durcheinanderwirbelt? Ich fliege nämlich morgen nach Irland.« Lena schüttelte probeweise den Kopf.

»Umso besser, mit dieser Frisur sehen Sie selbst bei Windstärke sieben klasse aus.«

Ihr Kopf fühlte sich merkwürdig leicht an, als sie den Friseurladen verließ. Gerade so, als hätte sie vorher einen schweren Helm getragen. Lena blieb vor jedem Schaufenster stehen und musterte ihr Spiegelbild. Was hatte Frau Paschke gesagt? Neue Frisur, neues Lebensgefühl und bereit für Veränderungen. Nein, bereit für Veränderungen war sie noch lange nicht, aber bereit, das Abenteuer »Irlandreise« anzutreten.

3

Die Hände in den Taschen ihrer Wanderjacke vergraben, die Kapuze tief ins Gesicht gezogen, marschierte Lena gegen den Wind gebeugt die Straße hinunter zur Bucht. Der Strand war menschenleer so früh am Morgen. Nur draußen auf dem Meer holte ein Fischer seine Netze ins Boot. Über ihr schrie eine Möwe. Lena beobachtete fasziniert, wie der Vogel pfeilartig ins Meer stürzte, um kurz darauf mit einem Fisch im Schnabel an Land zu fliegen. Mit weit ausholenden Schritten stapfte sie durch den feuchten Sand auf einen Felsblock zu, lehnte sich an und hielt ihr Gesicht in die Morgensonne. Allmählich wurde ihr Körper wieder warm. Die Kälte in dem kleinen Gästehaus hatte sie früh aus dem Schlaf gerissen und nach draußen getrieben. Während sie dem Fischer zusah, der sein Boot an Land zog und mit einem Seil an einem Pflock festband, liefen Lena die ersten Regentropfen über das Gesicht. Der Himmel verfinsterte sich, und eine dicke, schwarze Wolke schob sich vor die Sonne. Nur ungern verließ Lena ihren Aussichtsplatz. Sie lief mit schweren Schritten zurück zur Straße, die den Hügel hinauf zur Farm und weiter zum Ort Busby führte, vorbei an den Schafweiden und an hohen Rhododendronhecken, die die Einfahrt zum Farmhaus säumten. Als sie das Gästehaus erreichte, wurde das Küchenfenster im Haupthaus aufgerissen, und Christina winkte ihr zu.

»Komm schnell herein, bevor du pitschnass wirst. Setz dich zu mir in die Küche an den Herd. Wir frühstücken gleich.«

Lena hängte ihre tropfnasse Jacke an einen Haken in der Diele, stellte die Wanderstiefel auf eine zerschlissene Fußmatte neben die Gummistiefel der Familie und schaute sich um. Gestern Abend bei ihrer Ankunft war sie zu erschöpft gewesen, um ihre neue Umgebung richtig wahrzunehmen. Sie zählte vier Türen, jede in einer anderen Farbe gestrichen. Die rote Tür führte ins Wohnzimmer, die gelbe zur Küche, das wusste sie schon. Den Rest würde sie später erkunden. Als sie, nur mit Socken an den Füßen, über die knarrenden Holzdielen schlurfte und die Küche betrat, umfing sie ein Schwall warmer Luft. Neben dem modernen Gasherd befand sich ein alter Eisenofen, den Chris mit Torfstücken fütterte und der eine behagliche Wärme verbreitete. Auf dem langen Holztisch standen Müslischalen und Teebecher, und der Duft des frisch getoasteten Weißbrotes ließ Lena das Wasser im Mund zusammenlaufen. Chris wischte ihre Hände an einer Schürze ab, kam auf sie zu, legte beide Arme um sie und drückte sie an sich. »Ich bin so froh, dass du da bist. Hast du gut geschlafen?« Sie hatte die gleichen dunklen Haare wie Martin, seine grünen Augen und den großen, kräftigen Körperbau.

Für einen Moment genoss Lena diese Geste der Vertrautheit, dann löste sie sich aus der Umarmung und stellte sich ans Küchenfenster. »Ach, weißt du, seit Martins Tod schlafe ich nicht mehr viel. Und wenn ich ehrlich bin, war es mir heute Nacht auch zu kalt unter der dünnen Decke, trotz Wollsocken und Strickjacke über dem Schlafanzug.«

»Das tut mir leid. Gleich nach dem Frühstück bringe ich dir eine zusätzliche Wolldecke und eine Wärmflasche.« Christina deutete nach draußen. »Als ich vor zehn Jahren das erste Mal aus diesem Fenster schaute, war es um mich geschehen. Ich habe mich nicht nur in Dan verliebt. Die grünen Weiden, dahinter die Anne's Bay mit ihren schroffen Felsen und den kleinen versteckten Sandbuchten, dann der irische Wind, der rau und manchmal so sanft sein kann, fast zärtlich. Das alles hat mein Herz berührt, und ich wollte nie mehr fort.«

»Ich verstehe, was du meinst. Heute Morgen am Strand überkam mich ein Gefühl von Vertrautheit, so als wäre ich in einem früheren Leben schon einmal hier gewesen. Obwohl ich allein war, fühlte ich mich nicht einsam.« Ein Lächeln huschte über Lenas Gesicht. Sie griff nach Christinas Hand und drückte sie.

In diesem Moment wurde die Tür aufgerissen, und die Zwillinge Sarah und Anne stürzten herein. Sie trugen blaue Faltenröcke und weiße Polohemden, dazu Kniestrümpfe. Beide hatten ihre roten Locken mit Haarreifen gebändigt. »Tante Lena, schau mal!«, riefen sie fast gleichzeitig und hielten ihre neuen Umhängetaschen vor Lenas Nase. Während aus Annes Tasche ein kleiner Teddybär hervorschaute, steckte in Sarahs ein Portemonnaie. »Dürfen wir die mit zur Schule nehmen?«, bettelte Sarah.

»Wenn eure Mutter nichts dagegen hat.« Lena strich jedem Mädchen zärtlich über den Kopf und zwinkerte ihnen verschmitzt zu.

»Ausnahmsweise, aber morgen bleiben die Taschen zu Hause. Wir wollen doch die anderen nicht neidisch machen.« Chris dirigierte ihre Töchter zum Tisch, füllte zwei Müslischalen mit Porridge und die Porzellanbecher mit Kakao. »Jetzt aber zackig, Mädels! In einer halben Stunde fahre ich euch zur Schule.«

»Kommt Tante Lena mit?«, wollte Sarah wissen, und Anne brummte mit vollem Mund ein undeutliches »Bestimmt«, was ihr einen tadelnden Blick der Mutter bescherte.

»Wir brauchen mit dem Frühstück nicht auf Dan zu warten, der ist schon auf dem Feld. Bitte greif zu, Lena. Fühl dich wie zu Hause«, bat Chris und füllte Lenas Becher mit Tee.

Heißhungrig nahm Lena von dem Weißbrot, bestrich es dick mit Butter und bediente sich an Christinas selbst gekochter Orangenmarmelade. »Hast du das Brot gebacken?«, fragte sie und griff nach der zweiten Scheibe. »So etwas Leckeres habe ich noch nie gegessen.«

Kichernd sahen die Zwillinge dabei zu, wie sich Lena das marmeladenbeschmierte Gesicht mit einem Tempotuch abwischte.

Chris freute sich sichtlich. »Die gute irische Luft hat noch jeden hungrig gemacht. Möchtest du vielleicht auch eine Portion Porridge oder lieber Spiegeleier mit Speck?«

Lena winkte ab. »Wenn ich jetzt nicht aufhöre, zu essen, platze ich, und dann haben wir die ganze Sauerei in der Küche.« Ihr Hosenbund drückte auf den Bauch, und sie öffnete den obersten Knopf. Sofort prusteten Sarah und Anne los, schüttelten ihre roten Locken vor Vergnügen und hörten erst auf, zu lachen, als Chris sie streng anblickte.

Eine Viertelstunde später fuhren die vier im alten Ford Kombi vom Hof. Für Lena war es ungewohnt, als Beifahrerin auf der linken Seite zu sitzen. Sie krallte die Hände jedes Mal in den Sitz, wenn Chris eine Kurve nahm und fast an den hohen Steinwällen vorbeischrammte, die die schmale Landstraße säumten.

»Hoffentlich kommt uns hier keiner entgegen«, stöhnte Lena.

Chris, die sie schmunzelnd von der Seite beobachtete, legte ihr zur Beruhigung eine Hand auf den Arm. »Entspann dich. An die Linksfahrerei musste ich mich auch erst gewöhnen. Solange ich denken kann, ist hier noch nie ein Unfall passiert.«

»Doch!«, rief Sarah von der Rückbank und steckte den Kopf zwischen den Sitzen nach vorn. »Erst letzte Woche ist Tommy Clarke mit seinem Traktor in den Graben gefahren.«

»Aber nur, weil er besoffen war!«, ergänzte Anne.

»Tommy ist ein Trinker, Tommy ist ein Trinker!«, tönte es im Chor von hinten.

Chris bremste so abrupt, dass die Mädchen mit ihren Köpfen zusammenstießen und jammerten. Direkt hinter der Kurve schaute ihnen streitlustig ein ausgewachsener Schafbock entgegen. »Nicht schon wieder«, stöhnte Chris. »Das ist unser Chief, der Leithammel. Ab und zu springt er über den Wall und wandert die Straße hinunter zur Bucht. Oft steht er stundenlang am Wasser und blökt. Wir müssen ihn zurück zur Herde treiben. Alle aussteigen und mithelfen!«, kommandierte sie.

Der Schafbock schien zu wittern, dass Lena Angst vor ihm hatte, denn er senkte den Kopf und lief direkt auf sie zu. Wie auf Kommando riefen Chris und die Mädchen: »Stopp, Chief!«, und fuchtelten wild mit den Armen vor der schwarzen Nase des Tiers. Während Lena sich mit zitternden Knien und schweißnassen Händen ins Auto flüchtete, trieben die anderen den Bock vor sich her auf die Weide.

»Du darfst sie nie spüren lassen, dass du Angst hast. Das nutzen sie sofort aus«, erklärte ihr Christina beim Weiterfahren. »Das Gleiche gilt für unsere Hütehunde. Wenn du auf einen triffst, ruf ihm laut und deutlich ›Sit!‹ zu, dann lässt er dich in Ruhe.«

»Na, das kann ja heiter werden! Wo ich doch schon vor einem Zwergpinscher Angst habe«, meinte Lena und wischte sich den Schweiß von der Stirn. Ihre Bemerkung: »Jetzt weiß ich endlich, warum ihr bei diesen kühlen Temperaturen nicht friert. Ihr rennt einem Schaf hinterher, und schon ist euch warm«, löste einen erneuten Lachanfall der Mädchen aus, der die Frauen ansteckte. Noch als sie auf den Parkplatz der Schule einbogen, ertönte aus dem alten Auto ein vierstimmiges Lachkonzert.

»Beeilt euch! Die Glocke hat schon geläutet«, mahnte Christina und reichte den Zwillingen ihre Schultaschen aus dem Kofferraum. »Heute Nachmittag holt euch Dad ab. Ich bin mit Lena unterwegs.«

Erst als Sarah und Anne im Schulgebäude, einem alten, grauen Backsteinbau mit Schieferdach, verschwunden waren, wendete Chris den Wagen und fuhr zurück auf die Landstraße.

»Danke, dass du mich überredet hast, euch zu besuchen. Erst jetzt merke ich, wie wichtig es war, von zu Hause wegzukommen. Seit ich hier bin, habe ich wieder Augen für die Natur und die Menschen um mich herum. Dabei dachte ich nach Martins Tod, der größte Teil von mir sei mit ihm gestorben. Ich habe mich in meiner Trauer vergraben, weigerte mich, am Leben teilzunehmen. Wie lange habe ich nicht mehr so herzhaft gelacht, dass mir die Tränen die Wange herunterliefen!«, wandte sich Lena an Chris, und ihre Schwägerin lächelte.

»Ich bin so froh, dass du das sagst. Vielleicht verstehst du jetzt besser, warum ich damals Hals über Kopf meinen Lehrerjob hingeschmissen habe und nach Irland gezogen bin. Mein Bruder konnte es nämlich nicht. Noch vor vier Jahren hat er mir auf der Beerdigung unserer Mutter bittere

Vorwürfe gemacht, vollkommen leichtsinnig meinen gesicherten Beamtenstatus gegen das einfache Leben auf einer irischen Farm eingetauscht zu haben. Er rechnete mir vor, wie viel Geld unsere Eltern in mein Studium investiert hätten. Und als ich ihn anflehte, mich in Irland zu besuchen, um sich selbst ein Bild zu machen, wiegelte er ab und weigerte sich, Dan kennenzulernen. Was diesen sehr verletzt hat.«

Lena hockte wie erstarrt in ihrem Autositz, unfähig, etwas zu sagen. Der Martin, den sie gekannt hatte, war anders gewesen. Liebenswürdig und verständnisvoll. Wie war es möglich, dass sie nie etwas von dem geschwisterlichen Zerwürfnis mitbekommen hatte? Sie hätte doch versucht, die beiden wieder zu versöhnen.

»Das habe ich nicht gewusst. Mir hat Martin immer erklärt, dass er seinen Urlaub lieber im Süden verbringen wolle als im regnerischen Irland. Er behauptete, du hättest Verständnis dafür. Wenn er gesehen hätte, wie glücklich du hier bist, wäre er sicher anderer Meinung gewesen.« Lena runzelte nachdenklich die Stirn. »Können wir zwei irgendwo ungestört einen Kaffee trinken und uns in Ruhe unterhalten? Und dann erzählst du mir, wie du Dan kennengelernt hast.«

Chris nickte. »In Mauras kleiner Teestube ist um diese Zeit nichts los. Dort bekommst du zwar keinen Kaffee, aber den besten Tee der Gegend.«

Die Teestube entpuppte sich als Hinterzimmer der örtlichen Post von Busby und war mehr als gemütlich. Während die zweiundsechzigjährige Inhaberin im Postamt Briefe und Pakete entgegennahm, saßen Lena und Chris im hinteren Tearoom. Vor dem Fenster zum Garten hingen altmodische Häkelgardinen und auf jedem Holzstuhl – es gab nur zehn – lagen selbst gestrickte Sitzauflagen. Begeistert begutachtete Lena den gestreiften Webteppich, der fast den gesamten Fußboden bedeckte. Sie strich mit den Händen über den weichen Flor, wendete eine Ecke des Teppichs und befand: »Saubere Arbeit. Wird das hier im Dorf gewebt?«

»Endlich mal eine, die Ahnung hat!«, bemerkte Maura, die mit einem Tablett beladen an ihren Tisch trat und ihnen den Tee servierte. Ungefragt stellte sie zwei Teller mit Apfelkuchen und Sahne hin. »Der kommt direkt aus dem Ofen. Ihr habt Glück, dass ihr so früh seid. Wenn erst mal die alten Ladys zum Tee erscheinen, bleibt davon nichts mehr übrig.« So schnell, wie sie gekommen war, verschwand sie wieder im Postamt.

»Typisch Maura«, merkte Chris an. »Die einzige Frau im Ort, die nicht vor Neugierde über deinen Besuch platzt und dir gleich Löcher in den Bauch fragt. Sie ist die gute Seele unserer Gemeinde. Wenn jemand krank ist, versorgt sie ihn mit Tee und Suppe. Und nebenbei strickt sie Unmengen an Schals und Socken für unseren Wollmarkt.« Chris schenkte Lena Tee ein und reichte ihr Sahne und Zucker. Dann trank sie einen großen Schluck, lehnte sich zurück und erzählte, wie sie vor mehr als zehn Jahren in diesem Ort gestrandet war: »Ich hatte damals eine Gruppenreise gebucht – zwei Wochen Wanderurlaub im Killarney Lakeland – und stellte zu meinem Entsetzen schnell fest, dass beinahe alle Teilnehmer Lehrer waren. Die endlosen Diskussionen über nervige Kollegen und missratene Schüler gingen mir bald so auf die Nerven, dass ich mich spontan von der Gruppe abmeldete und auf eigene Faust weiterwanderte. Am dritten Tag bin ich abends hier in Busby gelandet. Die Füße blutig von zu engen Wanderschuhen, ohne Quartier für die Nacht und total frustriert, marschierte ich schnurstracks in den Pub. Dort stand Dan mit ein paar Burschen aus dem Dorf am Tresen und feierte seinen Geburtstag. Ich verzog mich in die Ladies Lounge und bestellte Fish and Chips. Irgendwann bemerkte ich, dass Dan mich beobachtete. Ein kurzer Augenkontakt reichte, und es war um mich geschehen. Dieser rothaarige, wortkarge Ire hatte es mir angetan. Nach dem zweiten Guinness fragte ich den Wirt nach einer Übernachtungsmöglichkeit, und er deutete auf Dan. Auf dessen Farm gebe es ein Bed-and-Breakfast-Zimmer, das sei sicher frei. Den Rest kannst du dir denken. Schon drei Tage später waren wir zwei ein Paar, und ich blieb den Rest meines Urlaubs auf seiner Farm. Er wollte mich gar nicht mehr gehen lassen, doch ich musste nach Hause, zurück an meine Schule. Wir blieben in Kontakt. Stundenlange Telefonate und heiße Liebesbriefe jede Woche. Als ich zwei Monate später feststellte, dass ich schwanger war, hielt mich nichts mehr in Deutschland. Bis heute habe ich nicht einen Tag bereut, mich für dieses Leben entschieden zu haben. Alles, was ich brauche, habe ich hier:

meine Familie, die Farm, unsere Freunde.« Chris breitete die Arme aus, als wolle sie das ganze Dorf umarmen, und lachte. »Wie ist es bei dir? Hast du dich schon ein wenig in diese Gegend verliebt? Warte ab, bis du unseren Ort und seine Bewohner näher kennengelernt hast, dann möchtest du nicht mehr weg.«

Lena schüttelte energisch den Kopf. »Bei mir ist das doch etwas ganz anderes. Ich bin keine dreißig mehr wie du damals. Mein Zuhause ist dort, wo ich mit Martin glücklich war, wo meine Freundin Susanna lebt und ich Tobias in der Nähe habe.«

Chris blieb unbeirrt. »Ich verstehe dich. Aber gib Busby und seinen liebenswerten Bewohnern eine Chance, dir zu zeigen, warum es sich lohnt, über einen Neuanfang nachzudenken.«

4

Arm in Arm verließen die beiden Frauen gegen Mittag Mauras Teestube. »Jetzt zeige ich dir die Attraktionen von Busby«, verkündete Chris gut gelaunt und deutete mit ausgestrecktem Arm die kleine Hauptstraße hinunter. Fast alle Häuser waren in Pastelltönen gestrichen und hatten ein Schieferdach. An den Laternenpfählen baumelten Blumenampeln, die »Hanging Baskets« genannt wurden.

»Jedes Jahr veranstalten wir einen Wettbewerb. Wer den schönsten Blumenschmuck hat, gewinnt eine Flasche des besten Single Malt. Du kannst dir gar nicht vorstellen, wie selbst die Männer sich ins Zeug legen, um den Preis zu gewinnen«, erzählte Chris, als Lena auf eine Blumenampel mit dunkelroten Fuchsien zusteuerte.

»So prächtige Exemplare hätte ich gern in meinen Blumenkästen. Die gedeihen bei mir nicht.«

»Na, wenn du die schon für prächtig hältst, solltest du mal die Fuchsienhecke in Doktor O'Learys Garten sehen.« Chris zeigte auf das einzige weiß gestrichene Haus, das etwas zurückgesetzt in einem Garten lag.

Während sie die Straßenseite wechselten, fuhr hupend ein schlammbespritzter Geländewagen an ihnen vorbei.

Aus dem offenen Wagenfenster rief ein grauhaariger Mann: »Nice day, girls!«, und winkte.

»Das ist Walter, ein österreichischer Aussteiger. Er lebt im alten Miller-Cottage auf dem Hügel. Den musst du unbedingt kennenlernen«, meinte Chris.

Lena murmelte nur: »Lieber nicht«, denn sie ahnte, worauf diese Bekanntschaft hinauslaufen könnte. Sicher war der Aussteiger versessen darauf, den Witwentröster zu spielen. »Hast du nicht etwas von einem Wollmarkt erzählt?«, lenkte sie geschickt vom Thema ab und zupfte die Schwägerin am Ärmel.

»Nicht so ungeduldig, Lena. Zuerst mache ich dich mit Fergus bekannt. Ihm verdanken Dan und ich, dass wir zusammen sind.« Zielstrebig steuerte sie den Pub »Old Horseshoe« an. Auf dem Platz davor scheuerte ein kleiner, untersetzter Mann die Holztische und Bänke mit einer Wurzelbürste. Obwohl es recht kühl war, trug er ein T-Shirt, und Schweiß stand ihm auf der Stirn. Er ließ die Bürste in den Wassereimer fallen, dass das Wasser herausspritzte und seine Hosenbeine nass wurden, als er die Frauen entdeckte. Die feuchte Jeans schien ihn nicht weiter zu stören. »Hallo, Ladys«, rief er und deutete eine Verbeugung an. »Lust auf einen Drink? Claire brennt schon darauf, den Besuch aus Deutschland kennenzulernen.«

»Ein anderes Mal, Fergus. Wir sehen uns Donnerstag. Wollte meiner Schwägerin nur den Mann vorstellen, der schuld dran ist, dass ich jetzt auf der O'Connor-Farm hocke und Schafe zähle«, alberte Chris herum.

Fergus lachte so laut, dass eine Wandergruppe, die auf der anderen Straßenseite vorbeimarschierte, irritiert herübersah. »Chris übertreibt maßlos«, meinte er und reichte Lena die Hand. »Ich hab nur zusammengebracht, was zusammengehört. Du hättest mal die Blicke sehen sollen, die die beiden sich damals zuwarfen. Und weil ich wusste, wie schüchtern Dan war, habe ich etwas nachgeholfen.«

Lena hatte Mühe, den Worten des lustigen Wirts zu folgen, der schnell und sehr undeutlich sprach. Sie suchte händeringend nach dem englischen Begriff für »Heiratsvermittler«, doch er fiel ihr beim besten Willen nicht ein. Also lächelte sie nur und nickte hin und wieder.

»Wenn du willst, stelle ich dir auch einen netten Mann vor«, bot sich Fergus augenzwinkernd an und lachte, als Lena energisch den Kopf schüttelte, auf Deutsch »Auf keinen Fall!« hervorstieß und schnell »No, thank you!« daranhängte.

Weil sie das Gesicht dabei verzog, als hätte sie in eine Zitrone gebissen, lenkte Chris rasch ein: »Keine Angst, Lena. Fergus macht nur Spaß. Ist halt ein lustiger Kerl und immer für einen Joke zu haben.«

Fergus, der anscheinend verstanden hatte, dass sein Witz bei Lena nicht angekommen war, klopfte ihr kumpelhaft auf die Schulter und versicherte, dass er keine Absichten habe, sie mit irgendeinem alten Junggesellen zu verkuppeln. »Just a joke«, meinte er und versprach ihr ein Freibier, wenn sie am Donnerstagabend mit Chris und Dan in den Pub komme.

»Natürlich kommt Lena mit. Dafür werde ich schon sorgen«, versicherte Chris zum Abschied und zog Lena mit sich Richtung Wollmarkt.

»Warum meinen plötzlich alle Leute, mich an den Mann bringen zu müssen?« Lena blieb stehen und beschwerte sich: »Zuerst willst du mir diesen Walter andrehen, und dann möchte Fergus mir einen Kerl besorgen. Wofür haltet ihr mich eigentlich?«

Chris starrte sie entsetzt an. »Sorry. So habe ich das nicht gemeint. Niemand will dich hier verkuppeln. Alle sind nur besonders nett zu dir, weil sie von Martins Tod gehört haben, und sie möchten dich näher kennenlernen. Da du mit mir verwandt bist, sehen sie in dir keine Touristin. Du gehörst zur Familie O'Connor, so ist das.«

Das Lächeln wollte Lena nicht so recht gelingen. »Entschuldige, wenn ich überreagiere. Aber in meinem Leben gibt es im Moment Wichtigeres als Männer. Wenn ich wieder zu Hause bin, muss ich mir einen Ganztagsjob in meinem alten Beruf als Bürokauffrau suchen, denn die Witwenrente reicht vorn und hinten nicht, um den Kredit für das Haus zu tilgen und die Hypothek abzulösen, Tobis Studium zu finanzieren und für meinen Lebensunterhalt.«

»Ich dachte, Martin habe vorgesorgt.« Das Lächeln verschwand aus Chris' Gesicht, und auf ihrer Stirn zeigten sich Sorgenfalten.

»Hat er. Aber die Lebensversicherung steckt voll in unserem Haus. Vor einem Jahr haben wir auch noch die Bäder saniert und die letzten Reserven aufgebraucht. Wer konnte denn ahnen, dass Martin, fit, wie er war, einen Schlaganfall erleiden würde?« Tränen liefen Lena die Wangen hinunter, und sie fror erbärmlich. Mit zitternden Fingern nestelte sie an ihrer Jacke und versuchte, den Reißverschluss bis zum Kinn zu schließen.

»Ist dir kalt?« Besorgt zog Chris ihren Parka aus und hängte ihn der Schwägerin über die Schultern. »Lass uns rasch zum Wollmarkt gehen, bei Kathy wärmst du dich auf. Wenn die Zwillinge heute Abend im Bett sind, setzen wir uns zusammen und reden in aller Ruhe über deine finanziellen Probleme. Damit kennen Dan und ich uns aus. Was meinst du, wie oft unsere Farm vor dem Aus stand? Zuerst die Missernten, dann die vielen kranken Schafe, die notgeschlachtet werden mussten. Trotzdem haben wir nicht aufgegeben. Und das wirst du auch nicht. Gemeinsam finden wir einen Weg.«

Lena drückte ihrer Schwägerin dankbar die Hand. Unter ihrer Jacke fühlte sie sich warm und geborgen. Konnte diese starke Frau ihr wirklich dabei helfen, ihr Leben auf neue, solide Füße zu stellen? Als wolle der Himmel ihr eine Antwort auf diese Frage geben, riss die graue Wolkendecke auf, und die Sonne schien warm auf ihr Gesicht.

Inzwischen waren sie am Wollmarkt angekommen. Lena entdeckte selbst gestrickte Socken und Schals im Schaufenster und vergaß sofort ihre Sorgen. Hier war sie in ihrem Element. Über ihr schepperte eine altmodische Ladenglocke, als sie den kleinen Verkaufsraum betrat. Aus einem

Hinterzimmer ertönte ein gleichmäßiges Klackern zu leiser irischer Harfenmusik. Lena parkte ihre Jeanstasche auf der Verkaufstheke und schaute sich um. An den Wänden hingen Webteppiche in unterschiedlichen Größen, Fußmatten und gewebte Schals. In einem Regal stapelten sich wollweiße und braune Strickpullover, »Aran Sweater«, die in traditionellen Strickmustern gefertigt waren.

»Alles, was du hier siehst, wird in Busby oder einem der Nachbarorte von Hand gefertigt«, erklärte Chris, öffnete die Tür zum Hinterzimmer und steckte den Kopf hinein. »Hi, Kathy. Meine Schwägerin sähe gern, wie Teppiche gewebt werden.« Dann winkte sie Lena, ihr nach nebenan zu folgen. »Nimm deine Tasche lieber mit«, ermahnte sie Lena, die im Vorbeigehen danach griff und sich den Jeansbeutel über die Schulter hängte. Fasziniert blieb sie in der Tür stehen und beobachtete eine junge Frau, die vor einem großen Webstuhl saß.

Geschickt ließ sie das Schiffchen zwischen den gespannten Wollfäden hindurchsausen, trat auf ein Pedal, und die oberen und unteren Fäden wechselten ihre Position. Reihe für Reihe wuchs vor Lenas Augen ein bunt gestreifter Läufer. Der hölzerne Webstuhl füllte die Hälfte des Raumes aus. In der Ecke stand ein Tisch, auf dem sich Berge von Schafwolle türmten, und auf der Fensterbank klang leise irische Musik aus einem Radio.

»Darf ich das auch mal versuchen?«, fragte Lena und stellte sich neben Kathy.

Die lächelte sie an und rutschte von der Bank. »You're

welcome«, sagte sie und klopfte auf die Sitzfläche. »Chris hat mir schon erzählt, dass du selbst gern handarbeitest. Falls es dir auf der Farm mal langweilig wird, kannst du gern hierherkommen und mir helfen.«

Lena reichte Chris die inzwischen lieb gewonnene Tasche, ohne die sie nicht mehr aus dem Haus ging, und setzte sich. Sie versuchte, das Schiffchen zwischen den Fäden laufen zu lassen, doch ihre Bewegung war zu zaghaft, und es blieb auf halber Strecke liegen.

»Macht nichts. Gleich noch mal. Nicht so schüchtern.« Kathy zog das Schiffchen zurück und reichte es ihr. Beim dritten Versuch hatte Lena den Dreh heraus und schaffte es auf Anhieb. »Jetzt das Pedal treten, dann mit dem Kamm die Reihen verdichten und sofort die nächste Reihe«, ermunterte sie Kathy.

Eine halbe Stunde lang vertiefte sich Lena so in ihre Arbeit, dass sie alles um sich herum vergaß. Wenn auch das Ergebnis nicht so gleichmäßig ausfiel wie bei ihrer Lehrerin, war sie doch stolz auf sich. Ihre Wangen glühten, als sie zurück in den Laden ging. »Als Kind hatte ich einen kleinen Webrahmen und habe mir darauf Teppiche für meine Puppenstube gefertigt. Aber das hier ist doch etwas anderes. Auf einem großen Webstuhl macht das mehr Spaß.«

»Na, wenn das so ist, solltest du auf jeden Fall morgen Nachmittag wiederkommen. Da trifft sich unser Handarbeitskreis, und du kannst lernen, wie das traditionelle Strickmuster für die Aran Sweater entsteht, oder schaust

Claire beim Sockenstricken über die Schulter«, meinte Chris. »Dann kannst du den Frauen gleich zeigen, wie du aus alten Stoffen schicke Taschen nähst.« Sie tippte auf die Jeanstasche. »Dieses Prachtexemplar hat sie auch selbst gemacht.«

Lena winkte ab. »Das ist wirklich kein Hexenwerk. Man braucht nur eine Nähmaschine und etwas Geschick beim Zuschneiden. Der Rest ist simpel.«

Während Kathy sich die Jeanstasche genauer ansah und sich die einzelnen Schritte der Fertigung beschreiben ließ, stöberte Chris im Regal, holte einen weißen Pullover hervor und reichte ihn Lena. »Probier den mal an. Ein echter Aran Sweater ersetzt jede Heizung. Den möchte ich dir gern schenken.«

»Das kann ich unmöglich annehmen.« Lena versuchte, ihrer Schwägerin den Pullover zurückzugeben, doch die hängte ihn ihr über die Schultern. »Keine Widerrede, ich bestehe darauf!«

Lena strich über das wollige Kleidungsstück, zog Jacke und Pullover aus und schlüpfte in den Sweater. Kaum spürte sie die leicht kratzige Wolle auf ihrer Haut, umfing sie eine angenehme Wärme. »Ist das mollig«, schnurrte sie wie eine Katze auf der Ofenbank.

»Dann behalte ihn gleich an. Ich brauche meinen Parka nämlich für den Rückweg.« Chris' Blick wanderte nach draußen. Die Sonne versteckte sich hinter einer schwarzen Wolke, und dicke Regentropfen platschten gegen das Schaufenster.

»Vielen Dank.« Lena drückte ihrer Schwägerin einen Kuss auf die Wange. Dann streifte sie ihre Regenjacke über den Sweater und stopfte den alten Pullover in die Jeanstasche. Aus dem Augenwinkel sah sie, dass Chris einen Fünfzigeuroschein aus dem Portemonnaie zog und in die Ladenkasse steckte. Die Frauen verabredeten, dass Lena am nächsten Nachmittag wieder im Wollmarkt vorbeischauen sollte, während Chris im Gemeindezentrum Mathenachhilfe erteilte.

»Damit bessere ich meine Haushaltskasse etwas auf«, erzählte sie Lena, während sie zum Auto zurückliefen. »Das Geld bekomme ich von der Kirchengemeinde, denn die meisten Familien im Ort können sich einen Nachhilfelehrer nicht leisten. So ist allen geholfen. Ich kassiere zwanzig Euro pro Nachmittag, und die Kirche bekommt von den Schülern eine freiwillige Spende. Jeder gibt, so viel er kann.«

»Dir macht es sicher Spaß, wieder in deinem alten Beruf zu arbeiten«, meinte Lena. Sie hörte ihrer Schwägerin nur mit halbem Ohr zu, die ausführlich von den Lernerfolgen ihrer Schützlinge berichtete. Nebenbei überlegte sie fieberhaft, wie sie ihren Gastgebern etwas Geld zukommen lassen konnte, ohne sie zu beleidigen, entgingen Chris und Dan doch während ihres Aufenthaltes die Mieteinnahmen des Ferienhauses. Im Vorbeifahren entdeckte sie auf einem Plakat die Einladung zum Ostertanz und hatte eine Idee. Gleich morgen würde sie im örtlichen Lebensmittelladen nach Schokoladeneiern Ausschau halten. Gegen ein Geldgeschenk im Osternest sprach doch wirklich nichts. Lena freute sich jetzt schon über die Gesichter der Beschenkten. Noch vier Tage bis Ostersonntag. Zeit genug, ihre Überraschung vorzubereiten. Sie hoffte inständig darauf, dass ihr Geschenk nicht missverstanden würde.

5

»Worüber schmunzelst du?«, fragte Chris.

»Ich freue mich darauf, den Handarbeitskreis kennenzulernen. Das wird sicher lustig«, wich Lena aus.

»Worauf du dich verlassen kannst. Ein Haufen alberner Weiber mit klappernden Stricknadeln und Tee mit Whiskey«, beschrieb Chris die Gruppe, während sie von der Straße auf die Zufahrt zur Farm abbog. Vor dem Haus tollten die Mädchen mit den zwei Hütehunden. Weil Lena keine Anstalten machte, auszusteigen, sprang Chris aus dem Auto und rief den Zwillingen etwas zu, die daraufhin die Hunde am Halsband festhielten. »Du kannst rauskommen«, beruhigte ihre Schwägerin sie. In einem weiten Bogen schlich Lena an der kleinen Gruppe vorbei.

»Das sind Chip und Chap«, erklärte Sarah, und Anne meinte: »Du musst sie streicheln, dann wissen sie, dass du zur Familie gehörst, und lassen dich in Ruhe.«

Mit zitternden Knien näherte sich Lena den Hunden, streckte ihre Hand aus, ließ die Tiere daran schnuppern und strich jedem vorsichtig über den Kopf. Die Australian Shepherds schienen zu spüren, dass Lena Angst hatte, blieben aber brav sitzen und wedelten sogar mit dem Schwanz.

»Siehst du, die mögen dich.« Chris klopfte ihr aufmunternd auf die Schulter, doch Lena blieb skeptisch und beeilte sich, ins Haus zu kommen.

Während ihre Schwägerin Hackfleisch mit Zwiebeln und Tomaten anbriet, in eine Auflaufform füllte, mit Kartoffelbrei abdeckte und das Ganze anschließend in den Ofen schob, mühte sich Lena redlich, die Zwillinge beim »Mensch ärgere Dich nicht« zu schlagen. Die zwei jauchzten jedes Mal, wenn Lenas Figuren hinausgeworfen wurden.

»Spiel wegräumen und Tisch decken.« Chris öffnete die Ofentür, und sofort erfüllte ein verführerischer Zwiebelduft die Küche. »Es gibt Shepherd's Pie, ein typisch irisches Armeleuteessen. Ich hoffe, du magst das.«

»Ich habe so einen Hunger, dass ich sogar gebratene Schuhsohlen essen könnte«, erklärte Lena und löste damit einen Lachanfall der Zwillinge aus.

Die Tür wurde aufgerissen, und Dan stürmte an den Tisch. »Sorry, dass ich zu spät bin. Hatte eine Geburt auf der Nordweide. Das wäre fast schiefgegangen. Das Kleine steckte fest. Ohne meine Hilfe hätte Daisy es nicht geschafft.« Er küsste seine Frau auf die Wange und wuschelte den Zwillingen durch ihre Locken.

Lena bedachte er nur mit einem kurzen Kopfnicken. Obwohl er sie bei ihrer Ankunft freundlich begrüßt und ihr versichert hatte, dass er sich über ihren Besuch freue, spürte Lena immer noch eine unsichtbare Mauer zwischen ihnen. Nie suchte der große, rothaarige Mann das Gespräch mit ihr. Das wollte sie unbedingt ändern.

»Nimmst du mich mit zu den Schafen? Ich sähe so gern einmal ein neugeborenes Lamm aus der Nähe.« Sie lächelte ihn an.

Dan kratzte sich nachdenklich am Kopf und brummte undeutlich: »Warum nicht? Morgen vielleicht.«

Von Chris erfuhr sie, dass Daisy das Lieblingsschaf der Familie sei. »Sie hat uns schon sechs wunderschöne Lämmchen geschenkt. Ist halt unser gutes Mädchen.«

Aufgeregt stritten sich Anne und Sarah darum, wer einen Namen für das Lamm aussuchen dürfe. Erst als ihr Vater versprach, dem Tier einen Doppelnamen zu geben, waren die zwei zufrieden.

»Wenn die Mädchen im Bett sind, setzen wir drei uns bei einem Glas Whiskey zusammen. Lena braucht unseren Rat.« Chris streichelte ihrem Mann zärtlich die Hand und füllte seinen Teller mit Pie. Dan nickte nur und blieb den Rest des Abends schweigsam. Als sie aufgegessen hatten, hockten sich die Zwillinge ins Wohnzimmer vor den Fernseher. »Nur eine halbe Stunde«, rief Chris ihnen nach, versprach aber, später zum Vorlesen nach oben zu kommen.

Während die Frauen die Küche aufräumten und abwuschen, verzog sich Dan mit der Tageszeitung in seinen Lieblingssessel.

»Zeit, ins Bett zu gehen. Ihr müsst morgen früh raus«, dirigierte Chris die maulenden Töchter nach oben.

»Kommt Tante Lena mit?«, bettelte Anne. »Sie soll unbedingt unser Zelt sehen.«

»Wenn ihr möchtet, kann ich euch etwas vorlesen«, bot Lena an und strahlte, als Sarah sie an der Hand nahm und hinter sich herzog. Anne wollte ihrer Schwester nicht nachstehen, auch sie reichte Lena die Hand. Gemeinsam marschierten die drei wie eine kleine Karawane die Treppe hinauf. Die Zwillinge teilten sich ein Zimmer zum Schlafen. Das zweite Kinderzimmer wurde zum Spielen und Lernen genutzt.

»Leg dich zu uns.« Anne verschwand unter einem dunkelblau gefärbten Bettlaken, das zeltartig von der Decke herabhing, und Sarah krabbelte ihr nach. Auf allen vieren kroch Lena hinterher.

»Das ist ja wie unter einem Sternenhimmel«, schwärmte sie, als sie sich zwischen die Zwillinge legte und nach oben sah. Im Inneren des Zeltes schwebten unzählige gelbe Papiersterne, unsichtbar an Nylonfäden befestigt. Eine Lampe in Mondform leuchtete über ihnen. Anne kramte ein Märchenbuch unter einem der dicken Kissen hervor, die den Boden bedeckten. »Heute ist der Froschkönig dran.«

Erstaunt blickte Lena auf eine alte deutschsprachige Ausgabe der Märchensammlung. »Ich wusste gar nicht, dass ihr schon so gut Deutsch sprecht«, murmelte sie ungläubig.

Sarah grinste. »Wir werden zweisprachig erzogen«, erklärte sie in bestem Schuldeutsch. »Jeden Sonntagmorgen übt Mami mit uns lesen und schreiben in ihrer Sprache. Manchmal kommen sogar unsere Freundinnen dazu.«

»Und ich dumme Kuh quäle mich hier schon seit Tagen

mit meinem Englisch ab. Gemein von euch, mich so reinzulegen. Zur Strafe werdet ihr jetzt ausgekitzelt.« Lena beugte sich abwechselnd über Anne und Sarah, die sich vor Lachen bogen, und kitzelte ihre Nichten. Beim Vorlesen kuschelten sich die Zwillinge an sie, und sofort durchströmte Lena ein Glücksgefühl. Wie lange war das her, dass sie so neben ihrem Kind gelegen und seine Wärme gespürt hatte? Ihre Nichten schienen zu fühlen, wie gut ihr die Nähe tat, fast gleichzeitig schmiegten sie ihre Köpfe an Lenas Schultern und murmelten: »Du bist lieb.«

»Die beiden schlafen tief und fest«, verkündete Lena gut gelaunt, als sie sich zu Dan und Chris ins Wohnzimmer setzte. Im Kamin verbreitete ein Torffeuer wohlige Wärme. Auf dem Tisch standen volle Whiskeygläser und eine Schale mit Kartoffelchips.

»Bevor wir uns ernsteren Dingen widmen, möchten Dan und ich auf deinen Besuch anstoßen und dich noch mal herzlich willkommen heißen.« Chris erhob ihr Glas und prostete Lena zu.

»Übrigens probieren wir gerade den Berliner Whiskey«, meinte Dan. »Gar nicht so übel.« Seine Miene hellte sich auf, als er das Glas zum zweiten Mal füllte.

Lena nippte vorsichtig und schüttelte sich. »Brr, schmeckt der scheußlich«, war ihre erste Reaktion. Beim besten Willen konnte sie sich nicht vorstellen, was an diesem teuren Gesöff so lecker sein sollte, dass alle Iren verrückt danach waren.

Chris lachte. »Genau so ein Gesicht habe ich auch gezogen, als Dan mir den ersten Whiskey ausschenkte. Mit der Zeit gewöhnt sich dein Gaumen an den Geschmack, der dir zunächst etwas zu kräftig und herb erscheint. Dann entdeckst du sogar den Unterschied zwischen den einzelnen Sorten.«

»Nimm noch einen Schluck. Behalte ihn länger im Mund und lass dich auf ihn ein.« Dan schien sich jetzt in der Rolle des Gastgebers richtig wohlzufühlen. Weil sie nicht unhöflich sein wollte, befolgte Lena seinen Rat und nahm tapfer einen größeren Schluck. Sie schmeckte tatsächlich hinter dem Rauch einen malzigen Geschmack. Als der Whiskey längst den Gaumen passiert hatte, rief sie überrascht aus: »Ich entdecke sogar einen Hauch von Schokolade. Ist das möglich?«

Chris strahlte sie an und nickte. »Du bist eben ein Naturtalent.«

»Ist mir heiß.« Hastig zog Lena den Aran Sweater aus und legte ihn neben sich auf die Couch. »Jetzt verstehe ich, warum ihr Iren so gern Whiskey trinkt. Der heizt tüchtig ein.«

»Nicht nur das. Er kann aus einem schüchternen Mann einen mutigen und manchmal sogar einen Draufgänger machen.« Chris warf ihrem Dan einen Luftkuss zu und hielt Lena die Schale mit den Chips vor die Nase.

Obwohl Lena sich nichts aus der salzigen Knabberei machte – viel lieber hätte sie jetzt ein Stück Schokolade gegessen –, griff sie zu und stopfte sich eine Handvoll Chips in den Mund. Als Dan ihr Glas erneut füllen wollte, winkte sie ab. »Später vielleicht. Mit einem Schwips kann ich nicht mehr klar denken.«

Chris schob Gläser und Schale zur Seite, griff neben sich in den Zeitschriftenständer und kramte Block und Kugelschreiber hervor. »Hast du die Einnahmen und Ausgaben ungefähr im Kopf, damit wir uns einen groben Überblick verschaffen können? Gemeinsam gelingt es uns sicher, eine Lösung für deine finanziellen Probleme zu finden.«

Dan erhob sich aus dem Sessel und setzte sich neben Lena auf die Couch, während seine Frau sich auf die andere Seite hockte. Er schien wie ausgewechselt. Ob das am Whiskey lag oder Chris in der Zwischenzeit ein ernstes Wort mit ihm geredet hatte? Egal, was der Grund für seinen plötzlichen Sinneswandel war, Lena genoss es, ihn und Chris an ihrer Seite zu haben. Es fiel ihr nicht schwer, alle benötigten Zahlen zu nennen, hatte sie doch erst letzte Woche über den Kontoauszügen gebrütet und frustriert festgestellt, dass nur ein Ganztagsjob sie retten konnte.

»Ich sehe drei Möglichkeiten, wie du aus dem ganzen Schlamassel wieder herauskommst«, merkte Chris an, während sie eifrig rechnete. »Du verkaufst das Haus und ziehst in eine nette, kleine Wohnung. Oder du bittest Tobias, sich einen Job zu suchen, und kürzt seine Zuwendungen um die Hälfte. Es wird Zeit, dass er lernt, auf eigenen Füßen zu stehen.«

»Aber …«, versuchte Lena, sie zu unterbrechen. Doch Chris hob die Hand und bat sie, sich zuerst die dritte Variante anzuhören. »Auch wenn du wieder ganztags arbeitest, heißt das noch lange nicht, dass damit alle deine finanziellen Probleme gelöst sind. Der Unterhalt des großen Hauses verschlingt einen Großteil des Gehalts. Du kannst keine Rücklagen für Reparaturen oder Neuanschaffungen bilden.«

»Wie ich das sehe«, mischte sich Dan ein, »hast du keine andere Wahl, als das Haus zu verkaufen. Bei der positiven Wirtschaftslage, die ihr im Moment in Deutschland habt, müsste doch ein ordentlicher Preis zu erzielen sein. Ich denke, am Ende wird sogar genug Geld übrig bleiben, um deine Reserven aufzufüllen.«

»Stell dir mal vor, du wärst deine finanziellen Sorgen mit einem Schlag los«, warf Chris ein.

Während Schwager und Schwägerin weiter auf sie einredeten, wurde Lena immer nachdenklicher. In ihrem Kopf herrschte ein heilloses Durcheinander. Der Gedanke daran, ihr geliebtes Heim aufzugeben und umzuziehen, machte ihr Angst. »Ich kann doch unmöglich alles aufgeben, was Martin und ich uns erst vor drei Jahren aufgebaut haben.« Lena sprang auf, quetschte sich an Dan vorbei und rannte im Zimmer auf und ab. »Was wird Tobias dazu sagen? Er liebt unser Haus. Nein, das kann ich ihm nicht antun!«

»Zeit für den zweiten Whiskey.« Dan füllte Lenas Glas und reichte es ihr. Hastig schüttete sie den gesamten Inhalt auf einmal in sich hinein. Der Alkohol brannte ihre Kehle hinunter und stieg ihr zu Kopf. Eine angenehme Leichtigkeit breitete sich dort aus, schob ihre Bedenken auf einen Schlag zur Seite.

»Das habe ich jetzt gebraucht.« Lena bat Dan, ihr nachzuschenken. »Ihr habt recht. Wenn ich mich nicht länger mit Geldsorgen herumplagen möchte, muss ich das Haus verkaufen. Aber zuerst werde ich mit Tobias darüber reden. Ich hoffe inständig, dass er einverstanden ist.«

»Falls er sich querstellt, rede ich mal ein ernstes Wörtchen mit ihm«, bot Chris lachend an. Doch das hörte Lena nur wie aus der Ferne, denn der Whiskey war ihr derart zu Kopf gestiegen, dass sie die Augen kaum offen halten konnte.

»Ich bin so müde«, lallte sie mit schwerer Zunge.

Sofort waren Chris und Dan an ihrer Seite, fassten sie rechts und links an der Taille und begleiteten sie über den nächtlichen Hof zum Gästehaus. Keine fünf Minuten später lag Lena dick eingemummelt unter zwei Decken im Bett, an den Füßen eine Wärmflasche.

»Nicht jeden Abend Whiskey, oder?«, rief sie den beiden noch hinterher und schlief ein.

6

Wie durch eine Nebelwand drang das dumpfe Motorengeräusch eines Autos zu ihr vor. Lena rekelte sich wohlig unter ihren Decken und schielte zum Wecker. Kurz nach zehn! Verwundert rieb sie sich die Augen. Zum ersten Mal seit Martins Tod hatte sie neun Stunden am Stück geschlafen. Vorsichtig hob sie den Kopf. Nicht der geringste Brummschädel, alles fühlte sich normal an. Und das, obwohl sie drei Gläser Whiskey getrunken hatte.

Statt wie üblich aufzuspringen und das Bett fluchtartig zu verlassen, kuschelte sie sich in die Kissen und schaute sich um. Seit ihrer Ankunft hatte sie das kleine Gästehaus nur zum Schlafen genutzt, die meiste Zeit im Haupthaus bei der Familie verbracht. Erst jetzt fiel ihr auf, mit wie viel Liebe der umgebaute Stall von Chris und Dan hergerichtet worden war. Das Schlafzimmer mit Fenster zu den Weiden war in zartem Lindgrün gestrichen. Übergardinen und Bettdecke waren in Beige gewählt. Auf den rot lackierten Holzdielen lag ein Flickenteppich, und an den Wänden hingen gerahmte Fotos der irischen Landschaft. Ein Schaukelstuhl vor dem Kleiderschrank lud zum Träumen und Entspannen ein.

Lena versuchte, sich zu erinnern, wie sie es gestern Nacht geschafft hatte, aus Jeans und Pullover zu schlüpfen und diese dann ordentlich gefaltet dort abzulegen. Es fiel ihr beim besten Willen nicht ein. Mit knurrendem Magen sprang sie aus dem Bett, streifte ihre Wollsocken über und lief vom Schlafzimmer aus durch die angrenzende Wohnküche zum Bad. Es kostete sie einiges an Überwindung, Schlafanzug und Socken auszuziehen, denn der kleine Raum war nicht geheizt. Fröstelnd hüpfte sie auf den kalten Fliesen von einem Bein auf das andere. Erst als der altmodische Boiler aufgeheizt hatte, stellte sie sich unter die Dusche und ließ so lange heißes Wasser über ihren Körper laufen, bis die Haut rosig durchblutet war. Dann drehte sie den Regler auf kalt, biss die Zähne zusammen und sprang einmal kurz unter den kühlen Wasserstrahl. Mit dieser Abhärtungsmaßnahme hoffte sie, sich gegen den kalten irischen Westwind zu wappnen.

Zehn Minuten später trat sie in Jeans und Wollpullover und mit Wanderstiefeln an den Füßen vor die Tür und hielt ihr Gesicht in die Sonne. Was für ein wundervoller Frühlingstag. Im Garten leuchteten die Osterglocken, und in der Rhododendronhecke öffneten sich erste Blüten. Truty, der Hausfasan, stolzierte mit gespreiztem Gefieder über den Hof. Gut gelaunt stürmte Lena in die Küche, fand dort statt ihrer Schwägerin aber nur einen liebevoll gedeckten Frühstückstisch vor. Auf dem Teller lag ein Zettel: »Bin einkaufen. Lass es dir schmecken. Bis später. Kuss, Chris.«

Dieser Aufforderung folgte sie nur zu gern. Sie bestrich die frischen Scones mit Butter und Erdbeermarmelade, gönnte sich danach noch ein Stück Schafskäse und kostete sogar die Lammsalami. Pappsatt streckte sie die Beine von sich und blätterte in einem Anzeigenblatt, das neben der Teekanne lag.

»Wie ist dir unser Whiskey-Tasting bekommen?« Chris stellte den vollen Einkaufskorb auf der freien Ecke des Tischs ab und schaute Lena erwartungsvoll an.

»Sieht man mir das nicht an? So lang habe ich ewig nicht geschlafen. Wundere dich nicht, wenn ich dir die Haare vom Kopf fresse«, verkündete Lena lachend und hielt demonstrativ den leeren Brotkorb hoch. »Ich brauche unbedingt Bewegung. Am liebsten würde ich zu Fuß ins Dorf gehen. Ist das sehr weit?«

»Nicht, wenn du die Abkürzung über die Weiden nimmst.« Chris griff sich den Zettel und kritzelte auf die Rückseite eine Wegbeschreibung. »Gleich hinter der Farm führt ein Trampelpfad den Berg hinauf zur Nordweide. An der dicken Eiche rechts auf den Feldweg abbiegen und dann immer geradeaus. Bald siehst du den Glockenturm unserer Kirche. Wenn du schnell gehst, bist du in einer Stunde in Busby.«

»Hoffentlich«, stöhnte Lena, als sie auf die Kritzelei ihrer Schwägerin starrte. Sie bot an, Chris beim Aufräumen zu helfen, doch die schob sie energisch aus der Küche.

»Du hast Urlaub. Denk an deine Regenjacke, und nimm vorsichtshalber das Handy mit, falls du dich verläufst.«

Die Jeanstasche über die Schulter gehängt, marschierte Lena die Wiese bergauf. Der feuchte Boden schmatzte bei jedem Schritt, und schon bald hafteten dicke Lehmklumpen unter ihren Sohlen. Sie bereute es, die Wanderstiefel vor der Abreise nicht imprägniert zu haben. Denn jetzt saugten sie sich voll Wasser und wurden bleischwer. Keuchend quälte sie sich voran, blieb alle paar Schritte stehen und schnappte nach Luft. Vor Anstrengung liefen ihr kleine Schweißtropfen den Rücken hinunter.

Kurz entschlossen entledigte sie sich des Wollpullovers, band ihn um die Hüften und wanderte im T-Shirt weiter. Der aufkommende Wind sorgte zwar für Abkühlung, doch er trieb dunkle Wolken heran. Hastig nestelte Lena an ihrer Tasche und kramte die Regenjacke hervor. Kaum hatte sie diese übergestreift, setzte Nieselregen ein, der so dicht war, dass sie keine hundert Meter weit sehen konnte.

Hier musste doch die dicke Eiche sein! Schemenhaft glaubte sie, einen Baum zu erkennen, bog rechts ab und landete tatsächlich auf einem Feldweg. Erleichtert atmete sie auf. Wenn sie jetzt weiter geradeaus wanderte, musste sie direkt auf die Kirche zulaufen. Als sie eine halbe Stunde später aber auf der Landstraße stand und weit und breit kein Haus sah, war ihr klar, dass sie sich verlaufen hatte. Sie versuchte, Chris anzurufen, doch ihr Handy hatte keinen Empfang.

Frustriert kauerte sie sich am Straßenrand auf einen dicken Stein und legte erschöpft den Kopf auf die Jeanstasche in ihrem Schoß. In den feuchten Stiefeln krampften ihre Füße, und die nasse Jeans klebte an ihren Beinen. Lena wusste nicht, wie lange sie dort so gesessen hatte, als mit quietschenden Reifen ein Wagen neben ihr hielt und die Beifahrertür aufgestoßen wurde. Ein Mann mit grau meliertem Haar, Dreitagebart und Nickelbrille saß hinter dem Lenkrad, neben sich eine Arzttasche. »Einsteigen!«, forderte er sie energisch auf.

»Fahren Sie nach Busby?« Misstrauisch beäugte Lena den großen, zotteligen Hund, der auf der Rückbank schlief.

Sein Herrchen schien ihre Bedenken zu erraten, denn er brummte: »Was ist jetzt? Ich hab nicht ewig Zeit.«

Er schob seine Tasche vom Sitz auf den Boden, so dass Lena gezwungen war, ihre Beine rechts und links danebenzuquetschen, um halbwegs bequem sitzen zu können.

»Danke, dass Sie mich mitnehmen«, versuchte sie, ein Gespräch in Gang zu bringen, doch ihr Retter starrte mit zusammengekniffenen Augen geradeaus und gab mit einem Nicken zu verstehen, dass die Unterhaltung damit beendet war. Dafür schien sein Hund umso mehr Interesse an Lena zu haben. Er setzte sich auf, schob seinen Kopf zwischen den Sitzen hindurch und leckte ihr über das Gesicht. Von den Zwillingen wusste Lena, dass dies ein Zeichen von Zuneigung war. Deshalb hob sie vorsichtig die Hand und kraulte ihren neuen Freund hinter den Ohren. Sofort legte er seinen Kopf auf Lenas Schulter und schloss die Augen. Mutig streichelte sie weiter, genoss es sogar, sein flauschiges Fell an ihrer Wange zu spüren. Aus den Augenwinkeln bemerkte sie, wie sich die Miene des Fahrers aufhellte.

»Scotty mag dich«, meinte er und nahm schwungvoll die nächste Kurve.

»Das finde ich nett von ihm. Ich bin Lena, die Schwägerin von Dan und Chris.« So schnell gab sie nicht auf. Irgendwie musste es ihr doch gelingen, diesen Sturkopf aus der Reserve zu locken.

»Jack«, stellte er sich vor, griff an Lena vorbei ans Armaturenbrett und regelte die Temperatur nach oben. Sofort blies warme Luft über ihre Beine. Scotty versuchte, sich zwischen den Sitzen hindurchzuzwängen, wurde aber von Jack unsanft auf die Rückbank gedrückt. Winselnd rollte sich der Hund auf einer alten Decke zusammen. Erst als Lena nach hinten griff und ihn erneut streichelte, gab er Ruhe.

»Here we are«, sagte Jack und bog auf die Einfahrt zum Arzthaus. Sofort sprang Scotty auf. Als sein Herrchen ausstieg und ihm die Tür aufhielt, hüpfte er mit einem riesigen Satz aus dem Wagen und rannte wie aufgezogen ein paarmal um das Auto. Dann setzte er sich vor die Beifahrertür und bellte. Lena musste sich wohl oder übel an ihm vorbeiquetschen. Bevor sie sich von Jack verabschieden konnte, verschwand der grußlos im Haus.

Dann eben nicht, dachte sie, hängte sich die Jeanstasche wieder um und marschierte an der Fuchsienhecke vorbei Richtung Hauptstraße. Sie hatte keine Augen für die Blütenpracht, wollte nur so schnell wie möglich zu Maura in die Teestube. Dort könnte sie sich bei Tee und Kuchen von der anstrengenden Wanderung erholen. Doch sie hatte die Rechnung ohne Scotty gemacht. Der wich keinen Meter von ihrer Seite, stupste sie immer wieder an, um sich eine Streicheleinheit abzuholen.

»Ich mag dich auch, sehr sogar«, redete sie laut mit ihm. »Aber findest du nicht, es wäre an der Zeit, nach Hause zu laufen?«

Der Hund legte den Kopf zur Seite und schaute sie mit seinen dunkelbraunen Augen so verständnisvoll an, dass Lena laut lachen musste. »So weit bin ich schon gekommen! Jetzt rede ich mit Hunden.« Kurz entschlossen drehte sie sich um und ging zurück. Scotty blieb brav an ihrer Seite. Die Tür des Arzthauses war angelehnt. Im Flur, der offenbar als Wartebereich genutzt wurde, standen sechs Stühle an der Wand.

»Jack«, rief Lena und trat unruhig von einem Bein auf das andere.

»Bin oben!«, ertönte es aus dem ersten Stock.

»Ich habe Scotty zurückgebracht. Er läuft mir nach«, erklärte Lena.

»Okay, bring ihn hoch!«, kam es prompt von Jack.

Die Treppenstufen knarrten, als sie nach oben ging. Hinter der zweiten Tür vernahm Lena das schrille Pfeifen eines Wasserkessels.

»Tee ist gleich fertig.« Jack stand hemdsärmelig an der Spüle und goss heißes Wasser in eine dickbauchige Teekanne. Der Blick seiner blauen Augen traf Lena so unvorbereitet, dass sie sich schnell zu Scotty beugte und murmelte: »Braver Junge. Du bleibst jetzt bei Herrchen.«

Doch ehe sie den Rückweg antreten konnte, drückte ihr

Jack einen dampfenden Pott Tee in die Hand. »Setz dich vor den Ofen, damit deine Hose und die Schuhe trocknen. Sonst holst du dir nur eine Erkältung.« Obwohl seine Stimme immer noch einen scharfen Ton hatte, lächelte Jack sie aufmunternd an und schob einen Stuhl zurecht. Er selbst hockte sich ihr gegenüber an den Küchentisch. Scotty legte sich zwischen sie. Seine Schnauze ruhte auf Lenas Wanderstiefeln, mit den Hinterpfoten berührte er die Füße seines Herrchens.

»Hast du heute keine Patienten?« Lena vermied es, Jack in die Augen zu sehen.

»Nur Hausbesuche«, erwiderte er und starrte minutenlang aus dem Fenster.

»Ich muss jetzt gehen, bin mit Kathy verabredet«, unterbrach Lena die Stille und zog vorsichtig ihre Füße unter Scottys Kopf hervor. Sofort sprang der Hund auf und wedelte mit dem Schwanz.

»Sit!«, kommandierte Lena, woraufhin Scotty zur Küchentür trottete und sich davor ausstreckte.

»Jack, kannst du bitte den Hund zu dir rufen? Ich muss jetzt wirklich gehen«, flehte Lena. Wieder trafen sich ihre Blicke, und diesmal war es Jack, der verlegen errötete.

»Natürlich«, sagte er leise, zog den widerspenstigen Hund am Halsband zu sich und hielt ihn fest.

»Vielen Dank für den Tee«, murmelte Lena beim Hinausgehen. Als sie die Tür hinter sich schloss, hörte sie Scottys Winseln und dann Jack: »Scotty würde sich freuen, wenn du wiederkämst.« Und leise: »Ich auch.«

7

»Wo warst du?« Kathy schaute Lena an, als wäre ihr ein Geist erschienen.

»Wenn ich es dir doch sage! Jack hat mich zu sich in die Küche gerufen und mir eine Tasse Tee angeboten«, versicherte Lena, während sie half, Stühle vom Keller nach oben zu schleppen.

»Jetzt mal der Reihe nach«, forderte Kathy sie auf. »Bevor die anderen Frauen kommen, will ich alles genau wissen.«

Lena hockte sich neben ihre neue Freundin auf die Bank vor dem Webstuhl und schilderte ihre abenteuerliche Wanderung und die Rettung durch den kauzigen Dorfarzt. Kathy hörte aufmerksam zu, schüttelte nur hin und wieder den Kopf und murmelte: »Unglaublich.«

»Kannst du mir jetzt endlich mal erklären, was so besonders daran sein soll, dass ich in Jacks Küche war?«

Kathy grinste. »Seit seine Frau ihn vor acht Jahren verlassen hat, durfte kein weibliches Wesen mehr die obere Etage betreten. Er meidet den privaten Kontakt zu Frauen wie der Teufel das Weihwasser. Die Enttäuschung über die gescheiterte Ehe setzt ihm immer noch zu.«

Gern hätte Lena mehr über diesen verschlossenen Mann erfahren, doch Maura und drei andere Frauen drängelten sich, mit Kuchentabletts und Handarbeitskörben bewaffnet, in die Webstube.

Eine nach der anderen umarmte Lena, als wäre sie eine langjährige Mitstreiterin, und stellte sich vor. Claire O'Sullivan, die Frau des Wirts, fischte eine Flasche Whiskey aus den Tiefen ihrer Tasche und stellte sie auf den Tisch. Maura verschwand mit Bella Snow, der Haushälterin des Pfarrers, in der Küche, um Tee zu kochen, und Nora Burke deckte den Tisch. Schon bald summte es im Webraum wie in einem Bienenstock. Alle redeten wild durcheinander, lachten und schütteten dabei Unmengen an Tee in sich hinein. Besorgt beobachtete Lena, wie auch der eine oder andere Schluck Whiskey in den Tassen landete. War der Handarbeitskreis nur ein Vorwand, um sich zum Quatschen und Alkoholtrinken zu treffen?

Als der letzte Krümel Kuchen verputzt war, trug Kathy das Geschirr in die Küche, wischte mit einem Lappen über den Tisch und verkündete: »An die Arbeit, Mädels. Ich brauche dringend neue Ware für den Laden. Nächste Woche beginnt die Saison.«

»Welche Saison?«, fragte Lena nach.

»Die Wandersaison, du Schäfchen«, erklärte Maura lachend. »Dann wird sogar unser beschauliches Busby von Urlaubern heimgesucht. Die kaufen hoffentlich den Wollmarkt leer und kehren im Pub und bei mir ein.«

Wie auf Kommando griffen die Frauen in ihre Körbe und

zogen Strickzeug und Wolle hervor. Bald klapperten ihre Nadeln. Lena schaute fasziniert zu, wie schnell Maura Socken strickte, ohne hinzuschauen. Bella arbeitete an einem gestreiften Umhängetuch, und Claire versah die fertigen Schals mit Fransen. Auf Kathys Webstuhl wuchs Reihe für Reihe ein wunderschöner weißer Bettvorleger.

»Wenn ihr mir Stoffreste und eine Nähmaschine besorgt, kann ich bis nächste Woche jede Menge Einkaufsbeutel fertigen. Ich verwerte auch abgetragene Kleidungsstücke, die ihr nicht mehr braucht.« Lena sprang auf, hangelte nach ihrer Jeanstasche, die hinter dem Webstuhl an der Wand lehnte, und stellte ihr Lieblingsstück auf den Tisch. »Garantiert laufen euch die Kunden die Bude ein, wenn wir so etwas ins Schaufenster hängen.«

Für einen Moment herrschte Stille in dem kleinen Hinterzimmer, dann brach es aus den Frauen hervor.

»Ich will unbedingt eine für meine Nichte Jessie«, rief Maura.

Kathy bestellte zehn Stück für den Laden, und Claire war wissbegierig, zu lernen, wie die Taschen genäht wurden.

»Langsam, langsam, meine Damen«, stoppte Lena den Redefluss der anderen. »Habt ihr denn eine ordentliche Nähmaschine für mich? Außerdem brauche ich Garn, Gürtel, Knöpfe und jede Menge Stoff.«

Schüchtern hob Nora die Hand. »Bei uns im Schuppen steht seit Jahren so ein Ding. Ist von Tommys Mutter. Ich weiß aber nicht, ob die noch funktioniert.«

»Kannst du sie gleich holen?« Lena war in ihrem Element. Plötzlich hatten es alle eilig, nach Hause zu laufen, um das Gewünschte zu besorgen. Lena und Kathy blieben zurück. Gemeinsam stöberten sie auf dem Dachboden. In einer alten Wäschetruhe schlummerten ungeahnte Schätze: Übergardinen aus grünem und rotem Leinen, ausrangierte Kissenbezüge und ein geblümtes Seidenkleid.

»Alles von meiner Mutter. Ich hab's nicht übers Herz gebracht, das wegzuwerfen. Kannst du davon etwas gebrauchen?« In Kathys Augen standen Tränen, als ihre Hand über das Kleid strich.

Mit geschultem Auge prüfte Lena den Zustand der Stoffe. Obwohl die Sachen schon seit Jahren auf dem Speicher lagen, hatten sie keine Mottenlöcher und rochen auch nicht muffig. Das kräftige Leinen der Gardinen eignete sich hervorragend für Einkaufsbeutel. Der Seidenstoff war perfekt zum Ausfüttern der Jeanstaschen.

»Du bekommst die erste Tasche. Jedes Mal, wenn du sie öffnest, wird dich das Seidenfutter an deine Mutter erinnern«, versicherte Lena, als sie sah, wie schwer es Kathy fiel, sich von dem Kleid zu trennen.

Von unten rief eine kräftige Männerstimme: »Wo soll ich das Monstrum hinstellen?«

Dann ein Poltern und Noras besorgter Ausruf: »Ach du meine Güte! Kannst du nicht aufpassen! Hoffentlich ist sie jetzt nicht kaputt.«

»Das kann nur Tommy sein«, erklärte Kathy.

Eilig liefen sie die Treppe hinunter und fanden tatsächlich Tommy Burke auf dem Boden kniend vor einer braunen Holzkiste. Mit seinen schwieligen Händen hob er vorsichtig den Deckel ab und schaute hinein. »Sieht gut aus. Sie hat nichts abgekriegt«, beteuerte er und hob die Nähmaschine aus der schützenden Hülle.

Bevor ihm das gute Stück ein zweites Mal aus den zitternden Händen glitt, griffen Lena und Kathy zu und nahmen ihm die Nähmaschine ab.

»Wartet einen Moment, ich räume den Tisch frei.« Nora schob ihren Mann zur Seite, der mit offenem Mund mitten im Raum stand und aus dem Fenster starrte. »Du kannst gehen. Danke für deine Hilfe.«

»Ladys.« Tommy quetschte sich an Lena vorbei, brummte: »Noch mal schleppe ich das Ding aber nicht. Das bleibt jetzt hier«, und stolperte nach draußen.

Nacheinander trudelten auch die anderen wieder ein. Ihre Taschen waren voller ausrangierter Kleidungsstücke und Stoffreste. Claire schüttete den Inhalt eines Nähkorbs auf den Tisch. Nähgarne in den verschiedensten Farben purzelten durcheinander. Auf einem kleinen Kissen steckten Nadeln, und sogar ein Fingerhut fand sich unter zwei Scheren.

»Bevor ich jetzt loslege, brauche ich einen Schraubendreher, Maschinenöl und einen Staubpinsel. Das gute Stück muss gründlich entstaubt und geölt werden, bevor es wieder einsatzbereit ist«, stellte Lena fest.

»Schau mal, was ich in der Kiste gefunden habe.« Nora reichte Lena eine Pappschachtel, auf der »Zubehör« stand.

Ordentlich in Zeitungspapier eingeschlagen, lag darin eine kleine Flasche Maschinenöl neben einem Staubpinsel und mehreren Ersatznadeln. Und sogar eine Spule.

»Den Schraubenzieher bekommst du von mir«, bot Kathy an.

Fasziniert umringten die anderen Lena und schauten zu, wie sie die Stichplatte entfernte und die Spule entnahm. Dann pinselte sie Staubkörnchen und Fadenreste aus dem Spulenfach und ölte die Greiferbahn. Anschließend setzte sie die Spule wieder ein und zog den Faden in die Fadenspannung. Mit einem feuchten Lappen polierte sie die Maschine von außen blitzblank.

»Jetzt setze ich eine neue Nadel ein, gleich kann's losgehen«, erklärte sie aufgeregt.

»Klasse Arbeit.« Claire klopfte ihr anerkennend auf die Schulter.

Doch Lena winkte ab. »Lob mich, wenn sie läuft.«

Mit mulmigem Gefühl im Bauch stöpselte sie das Kabel der alten Singer ein. »Daumen drücken! Ich starte den Probelauf.« Sie schob ein Stück doppelt gelegten Stoff unter den Nähfuß und betätigte vorsichtig das Pedal. Die Maschine brummte und ruckelte. Die Nadel bewegte sich keinen Millimeter.

»Dann eben mit Vollgas.« Entschlossen trat Lena das Pedal durch, und sofort bewegte sich die Nadel gleichmäßig auf und ab. Lenas Zuschauerinnen applaudierten.

Während unter ihren Händen die erste Einkaufstasche entstand, verteilte sie die Aufgaben. Nora schnitt nach ihrer

Vorgabe die Vorder- und Rückseiten der Taschen zu. Claire übernahm das Versäubern der fertigen Stücke und nähte die Henkel an. Währenddessen hockte sich Kathy wieder an den Webstuhl. Bella nahm Maschen für einen neuen Schal auf. Hoch konzentriert beugten sich die Frauen über ihre Arbeiten und schauten erst auf, als Chris plötzlich im Türrahmen stand und in die Hände klatschte. »Feierabend für heute! Ihr müsst nach Hause. Eure Familien warten auf das Abendessen!«

»Wir sehen uns später im Pub«, verabschiedete sich Claire als Erste. »Fergus ist sicher schon sauer, weil ich noch nicht in der Küche stehe.«

»Sie kocht das beste Irish Stew der Insel«, erklärte Chris, während sie die fertiggestellten Einkaufsbeutel bewunderte. »Wovon du dich gleich selbst überzeugen kannst. Wir essen heute im Pub.«

»Kommen die Mädchen denn mit?«, fragte Lena erstaunt, denn sie hatte im Reiseführer gelesen, dass Kinder abends nicht in den Pub dürften.

»Die sind froh, wenn wir weg sind. Jessie, ihre Babysitterin, bastelt mit ihnen heute Osternester.«

Auf dem Weg zum Auto erfuhr Lena, dass der wöchentliche Pubbesuch von Samstag auf Donnerstag vorverlegt worden war. »Freitag ist der Pub geschlossen. Samstagabend gehen alle in die Kirche für den Ostersegen.« Chris legte Lena einen Arm um die Schulter. »Jetzt rück schon raus mit der Sprache! Was hast du angestellt, dass dir Scotty hinterherläuft?«

»Woher weißt du das denn schon wieder?« Lena wunderte sich, wie schnell der Dorffunk arbeitete.

»Hat mir Mrs Melony im Lebensmittelladen brühwarm berichtet«, erklärte Chris.

»Aber sie hat dir sicher nicht erzählt, dass mich Jack an der Straße aufgelesen und mit zu sich nach Hause genommen hat. Wir haben sogar Tee zusammen getrunken«, verkündete Lena und grinste ihre Schwägerin an. Wenn schon die Gerüchte kursierten, setzte sie halt noch einen drauf!

Chris blieb mitten auf der Straße stehen und riss die Augen auf. »Lena, Lena! Keine Woche in Busby, und schon laufen dir die Männer hinterher. Jack ist der beste Arzt, den man sich vorstellen kann, aber sobald sich ihm eine Frau nähert, macht er dicht. Wie konntest du diese Auster knacken?«

»Keine Ahnung. Ich glaube, er war nur deshalb so nett zu mir, weil sein Hund mich mag. Die Einladung zum Tee war eine rein medizinische Maßnahme. Schließlich hatte ich total erschöpft und pitschnass ewig auf einem Stein gehockt. Als Arzt war es doch seine Pflicht, sich um mich zu kümmern. Mit der nassen Jeans und den feuchten Schuhen hätte ich mir leicht eine Erkältung holen können«, redete sich Lena in Rage. Dann murmelte sie: »Alles wegen deiner miserablen Wegbeschreibung«, und drängte Chris zum Auto. »Fahren wir jetzt? Ich möchte vor dem Abendessen noch duschen und mich umziehen.«

»Falls du hoffst, deinen fürsorglichen Arzt gleich wiederzusehen, muss ich dich enttäuschen. Jack besucht den

Horseshoe nur mittwochs, wenn Darts gespielt wird«, versuchte Chris, sie aus der Reserve zu locken.

Doch Lena knurrte: »Wie kommst du denn darauf, dass ich ihn wiedersehen will? Der sture Kerl ist mir so was von egal.«

8

Es dauerte eine ganze Weile, bis Lenas Augen sich an das schummrige Licht gewöhnt hatten. Kaum ein Sonnenstrahl drang durch das bräunlich matte Glas in den Fenstern. Nur ein altmodischer Kronleuchter über der Theke spendete zusätzlich Licht. Dort, hinter diversen Spendendosen, zapfte Fergus ein Stout nach dem anderen. Aus der Küche schaute Claires hochroter Kopf hervor, und sie rief: »Stew ist fertig!«

Unschlüssig stand Lena neben ihren Freundinnen und schaute sich im Pub um.

»Sollen die Männer an der Bar die Welt retten, wir setzen uns in die Ladies Lounge«, meinte Nora und drängelte sich an Dan und Tommy vorbei in den hinteren Bereich des Pubs. »Hier sind wir unter uns und sehen trotzdem, was vorn los ist.«

Lena schob sich auf eine lange Bank vor dem Fenster. Von dort hatte sie den perfekten Blick auf den Thekenbereich. Während die Freundinnen sich neben sie quetschten, beobachtete sie, wie sich immer mehr Männer an die Bar drängten. Ungefragt reichte Fergus jedem ein Stout.

»Dürfen die Frauen nicht an der Theke stehen?«, fragte Lena, und sofort kicherten Bella und Nora.

»Dürfen wir schon, wollen wir aber nicht«, erklärte Chris. »Oder möchtest du dich den ganzen Abend über Fischen, Pferdewetten und kaputte Traktoren unterhalten?«

»So war das früher schon. Die Kerle haben ihre Gespräche und wir unsere. Außerdem bekommen wir das Stew am Tisch serviert, während sie im Stehen essen. Ist doch gemütlicher so.« Kathy nahm Fergus Teller und Besteck ab und verteilte alles auf dem Tisch. Dann stellte Claire eine riesige Suppenterrine vor Lena. »Ich habe eine Extraportion Fleisch reingetan, damit ihr satt werdet«, sagte sie und wischte sich den Schweiß von der Stirn.

Ein verführerischer Duft stieg Lena in die Nase, als sie den Deckel der Terrine abnahm und hineinschaute.

»Das sieht lecker aus«, stellte sie fest, und das Wasser lief ihr im Mund zusammen. Die perfekte Mischung von Kartoffeln, Weißkohl, Karotten und Lammfleisch in einer kräftigen Brühe. Obenauf hatte Claire gehackte Petersilie gestreut.

Chris drückte Lena die Suppenkelle in die Hand, und rasch füllte sie die Teller. Wieder erschien Fergus an ihrem Tisch, diesmal mit einem Tablett voller Stouts. »Die Runde geht auf Walter«, sagte er, und im ganzen Pub ertönte ein lautes »Sláinte!«. Alle prosteten dem edlen Spender zu.

Der österreichische Aussteiger deutete eine Verbeugung in ihre Richtung an und rief: »Auf die schönsten Frauen Irlands!«

Bella errötete und senkte verschämt den Blick. Wenig später schwankte Walter an der Lounge vorbei zu den Toiletten.

»Lässt du mich mal raus, ich muss …« Bella hatte es plötzlich eilig, zu den Waschräumen zu kommen.

»Sind die beiden …?«, flüsterte Lena ihrer Schwägerin zu.

»Worauf du dich verlassen kannst!«, beantwortete Kathy die Frage.

»Bin mal gespannt, wann Bella genug von ihm hat«, meinte darauf Maura. »Länger als einen Monat hat es bis jetzt keine mit dem alten Saufkopf ausgehalten. Was sie nur an dem findet?«

»So groß ist die Auswahl an unverheirateten Männern in Busby wirklich nicht, eine Handvoll Bauernsöhne und natürlich unser Doc. Aber an den kommt ja keine ran«, meldete sich Claire zurück aus der Küche. Sie band ihre Schürze ab und setzte sich an den Tisch. »Den Rest schafft Fergus allein.«

Mit einem Zug leerte sie ein Glas Guinness und schaute Lena erwartungsvoll an. »Wann zeigst du mir, wie man Taschen näht? Morgen hätte ich den ganzen Tag frei.«

Lena füllte ihren Teller ein zweites Mal. Dann wandte sie sich an ihre Schwägerin: »Was meinst du?«

»Morgen Nachmittag helfe ich Dan, die Zäune zu reparieren. Die Mädchen sind bei ihren Freundinnen. Du kannst den Ford haben. Oder möchtest du wieder wandern?« Chris grinste und drückte Lena einen Kuss auf die Wange.

»Auf keinen Fall! Lieber fahre ich im Schritttempo nach Busby, statt stundenlang durch die Wildnis zu irren.« Lena schüttelte energisch den Kopf.

»Wieso Wanderung? Ich habe dich doch beim Doc im Auto gesehen«, platzte es aus Maura heraus.

Lena, der das Bier inzwischen in den Kopf gestiegen war, klopfte mit der flachen Hand auf den Tisch. »Ja, er hat mich ein Stück mitgenommen. Wir haben Tee getrunken. Mehr war da nicht.« Rasch hob sie ihr Glas und prostete den anderen zu. Es tat ihr leid, so überreagiert zu haben. Die Freundinnen lächelten verständnisvoll und wechselten sofort das Thema.

Fünf Minuten später kehrte Bella zurück an den Tisch. Ihre Bluse war aus der Hose gerutscht. Aus dem Pferdeschwanz hatte sich eine Strähne gelöst, die ihr ins Gesicht hing. Keine der Frauen schien Notiz davon zu nehmen, stellte Lena fest. Sie steckten die Köpfe zusammen und planten das anstehende Osterfest. Lena erfuhr, dass die verwitwete Maura mit ihrer Nichte feiern würde. Kathy, mit fünfunddreißig die Jüngste in der Runde, freute sich, ihren Freund Peter wiederzusehen. Er arbeitete in einer großen Brauerei in Dublin und kam nur am Wochenende nach Hause.

»So wird das nie etwas mit dem Nachwuchs«, meinte die gleichaltrige Nora, die stolze Mutter von vier Jungs war. »Es reicht nicht, wenn du die Hose deines Mannes ans Bett hängst, um schwanger zu werden.«

Chris knuffte Nora in die Seite. »Lass gut sein! Die beiden wissen, was sie tun. Bevor sie an Nachwuchs denken, sollte Peter seiner Kathy erst mal einen Antrag machen.«

An der Bar ging es inzwischen hoch her. Die nächste Runde wurde eingeläutet.

Wild gestikulierend prahlte der Fischer Angus von seinem letzten Fang. Dan diskutierte mit Fergus, und Walter stritt sich lautstark mit Tommy Burke. Besorgt beobachtete Lena, wie Tommy Walter am Kragen packte und schrie: »Verdammter Mistkerl. Du schnappst mir nicht noch einmal einen Job vor der Nase weg!«

Dan ging zwischen die Streithähne, versuchte, zu vermitteln. Doch Tommy schob ihn zur Seite und stieß Walter die Faust in die Rippen. Walter stöhnte auf, holte aus zum Gegenschlag. Aber Dan packte ihn an den Schultern und drückte ihn gegen die Theke. Wie von der Tarantel gestochen sprang Nora auf, quetschte sich an Lena vorbei und rannte zur Bar.

»Sofort aufhören, oder du bekommst Ärger mit mir!«, brüllte sie ihren Mann an und fuchtelte mit der Faust vor seiner Nase.

»Nora, Darling!«, lallte er und folgte ihr mit hängenden Schultern zum Ausgang. Sie winkte den anderen zu, riss die Tür auf und schob Tommy vor sich her.

»Eines muss der Neid ihr lassen«, kommentierte Claire die Szene. »Nora weiß, wie sie ihren Mann zu handeln hat. Wenn sie ihm das Saufen abgewöhnen könnte, wäre das die reinste Bilderbuchehe.«

»Tommy ist verrückt nach ihr und den Jungs. Er nimmt jeden erdenklichen Job an, um seiner Familie ein gutes Leben zu bieten«, meinte Maura und senkte dann die Stimme. »Ich kann verstehen, dass er sauer auf Walter ist. Der hat seine Familie in Österreich auf einem Haufen Schulden sitzen lassen und sich aus dem Staub gemacht.«

»Wirft denn Tommys Farm nicht genug ab?«, wunderte sich Lena.

»Nur, wenn die Ernte gut ist. Letztes Jahr hat es sechs Wochen am Stück geregnet. Der gestochene Torf trocknete nicht. Deshalb waren wir alle gezwungen, Brennmaterial zu kaufen. Außerdem faulten die Kartoffeln in der Erde. Ohne Geld von der Bank kam kein Farmer über die Runden«, erklärte Chris. »Ich habe damals als Kassiererin im Supermarkt gearbeitet, und Dan hat auf einer Baustelle ausgeholfen.«

»Das wusste ich nicht. Warum hast du uns nicht um Hilfe gebeten? Martin hätte euch sicher gern unterstützt.« Lena schluckte. Ein dicker Kloß in ihrem Hals hinderte sie am Weitersprechen.

»Nach allem, was mein Bruder mir damals an den Kopf geworfen hat, konnte ich ihn doch unmöglich anbetteln. Außerdem hätte Dan das nie zugelassen. Dazu ist er zu stolz.« Chris griff nach ihrer Tasche und stand auf.

»Schluss mit den alten Geschichten. Die Schulden sind getilgt, unsere Schafe werfen fleißig Lämmer, und wir sind gesund.«

»Kann ich dich einen Moment allein sprechen?«, fragte

Lena, während sie Chris zu den Waschräumen folgte. »Ich weiß, dass ich das Geschehene nicht rückgängig machen kann. Aber lass mich euch wenigstens jetzt ein wenig unter die Arme greifen.«

»Kommt gar nicht infrage! Du hast selber genug finanzielle Probleme«, wehrte Chris ab.

Doch so schnell gab Lena nicht auf. Sie nahm ihre Schwägerin in die Arme. Tränen liefen über ihre Wangen und tropften auf Chris' T-Shirt. »Bitte, Chris!«

»Jetzt hör schon auf, sonst heule ich auch gleich los.« Chris strich ihr zärtlich über den Kopf. »Ich hab dich lieb, Schäfchen. Du bist wie eine Schwester für mich. Wenn du uns unbedingt etwas Gutes tun willst, dann spendier Dan und mir ein Wochenende zu zweit im Seaside Hotel. Davon träumen wir schon seit unserer Hochzeit.«

»Danke, Chris. Du weißt gar nicht, wie glücklich mich dein Vorschlag macht. Ich freue mich, die Zeit mit den Mädchen zu verbringen. Das wird lustig!« Lena schnäuzte sich geräuschvoll die Nase. Vor lauter Aufregung bekam sie einen Schluckauf, worauf beide Frauen lachen mussten. Untergehakt kehrten sie zu den Freundinnen zurück.

Fergus läutete die Thekenglocke: »Last order!«

»Die Runde geht auf mich!«, rief Lena ihm gut gelaunt zu. »Ich muss doch noch meinen Einstand geben.« Sie erhob sich und prostete den Männern und ihren Freundinnen zu.

Beim Hinausgehen schüttelte sie unzählige Hände. Angus hatte vor Rührung Tränen in den Augen, als sie ein paar

Worte mit ihm wechselte. Nur Walter lehnte teilnahmslos am Tresen und starrte mit glasigen Augen die Wand an.

»Um den kümmert sich Angus. Sie sind Nachbarn«, erklärte Dan, während er Lena und Chris die Tür aufhielt. »Darf ich bitten?« Galant reichte er jeder einen Arm. Zu dritt spazierten sie die menschenleere Hauptstraße hinunter.

»Was für ein Sternenhimmel!« Lena legte den Kopf in den Nacken und staunte. »In Berlin habe ich den Großen Wagen nie so deutlich gesehen.«

Wie aus dem Nichts schoss plötzlich ein grauer Hund auf sie zu, weit und breit kein Herrchen oder Frauchen in Sicht.

»Scotty!«, rief Lena und rannte ihm entgegen. Der Ausreißer sprang an ihr hoch, wedelte mit dem Schwanz und leckte ihr freudig das Gesicht. »Guter Junge«, lobte sie ihn und streichelte seinen Kopf. »Wir bringen dich jetzt nach Hause.«

»Seit wann bist du denn Hundeflüsterer? Habe ich da etwas verpasst?«, staunte Dan.

Sie meinte nur: »Erklär ich dir später.«

Chris und Dan folgten Lena. Neben ihr trottete Scotty brav bei Fuß.

Die Tür des Arzthauses stand offen. Jack hockte auf der obersten Treppenstufe und sah ihnen entgegen. »Da bist du ja, alter Junge«, begrüßte er seinen Hund. »Danke, dass ihr ihn zurückbringt.«

»Da musst du dich bei Lena bedanken. Auf uns hört Scotty nicht. Aber ihr folgt er auf Schritt und Tritt«, sagte Dan und schüttelte Jack die Hand.

»Hab ich mir schon gedacht. Der Hund ist verrückt nach ihr.« Verlegen nestelte Jack an seinem Hemd.

»Kommst du mal wieder auf einen Tee vorbei? Ich meine, wegen Scotty?« Er vermied es, Lena in die Augen zu sehen.

Chris stupste Lena an. »Morgen Mittag hast du Zeit! Du kannst den Wagen früher haben.«

»Okay, aber nur, weil ich nach Scotty schauen möchte.« Lena kraulte den Hund hinter dem Ohr. Der legte sich vor ihr auf den Rücken und streckte alle viere von sich.

Jack packte seinen Hund am Halsband und versuchte, ihn zum Aufstehen zu überreden. »Komm schon, alter Junge! Zeit zum Schlafen.«

Erst als Lena ins Haus ging, erhob sich Scotty und folgte ihr. Jack war sofort an seiner Seite und hielt ihn fest.

»Bis morgen, Lena«, murmelte er, und sie reichte ihm die Hand zum Abschied.

»Pass gut auf meinen Freund auf«, sagte sie beim Hinausgehen.

9

Der alte Ford stotterte, fuhr dann aber im zweiten Gang an. Lenas Hände krampften sich um das Lenkrad, während sie im Schritttempo den Berg hinaufkroch. Hinter jeder Kurve atmete sie erleichtert auf. Kein entlaufener Schafbock und kein entgegenkommendes Auto in Sicht!

Mutig schaltete sie in den dritten Gang und beschleunigte. Sie wagte sogar einen Blick über die Weiden. Am oberen Zaun entdeckte sie Dan und Chris, die neue Pfähle setzten. Als Lena kurz auf die Hupe drückte, drehten sich beide um und winkten ihr zu. Pfeifend nahm Lena die nächste Kurve. Wie vom Blitz getroffen trat sie auf die Bremse und brachte den Wagen vor einem Wohnmobil zum Stehen. Davor, auf zwei Campingstühlen, hockte ein älteres Paar und sonnte sich. Sie unterhielten sich in breitem Berliner Dialekt. Dass ihr Wagen die Straße blockierte, schien sie nicht weiter zu stören.

Entschlossen stieg Lena aus und marschierte auf die beiden zu. »Entschuldigung, wenn ich störe. Ich würde gern vorbeifahren.«

»Denn machen Se mal«, war die prompte Antwort des Mannes.

Lena biss sich auf die Zunge. Am liebsten hätte sie dem Typen ihre Meinung gesagt. Stattdessen drückte sie ihm ihren Wagenschlüssel in die Hand. »Würden Sie das für mich erledigen? Ich bin eine grottenschlechte Fahrerin. Sie möchten sicher keinen Kratzer an Ihrem Camper haben.«

Verdutzt starrte der Mann zuerst den Schlüssel und dann Lena an. Danach wanderte sein Blick zu dem alten Ford und der verbeulten Stoßstange.

Seine Frau knuffte ihn in die Rippen. »Nu mach schon, Otto! Fahr unsere Kiste an die Seite.« Mit ausgestreckter Hand kam sie auf Lena zu. »Gestatten, Lotte und Otto Klinke aus Berlin-Marzahn.«

»Wär ick jetzt nich drauf gekommen.« Lena schüttelte Lotte die Hand. »Lena Kasper aus Frohnau«, sagte sie lächelnd.

Otto schien wie ausgewechselt. Er klopfte ihr kumpelhaft auf die Schulter. »Wie ick mir freue. Wen trifft man auf der Reise nach Killarney? 'ne Berlinerin!«

»Da sind Sie hier aber falsch. Die Straße endet unten an der Bucht. Sie müssen zurück nach Busby.« Lena deutete die Straße hinauf.

Lotte grinste ihren Mann an und meinte: »Hab ich auch gesagt, aber er hört ja nicht.«

»Schuld ist das verdammte Navi«, brummte Otto und stieg in seinen Camper. Er setzte den Wagen so nah an den Steinwall, dass er die Fahrertür nicht mehr öffnen konnte.

»Jetzt kommt sogar ein Lastwagen vorbei«, rief er aus dem offenen Fenster. Er winkte Lena zu, als sie in den

Ford stieg. Diesmal fand sie den ersten Gang auf Anhieb. Ihr wurde abwechselnd heiß und kalt, während sie an dem Wohnmobil vorbeirangierte. Erst als sie das Ortsschild von Busby passierte und auf die Auffahrt zum Arzthaus einbog, atmete sie erleichtert auf. Sie parkte den Ford neben Jacks Wagen, fuhr sich mit dem Kamm noch einmal durch die Haare. Dann stieg sie aus.

Im Flur kam Lena eine kleine, rundliche Dame entgegen.

»Sie müssen Lena sein. Der Doc wartet schon«, sagte sie augenzwinkernd und hielt ihr die Tür zum Behandlungsraum auf.

Lena spürte, wie ihr die Röte ins Gesicht stieg. Sie hüstelte verlegen.

»Hast du dich doch erkältet?«, fragte Jack und kam auf sie zu. Über den Rand der Nickelbrille schaute er sie besorgt an. Ehe sie reagieren konnte, tastete er ihren Hals ab. »Die Lymphdrüsen sind nicht geschwollen. Streck mal die Zunge raus«, forderte er sie auf.

»Ich bin nicht erkältet«, protestierte Lena. Noch immer lagen seine warmen Hände an ihrem Hals. Jack stand so nah vor ihr, dass sie sein Rasierwasser roch. Sie mochte diesen frischen Duft von Zitrone und Sandelholz.

»Sagtest du nicht etwas von Tee?«, fragte sie unsicher und trat einen Schritt zurück.

»Steht schon auf dem Tisch«, war Jacks knappe Antwort. Er drehte sich um und eilte die Treppe hinauf. »Kommst du? Scotty wartet!«

Kaum hatte Jack die Tür geöffnet, quetschte sich der Hund an ihm vorbei und sprang auf Lena zu. Erst nachdem sie ihn ausgiebig gekrault hatte, folgte er seinem Herrchen in die Küche.

Erstaunt blieb Lena vor dem gedeckten Tisch stehen.

»Der Apfelkuchen ist von Maura. Ich kann nicht backen«, erklärte Jack und klopfte mit der flachen Hand auf den Stuhl neben sich. »Setz dich endlich. Es ist ungesund, im Stehen zu essen.«

»Wenn der Arzt das sagt, dann muss ich wohl folgen«, entgegnete Lena und lächelte Jack an. »Besonders wenn er so nett ist.« Spontan griff sie nach der Teekanne und goss Jack und sich ein.

Er balancierte ein Kuchenstück zwischen Gabel und Messer auf ihren Teller. »Sorry, ich besitze keine Tortenschaufel oder wie das Ding heißt«, entschuldigte er sich, als der Kuchen auf dem Kopf landete.

Lena nahm ihm das Messer aus der Hand. »Jetzt versuche ich mal mein Glück.« Doch auch sie scheiterte kläglich. Der Kuchen zerbrach in zwei Teile. »Auf unseren Tellern sieht es aus wie nach der Schlacht am Kuchenbüfett«, stellte sie fest, woraufhin Jack und sie sich anschauten und lachten. Gut gelaunt erzählte Lena von ihrer Begegnung mit den Berlinern. Scotty legte seinen Kopf auf ihren Schoß und brummte zufrieden.

»Hör auf, den Hund zu verhätscheln. Bald bist du wieder in Deutschland, und ich muss sehen, wie ich mit ihm klarkomme.« Jacks Augen schienen ihre Farbe von Blau zu

Grau zu wechseln, als hätte jemand das Licht ausgeknipst. Er stand auf und stellte sich mit dem Rücken zu ihr ans Fenster.

Lena schluckte. Warum nur trafen sie seine Worte so hart? »Das war nicht meine Absicht. Scotty ist der erste Hund, vor dem ich keine Angst habe. Wir beide mochten uns auf Anhieb«, stammelte sie. Jack starrte aus dem Fenster und reagierte nicht. Enttäuscht stand Lena auf und stapelte das schmutzige Geschirr in der Spüle.

»Ich geh dann mal wieder. Claire und Kathy warten sicher schon auf mich.« Lena hängte sich die Jeanstasche über die Schulter und öffnete die Tür. Sofort war Scotty schwanzwedelnd an ihrer Seite.

»Hältst du bitte den Hund fest?« Langsam riss Lena der Geduldsfaden. Dieser kauzige Kerl würde ihr nicht den Tag verderben!

»So habe ich das nicht gemeint.« Jack versperrte ihr den Weg. Als er seine Hände auf ihre Schultern legte, senkte sie verlegen den Blick. Es machte sie wütend, dass sie Jacks Nähe so genoss.

»Und ob ich verstehe, was du meinst! Erst verdreht sie ihm den Kopf, und dann macht sie sich aus dem Staub. Deshalb werde ich den Hund auch nicht mehr besuchen.«

»Da wäre Scotty aber traurig«, flüsterte Jack.

Lena schaute Jack fest in die Augen. »Und wie lösen wir das Problem?«

»Du vergisst, was ich gesagt habe, und nimmst Scotty mit in die Wollstube. Ich hole ihn nach den Hausbesuchen wieder ab.« Er beugte sich zu Scotty. Der saß zwischen ihnen und schaute abwechselnd von einem zum anderen.

Jack kraulte ihn hinter den Ohren. »Brav sein, alter Junge. Dass mir keine Klagen kommen.« Im Vorbeigehen küsste er Lena auf die Wange, rannte die Treppe hinunter und verschwand im Behandlungsraum, um seine Arzttasche zu packen.

Verwirrt blieb Lena stehen. Sie spürte den Kuss noch immer auf ihrer Haut. Und es fühlte sich gut an. Sie redete sich ein, dass dies nur eine freundschaftliche Geste gewesen war. Jacks Art, sich bei ihr zu entschuldigen. Mehr nicht!

Niemand schien sich zu wundern, dass sie mit dem Hund unterwegs war. Fergus rief ihr gut gelaunt »Nice day!« zu. Maura winkte aus dem offenen Fenster der Post.

Claire, die vor dem Wollmarkt auf sie wartete, meinte: »Hast du uns Hilfe mitgebracht?«

Kathy verschwand rasch in der Küche, um ein Leckerli für den Hund zu holen. Dann verabschiedete sie sich für ihren Hausputz nach oben.

»An die Arbeit, Claire. Setz dich an die Maschine. Wir beginnen mit einem Einkaufsbeutel.« Lena stellte sich hinter ihre Schülerin und schaute ihr auf die Finger.

Die erste Naht geriet noch ein wenig schief, aber schnell hatte Claire den Bogen raus. Die Maschine surrte gleichmäßig, und nach zehn Minuten war die erste Tasche fertig.

»Du bist ein Naturtalent«, lobte Lena und reichte ihr zwei Stoffteile. »Gleich die Nächste. Danach wagen wir uns an eine Jeanstasche.«

Scotty streckte sich auf einer alten Decke aus und schlief. Nur hin und wieder riskierte er ein Auge, wenn Lena ihm zärtlich über den Rücken strich.

»Das nenn ich wahre Liebe«, sagte Claire. »Mich wundert nur, dass Jack nicht eifersüchtig ist.«

»Kümmere dich lieber um die Jeans. Wenn du nicht aufpasst, bockt der Stoff«, lenkte Lena ab. Wie auf Kommando brummte die Maschine, und die Nadel bewegte sich keinen Millimeter.

»Was jetzt?« Claire raufte sich die Haare.

»Fuß vom Pedal, Nähfuß nach oben stellen und den Stoff vorsichtig herausziehen«, kommandierte Lena und packte selbst mit an. Mit hochrotem Kopf beugte sich Claire über ihre Arbeit. Diesmal gab sie weniger Gas, und die Naht gelang.

Als jemand an das Schaufenster klopfte, schreckten die Frauen auf.

»Die Tür ist abgeschlossen«, meinte Claire. »Ich schau mal nach, wer das ist.«

Scotty erhob sich gähnend und folgte ihr in den Laden.

»Rate mal, wen ich mitgebracht habe«, rief Claire und schob Jack in den Webraum.

»Ich wollte Scotty abholen.« Verlegen schaute er zur Seite.

»Wenn du fünf Minuten wartest, komme ich mit.« Lena lächelte ihn an.

Sofort mischte sich Claire ein: »Nun geh schon. Den Rest schaffe ich allein.«

Rasch packte Lena ihre Tasche und hakte sich bei Jack ein. Schweigend bummelten sie die Hauptstraße hinunter. Scotty konnte sich nicht entscheiden, neben wem er laufen sollte. Als er sich zwischen sie quetschte, löste sich Lena von Jack. Doch keine zehn Meter weiter griff er nach ihrer Hand und hielt sie fest.

»Ich bin froh, dass du nicht mehr sauer auf mich bist«, sagte er.

»War ich doch gar nicht«, entgegnete Lena.

»Dann hätten wir das ja geklärt«, war alles, was Jack darauf sagte.

Erst vor seinem Haus ließ er ihre Hand los. Er murmelte ein undeutliches »Bis bald« und eilte zur Tür.

»Warte einen Augenblick«, rief Lena ihm nach. »Kannst du mir sagen, wie ich zum Seaside Hotel komme?«

Verdutzt drehte sich Jack um. »Was willst du denn dort?«

Fast wäre ihr »Ich treffe mich mit einem Verehrer« herausgerutscht. Doch schnell besann sie sich. »Einen Gutschein für Chris und Dan besorgen.«

Jack rückte seine Brille zurecht und schnäuzte sich die Nase. Endlich sagte er: »Nächsten Mittwoch habe ich dort einen Termin. Willst du mitkommen?«

10

»Kommst du mit zu den Lämmern?« Anne und Sarah stürmten in Lenas Schlafzimmer und zogen ihr die Bettdecke weg.

Lena kniff die Augen zu und stellte sich schlafend.

Doch die Mädchen griffen nach ihren Füßen, kitzelten über die Sohlen und ließen ihre Finger an Lenas Beinen entlangkrabbeln, als wären sie Ameisen. Keinen Moment länger hielt sie dieser Attacke stand. Sie sprang lachend aus dem Bett und rannte ins Bad.

»Wartet auf mich«, rief sie durch die geschlossene Tür. Eine halbe Stunde später schlenderte sie über den Hof und entdeckte Sarah und Anne auf dem Zaun. Wie zwei Hennen hockten sie dort und gackerten.

»Legt ihr heute die Frühstückseier für mich?« Lena hob zuerst Sarah und dann Anne vom Zaun. Die zwei rannten kichernd ins Haus und schlugen ihr die Tür vor der Nase zu.

»Dein Frühstück wartet im Wohnzimmer.« Chris knetete in der Küche mit bemehlten Händen Teig für die Osterbrötchen. Aus dem Ofen duftete es verführerisch nach Brot. Der Esstisch war voll Mehl, und auf der Spüle standen zwei eingefettete Bleche.

»Kann ich helfen?« Lena staunte, wie geschickt Chris gleich große Kugeln formte und auf den Blechen verteilte.

Mit dem Handrücken strich sie sich eine Haarsträhne aus dem Gesicht. »Bin gleich fertig. Aber heute Nachmittag kannst du mir bei der Osterdeko zur Hand gehen. Dan nimmt dich und die Mädchen mit zu den Schafen. Besser, du beeilst dich.«

Nachdem Lena hastig einen Becher Tee getrunken und eine Scheibe Sodabread mit Butter und Marmelade gegessen hatte, zog sie ihre Jacke an und eilte aus dem Haus.

Dan und die Mädchen hockten bereits auf dem Traktor. Misstrauisch beäugte Lena das rostige Ungetüm. »Könnt ihr mir mal erklären, wie ich da hochkommen soll?«

»Hier vorn ist ein kleiner Tritt. Da stellst du dich drauf.« Dan reichte ihr eine Hand und zog sie nach oben. Sie quetschte sich zwischen Anne und Sarah auf die Rückbank.

»Dass ich auf meine alten Tage noch Traktor fahren würde, hätte ich nicht gedacht«, sagte Lena.

Anne kuschelte sich an sie. »Keine Angst, du kannst nicht runterfallen. Wir halten dich fest.«

»Da bin ich aber froh. Ist nämlich ganz schön hoch.« Lena riskierte einen Blick nach unten.

»Festhalten, Ladys. Gleich wird's holprig.« Dan bog von der Straße auf einen Feldweg ab. Der Traktor schnaufte wie eine alte Dampflok und blies kleine Rauchwolken in den klaren blauen Himmel, während sie den Hügel hinauffuhren.

»Schau mal zurück.« Dan deutete Richtung Meer. »Dort hinten liegt Abbey Island.«

Lena verdrehte sich fast den Hals. Endlich entdeckte sie die Insel.

»Kommt man dort zu Fuß hin?« Lena hatte im Reiseführer von der Klosterruine gelesen. Dieser verlassene Ort interessierte sie. Dort sollte es keltische Steinkreuze geben, die sie sich unbedingt anschauen wollte.

»Das ist nicht weit von unserer Farm. Sarah und Anne zeigen dir sicher gern den Weg. Du musst noch nicht mal ein Boot nehmen, um dorthin zu gelangen. Die Insel ist durch jahrelange Versandung mit dem Festland verbunden.« Dan stoppte den Traktor vor einem Weidezaun, schwang sich vom Sitz und öffnete das Gatter.

»Beeilt euch, Mädels. Sonst laufen mir die Schafe weg.« Energisch drückte er ein Mutterschaf zur Seite, das sich durch die Öffnung drängeln wollte. Kaum waren Lena und die Zwillinge auf der Weide, liefen einige Schafe auf sie zu.

»Hier stehen nur Mutterschafe mit ihren Lämmern. Die Böcke habe ich auf die untere Weide gebracht.« Dan hob ein Lamm hoch und legte es Lena in die Arme. »Das ist dein Patenkind. Wir haben es Lena genannt.«

Gerührt drückte Lena das flauschige Lämmchen an sich. Das kuschelte seinen Kopf an ihre Schulter und blökte leise.

»Es hat Durst«, erklärte Dan und reichte ihr eine Milchflasche.

Lena hielt ihrem Schützling den Sauger vor die Nase. Das

Lamm schnappte danach und saugte gierig daran. Dabei drehte sich sein Schwänzchen wie ein Propeller.

»Warum macht es das?«, fragte Lena besorgt. »Hat es Angst?«

»Im Gegenteil. Es fühlt sich wohl bei dir.« Dan fotografierte Lena, während sie mit dem Lamm schmuste. »Damit du ein Andenken an die kleine Lena hast.«

Am liebsten hätte sie ihr Patenkind mitgenommen. Sie strich über das weiche Fell und steckte ihre Nase hinein.

»Das riecht gar nicht nach Schaf«, fiel ihr auf.

»Ist ja auch sauber.« Anne klopfte dem Mutterschaf auf den Po. »Schau mal, die Mama hat ein schmutziges Fell. Das stinkt.«

Vorsichtig stellte Lena das Lamm zurück auf den Boden. Das Kleine hüpfte zu seiner Mutter und verkroch sich unter ihrem Bauch.

»Du kannst gleich weitermachen.« Dan drückte ihr ein braunes Lamm in die Arme. »Heute gibt es Vitamine für die Kleinen. Die haben wir in die Milch gemischt.«

Lena setzte sich im Schneidersitz auf die Wiese. Das Lamm kuschelte sich auf ihren Schoß und schlief bald ein. »Aufwachen, kleine Schlafmütze.« Lena kraulte das Kleine hinter den Ohren, kitzelte seine Nase.

»Das Braune ist trinkfaul. Da brauchst du Geduld«, erklärte Dan.

Lena beugte sich über ihren Schützling und flüsterte ihm etwas ins Ohr. Sofort hob das Lamm den Kopf, schnappte nach dem Sauger und trank.

»Du bist ja ein richtiger Lammflüsterer«, staunte Dan, als Lena ihm das leere Fläschchen reichte.

Er hob das Tier empor und trug es zu seiner Mutter.

»Bringst du mir noch eines?«, rief Lena ihm nach und streckte ihre eingeschlafenen Beine aus. Sie hätte ewig hier auf der Weide sitzen können. Ihr Blick wanderte über die grünen Hügel zum Meer. Jacks Augen hatten genau dieses Blau. Ihr fiel ein, wie schnell sie ihre Farbe wechselten, wenn seine Stimmung umschlug.

»Wir sind fertig für heute.« Dan klopfte ihr auf die Schulter. »Gute Arbeit, Lena.« Er reichte ihr eine Hand und zog sie hoch. »Deine Jeans wandert gleich in die Waschmaschine. Du hast doch sicher eine zweite dabei?« Jack deutete auf ihren Po. »Schafskot muss sofort ausgewaschen werden. Sonst bekommst du den Geruch nie raus.«

Sarah und Anne rannten an ihr vorbei und riefen: »Stinkepo!«

»Na wartet!« Lena versuchte, sie zu fangen. Doch die Zwillinge wichen ihr geschickt aus. »Bleibt sofort stehen, damit ich euch zur Strafe kitzeln kann.«

Spontan drückte sie Dan einen Kuss auf die Wange. »Danke. Ich habe mich schon lang nicht mehr so wohlgefühlt. Vor lauter Glücksgefühlen habe ich ganz vergessen, dass Schafe nicht stubenrein sind.« Lachend lief Lena hinter den Kindern her.

Auf der Heimfahrt schoben sich dicke, schwarze Wolken vor die Sonne. Dan kramte eine Plastikplane unter seinem Sitz hervor. »Gleich geht's los. Haltet euch die über den Kopf«, rief er Lena und den Mädchen zu. Kaum hatten sie ihr schützendes Dach über sich gezogen, öffnete der Himmel seine Schleusen. Während dicke Regentropfen auf ihr Plastikdach klatschten, sangen Lena und die Mädchen lauthals »I'm singing in the rain« und amüsierten sich über Dan, dem das Wasser vom Nacken in den Kragen lief.

»Ich darf zuerst in die Badewanne«, brummte er und starrte stur geradeaus. »Manchmal hasse ich das irische Wetter.«

Als der Traktor auf den Hof fuhr, hielt Chris ihnen die Tür sperrangelweit auf. »Schnell rein mit euch, ihr nassen Mäuse.«

Dan und die Mädchen verschwanden rasch in der Farm, und Lena lief zum Gästehaus. Hastig zog sie ihr klammes Sweatshirt über den Kopf und schlüpfte aus der Jeans. Da klingelte ihr Handy.

»Hi, Ma«, meldete sich Tobias. »Frohe Ostern. Warum lässt du nichts von dir hören?«

Wenn ihr Sohn diesen Ton anschlug, lag Ärger in der Luft. »Entschuldige, Schatz. Du kannst dir gar nicht vorstellen, was ich hier schon alles erlebt habe.« Lena schwärmte von ihrem Ausflug zu den Schafen, doch Tobias unterbrach sie.

»Kannst du mir alles erzählen, wenn du wieder zu Hause bist. Ich rufe auch nur an, weil ich dich etwas fragen will.«

»Schieß los! Was hast du angestellt?«, neckte Lena ihn.

Doch Tobias schien nicht zum Scherzen aufgelegt. Er brummte: »Nichts. Falls es dich interessiert, meine Masterarbeit ist fertig.«

»Na, das ist doch mal eine gute Nachricht«, freute sich Lena. »Dann schreibst du sicher schon fleißig Bewerbungen.«

»Ist längst passiert. Ich habe mich bei einer großen Baufirma in Denver für ein Praktikum beworben. Internationale Erfahrungen sind wichtig in meinem Job als Bauingenieur. Das verstehst du doch.«

»Aha.« Lena ahnte, worauf das Gespräch hinauslief. »Wo ist der Haken an der Sache?«

»Ich habe die Stelle bekommen. Das Praktikum wird zwar nicht vergütet, aber die Firma bezahlt mir ein Zimmer in einem Wohnheim. Ist doch klasse, nicht?«

»Klasse wäre es, wenn mich die Sache nichts kosten würde.« Lena konnte nicht länger an sich halten. Sie hörte ihren Sohn schnaufen.

»Reg dich nicht auf, Ma. Es geht doch nur um dreihundert Euro, die du mir zusätzlich zu den achthundert überweisen müsstest.«

»Ich würde zwar lieber in Ruhe mit dir über die Finanzen reden, aber wenn du schon mal davon anfängst: Selbst mit einem Ganztagsjob kann ich das Haus nicht mehr halten. Deshalb habe ich mich schweren Herzens entschlossen, es zu verkaufen und in eine kleine Wohnung zu ziehen«, setzte Lena an.

Doch Tobias fuhr sofort dazwischen. »Aber du kassierst doch eine dicke Pension. Wieso kommst du damit nicht aus?«

Lena verschlug es fast die Sprache. »Hast du vergessen, dass das Haus noch nicht abbezahlt ist? Und deine achthundert Euro. Wie soll ich da klarkommen?«

Tobias schwieg. »Sorry. Daran habe ich nicht gedacht«, meinte er nach einer Weile. »Sag ich den Job eben ab.«

Lena war drauf und dran, nachzugeben. Dann fiel ihr ein, was sie mit Chris und Dan besprochen hatte. »Denkst du nicht, es wäre an der Zeit, eigenes Geld zu verdienen?«, fragte sie vorsichtig.

Doch Tobias schrie wütend: »Hätte ich mir ja gleich denken können, dass du so reagierst«, und beendete das Gespräch abrupt. Fassungslos starrte Lena auf ihr Handy. War nicht sie diejenige gewesen, die immer zu ihm gehalten und ihm jeden Wunsch erfüllt hatte? Mit hängenden Schultern schlich sie ins Bad.

»Welche Laus ist dir denn über die Leber gelaufen?« Chris reichte Lena einen Teller Fischsuppe. »Sorgst du dich, dass wir dein Patenkind an den Schlachter verkaufen?«

Entsetzt riss Lena die Augen auf. Daran hatte sie gar nicht gedacht. »Untersteht euch! Vorher kaufe ich es euch ab und nehme es mit nach Deutschland.«

Dan legte ihr beschwichtigend eine Hand auf den Arm. »Die Kleine wird einmal ein prächtiges Mutterschaf. Du kannst sie besuchen, so oft du willst.«

Lena gelang sogar ein zaghaftes Lächeln. »Lieb, dass du das sagst. Wenn du mir nach dem Essen einen Whiskey spendierst, erzähle ich euch, was mich bedrückt. Ich könnte wieder mal euren Rat gebrauchen.«

»Zuerst bringe ich die Prinzessinnen ins Bett. Dann setzen wir drei uns vor den Kamin.« Chris zog ihre maulenden Töchter hinter sich her. Beide rieben sich vor Müdigkeit schon die Augen.

Eine halbe Stunde später kauerte Lena mit angezogenen Beinen im Sessel. Chris kuschelte sich auf der Couch an ihren Dan und schaute sie erwartungsvoll an. »Willst du uns nicht endlich sagen, was los ist?«

Lena trank einen großen Schluck Whiskey, schüttelte sich und stellte das Glas auf der Fensterbank ab. »Den habe ich gebraucht«, erklärte sie und berichtete von Tobias' Anruf. »Ich habe Angst, dass Tobi sauer auf mich ist und den Kontakt ganz abbricht. Meint ihr, ich soll ihn noch mal anrufen?«

»Auf gar keinen Fall!« Chris sprang auf und rannte im Zimmer auf und ab. »Wenn ihm etwas an seiner Mutter liegt, wird er sich melden. Es wird Zeit, dass Tobias lernt, auf eigenen Füßen zu stehen. Der schmollt noch eine Weile, dann ruft er dich sicher wieder an.«

Nach dem zweiten Whiskey war auch Lena dieser Meinung. »Ich lass mir doch von ihm nicht meinen Urlaub verderben«, verkündete sie und hielt Dan ihr leeres Glas hin.

Doch Chris nahm ihrem Mann die Whiskeyflasche aus der Hand und verstaute sie im Schrank. »Morgen müssen wir früh aufstehen. Die Ostermesse beginnt um neun Uhr«, mahnte sie.

Sie reichte Lena eine Hand und hievte sie aus dem Sessel. »Jack wird Orgel spielen. Das möchtest du dir doch sicher nicht entgehen lassen.«

11

Die Kirche von Busby sah aus wie eine kleine Trutzburg. Behäbig hockte sie am Ende der Hauptstraße. Hinter den grauen Steinmauern dehnte sich der Friedhof bis zu den Weiden aus.

Pfarrer Donnelly hielt ihnen die schwere Holztür auf.

»Herzlich willkommen in meinem bescheidenen Haus«, sagte er zu Lena und lächelte verschmitzt. Schweißperlen standen auf seiner Stirn. Er nestelte an dem steifen Kragen des Festtalars. Lena ahnte, dass der stämmige Mann lieber in Jeans und T-Shirt vor seine Gemeinde getreten wäre. Chris hatte ihr erzählt, dass der Geistliche keine körperliche Arbeit scheute. Selbst beim Torfstechen griff er alljährlich zur Schaufel und half gern aus, wo Not am Mann war.

Mit den Worten: »Ich habe euch Plätze in der ersten Reihe reserviert«, drückte Bella Snow ihr ein Liedblatt in die Hand und begleitete Lena und ihre Familie durch die voll besetzte Kirche.

»Lieb von dir, Bella«, flüsterte Chris und dirigierte Lena auf den Außenplatz. »Von hier aus hast du den besten Blick auf die Orgel.« Sie deutete zu einem alten Instrument, hinter dem Jack saß und Notenblätter sortierte.

»Wir sind froh, dass er ab und zu Mr Baker vertritt. Unser Organist springt heute in der Nachbargemeinde ein.«

Lena zuckte zusammen, als jemand von hinten ihre Schulter berührte. »Darf ich dir meine Männer vorstellen?« Nora strahlte sie an. Zwischen ihr und Tommy hockten vier Jungs. Alle trugen weiße Oberhemden und kurze, dunkelblaue Shorts. »Das sind Tom, Patrick, Paul und Sam.«

Die Orgel stimmte den Eingangschor an, und die Gemeinde erhob sich. »Wir reden später«, sagte Lena leise und griff nach dem Liedblatt. Sie versuchte, mitzusingen, doch vor Rührung blieb ihr die Stimme weg.

»Erhebt euch für den Ostersegen«, bat Pfarrer Donnelly. Auch Jack stand auf und drehte sich zur Gemeinde. Lenas und sein Blick trafen sich, und er lächelte sie an.

Nach der Predigt und einem Schlussgebet trat der Geistliche vor die Gemeinde und breitete die Arme aus. »Gehet hin in Frieden«, verkündete er. Dann schritt er zum Ausgang, wo Bella mit einem Korb voll geweihter Myrtenzweige wartete. Jack hockte sich wieder an die Orgel und spielte zum Ausklang das Präludium von Bach in C-Dur.

»Ich komme gleich nach.« Lena blieb auf der Bank sitzen, während ihre Familie nach draußen strebte. Sie schloss die Augen und ließ sich von der Musik davontragen. Nachdem die letzten Töne verklungen waren, erhob sie sich und stellte sich neben Jack. Er ordnete die Notenblätter in eine Mappe ein und schob die Register zurück. Erst als Lena ihm eine Hand auf den Arm legte, bemerkte er sie.

»Schön, dass du gekommen bist«, sagte er mit belegter Stimme. »Frohe Ostern, Lena.«

Lena beugte sich zu ihm und küsste ihn auf die Wange. »Das wünsche ich dir auch. Danke für das wundervolle Orgelkonzert. Ich bin froh, dass Chris mich überredet hat, mitzukommen. Seit Martins Beerdigung habe ich keine Kirche mehr betreten.«

Jack streichelte ihr zaghaft über die Wange. »Das verstehe ich. Freut mich, dass dir die Musik gefallen hat.« Verlegen schaute er auf seine Armbanduhr. »Schon halb elf. Zeit für Scottys Runde.«

»Dann lass ihn besser nicht warten. Ich muss auch zu meiner Familie. Sehen wir uns heute Abend beim Ostertanz?« Lena wusste nicht, was in sie gefahren war. Die Frage war ihr einfach so rausgerutscht. Sie spürte, wie ihr die Röte ins Gesicht stieg.

Jack räusperte sich. »Weiß nicht. Ist nicht so mein Ding, das Rumgehopse.«

»Bis Mittwoch. Es bleibt doch dabei, dass du mich mitnimmst?«, fragte Lena vorsichtig nach.

Jack spielte nervös mit seinem Schlüsselbund und vermied es, sie anzusehen.

»Hast du einen Moment für mich, Jack?«, tönte die tiefe Stimme des Pfarrers vom Eingang. Wie ein beim Knutschen ertappter Teenager fuhr Lena erschreckt zusammen, drehte sich um und lief zum Ausgang. Bella Snow drückte ihr vor der Tür einen geweihten Zweig in die Hand, und Pfarrer Donnelly wünschte ihr »Frohe Ostern«.

Lena murmelte nur »Danke« und hetzte an den beiden vorbei.

»Alles in Ordnung?«, fragte Chris besorgt.

Lena nickte. »Entschuldigt, dass ihr warten musstet.« Immerhin war inzwischen eine halbe Stunde vergangen.

Dan hielt ihr einen Korb voll Süßigkeiten und Plüschhasen vor die Nase und brummte: »Du hast einen wichtigen Osterbrauch verpasst. Jede Familie beschenkt die Kinder der anderen«, erklärte er.

»Alle küssen sich. Igitt.« Anne zog die Nase kraus und schüttelte sich.

»Das ist eklig«, bestätigte Sarah und zupfte Lena am Ärmel. »Schau dir mal an, was wir alles bekommen haben.«

»Wenn ich gewusst hätte, dass es nach der Messe Geschenke gibt, wäre ich natürlich mit euch gekommen. Vielleicht hätte mir auch jemand ein Plüschtier geschenkt.« Lena schaute zerknirscht und schnäuzte sich die Nase. »Fahren wir nach Hause?«

»Nicht so schnell, meine Damen. Vorher verschwindet ihr noch mal im Gemeindehaus. Unterwegs gibt es kein Klo.« Dan bremste seine Töchter aus, die mit schokoladenverschmierten Gesichtern zum Wagen liefen. »Hände und Schnute waschen nicht vergessen«, rief er ihnen nach, als sie mit ihrer Mutter verschwanden.

»Fahren wir denn nicht zur Farm?«, wunderte sich Lena.

Dan schüttelte nur den Kopf und schickte sie zur Toilette.

Als sie mit Chris und den Mädchen zurückkam, lehnte ihr Schwager lässig am Auto und unterhielt sich mit Jack. Scotty saß zwischen ihnen. Kaum hatte er Lena entdeckt, lief er auf sie zu, sprang an ihr hoch und leckte über ihr Gesicht.

»Endlich mal einer, der sich freut, mich zu sehen«, versuchte sie, Jack aus der Reserve zu locken.

Doch der verabschiedete sich von Dan und Chris, nahm den widerspenstigen Scotty an die Leine und marschierte ohne Gruß an ihr vorbei. *So ein Blödmann*, dachte Lena. Da drehte er sich um. »Ich hole dich am Mittwoch um zwei ab«, sagte er lächelnd. »Nur weil ich dir nicht über das Gesicht lecke, heißt das noch lange nicht, dass ich mich nicht freue, dich zu sehen.« Sein flüchtiger Kuss landete auf Lenas Nasenspitze. Dann setzte Jack seinen Weg zu den Weiden fort.

»Was war das denn jetzt?« Dan kratzte sich grinsend am Hinterkopf.

»Ein Osterküsschen«, erklärte Sarah und krabbelte auf den Rücksitz. »Fahren wir endlich los? Mir ist langweilig.«

Chris legte Lena einen Arm um die Schulter und flüsterte: »Das musst du mir später genauer erklären.« Dann hielt sie ihr die Beifahrertür auf. »Heute sitzt du vorn. Es gibt viel zu sehen.«

Auf der Rückbank spielte sie mit den Mädchen »Ich sehe was, was du nicht siehst«, während Dan die Ausfahrtstraße nach Killarney nahm. Kurz vor der Ortseinfahrt bog er auf eine schmale Nebenstraße ab. »Ring of Kerry« las Lena auf einem Hinweisschild.

»Dieser Teil der Strecke ist weniger befahren«, erklärte Dan. »Für Reisebusse ist die Straße stellenweise zu schmal.«

Gelassen steuerte er den alten Ford um die nächste Biegung. Höher und höher schraubte sich der Weg in die Kerry Mountains. Hinter jeder Kurve bot sich Lena ein neuer Blick auf die üppig grüne Vegetation. Unter ihnen lag das berühmte Killarney Lakeland. Lena kam aus dem Staunen gar nicht mehr heraus. Selbst das Muckross House erkannte sie bei diesem klaren Wetter in der weitläufigen Parkanlage. »Da möchte ich unbedingt mal hin«, schwärmte sie.

»Aber nicht in der Saison«, meinte Chris. »Zu dieser Jahreszeit ist der Park mit dem Herrenhaus der Hauptmagnet der Gegend. Jede Reisegruppe macht dort einen Stopp. Du musst im Herbst wiederkommen, dann lässt der Trubel nach.«

Lena schluckte, an ihre Rückreise mochte sie an diesem herrlichen Tag nicht denken. Dazu fühlte sie sich hier viel zu wohl. Nicht eine Nacht hatte sie noch von Martins Tod geträumt. Sie konnte sich nicht vorstellen, wieder in ihr großes, leeres Haus zurückzukehren.

»Pause«, verkündete Dan und parkte den Wagen in einer Haltebucht. »Wir wandern ein Stück den Berg hinauf zum Wasserfall. Dort picknicken wir.«

Chris zauberte für jeden ein Paar Wanderschuhe aus dem Kofferraum. Sogar an Lenas hatte sie gedacht. Dan schnallte sich einen Rucksack auf den Rücken und reichte Lena ihre Regenjacke.

»Wann habt ihr das denn vorbereitet?«, wunderte sich Lena. »Ihr müsst ja mitten in der Nacht aufgestanden sein.«

»Halb so wild. Wir stehen jeden Morgen um sechs auf«, winkte Chris ab, während sie mit Lena den Berg hinaufstieg. Dan lief seinen Töchtern nach, die wie zwei Bergziegen von Fels zu Fels hüpften.

»Was hat Jack vorhin damit gemeint, dass er dich am Mittwoch abholen will?« Chris knuffte Lena in die Seite. »Läuft da etwas zwischen euch beiden?«

»Quatsch. Nichts läuft da zwischen uns. Ich bin mir nicht einmal sicher, ob wir Freunde sind«, brummte Lena. »Jack nimmt mich mit zum Seaside Hotel. Er hat dort einen Termin, und ich buche ein Wochenende für euch.«

»Du bist ein Schatz. Aber bitte nur eine Übernachtung. Dan weigert sich, die Farm länger als zwei Tage zu verlassen«, bat Chris. »Zu Jack kann ich dir nur sagen, dass er ein waschechter Ire ist. Kein Wort zu viel reden, schon gar nicht über seine Gefühle. Man sagt, wenn ein irischer Mann dir verrät, welchen Spruch er einmal auf seinem Grabstein haben möchte, ist das der größte Vertrauensbeweis. Jack würde niemals eine Frau abholen und mit ihr einen Ausflug unternehmen, wenn er nicht etwas für sie empfände. Das kannst du mir glauben. Warum genießt du nicht einfach die Zeit mit ihm?«

»Du meinst …?«, stammelte Lena.

»Ich meine, du solltest deine Gefühle wieder zulassen. Martin hätte nicht gewollt, dass du den Rest deines Lebens als trauernde Witwe herumläufst.« Chris blieb stehen und drückte Lena an sich. »Wenn du das Herz eines Iren erst einmal erobert hast, lässt er dich so schnell nicht mehr los.«

»Hier ist der perfekte Platz«, ertönte Dans Stimme hinter einem Felsen.

»Wie kommen wir da denn hin?«, stöhnte Chris. Vor lauter Gequatsche waren Lena und sie vom Weg abgekommen.

»Bleibt stehen, wo ihr seid. Ich hole euch.« Plötzlich tauchte Dan hinter dem Felsen auf, übersprang einen Bach und stand neben ihnen. Er suchte den Boden nach einem flachen Stein ab, warf ihn in die Mitte des Wassers und sprang wieder auf die andere Seite. »Einen Fuß auf den Stein, dann ziehe ich euch rüber«, kommandierte er.

Wie sich herausstellte, waren Lenas Beine eindeutig kürzer als die von Chris. Statt auf dem Stein landete sie daneben, und das Wasser schwappte in ihre Wanderschuhe.

»Brr. Ist das kalt«, schimpfte sie und freute sich, als Dan in den Rucksack griff und ihr ein Handtuch reichte. »Trockene Socken habe ich auch dabei. Werden dir sicher zu groß sein. Aber für den Notfall geht's.«

Lena hockte sich auf die Picknickdecke. Hastig zog sie Wanderstiefel und Socken aus. Anne schnappte sich das Handtuch und frottierte ihr die Füße. »Arme Lena. Warum hat Papa dich nicht rübergetragen? Hat er mit uns gemacht.«

»Ja, Schatz. Warum hast du uns nicht rübergetragen?« Chris setzte sich auf Dans Schoß und küsste ihn.

Die Mädchen kicherten, und Lena streckte sich auf der

Decke aus. »Wer hätte gedacht, dass es heute noch so gemütlich wird?«

Erst jetzt fiel ihr das laute Tosen auf, und sie drehte sich um. Keine hundert Meter entfernt entdeckte sie den Wasserfall. Sie lief barfuß durch das hohe Gras darauf zu, um das Schauspiel zu fotografieren. Wie über eine Treppe stürzte das Wasser von Felsterrasse zu Felsterrasse in einen See, in dem sich die Wolken spiegelten.

»Essen ist fertig!« Dan wedelte mit einer Serviette und hielt einen Becher hoch. Schweren Herzens verließ Lena den idyllischen Ort.

Beim Anblick der Leckereien, die Chris auf der Decke ausgebreitet hatte, lief ihr das Wasser im Mund zusammen. Es gab Fleischpasteten, Osterbrötchen, Obst und sogar ein Stück Schafskäse.

»Wein habe ich nicht dabei und leider auch kein Guinness.« Dan reichte ihr einen Becher Tee und einen Pappteller. »Lass es dir schmecken.«

Nach dem Essen spielten die Mädchen Fangen. Lena lag neben Chris und Dan auf der Decke und schaute in den Himmel. »Könnt ihr mich nicht adoptieren? In eurer kleinen Familie fühle ich mich so geborgen«, seufzte sie.

»Warum bleibst du dann nicht bei uns?« Chris setzte sich auf und schaute ihr in die Augen. »Im Ernst. Was hindert dich daran, zu uns ins Gästehaus zu ziehen? Falls es dir zu eng ist, baut Dan ein Zimmer an.«

»Meinst du das ernst?« Lena drehte sich auf die Seite und musterte Dan.

»Ich hätte nichts dagegen. Aber nur, wenn du mir bei den Schafen hilfst«, meinte er grinsend. »Über den Anbau müssen wir aber noch reden.«

»Bevor du jetzt nach Ausreden suchst, warum du nicht aus Deutschland wegkannst, packen wir zusammen und fahren heim. Wir müssen uns vor dem Ostertanz noch umziehen.« Chris reichte Lena eine Hand und zog sie hoch.

12

»Ich lasse euch vor dem Gemeindehaus raus und parke den Wagen am Friedhof«, bot Dan lächelnd an. »Mit euren feinen Schuhen werdet ihr bei dem Wetter nicht weit kommen.«

Es regnete nicht, es schüttete wie aus Eimern. Lena zog die Kapuze ihrer Regenjacke über den Kopf und spurtete hinter Chris zum Eingang. Sarah und Anne waren längst im Gebäude verschwunden.

»Wo bleibt ihr denn? Es hat schon angefangen.« Anne nahm Lena an die Hand, Sarah zog ihre Mutter hinter sich her. Beide Mädchen trugen geblümte Kleider und Lackschuhe, dazu die üblichen Söckchen. Lena fröstelte, als sie auf die nackten Waden ihrer Nichten schaute. Sie war froh, dass ihre Beine in einer dicken Strumpfhose steckten.

»Spätestens nach dem ersten Tanz wird dir warm«, meinte Chris schmunzelnd mit Blick auf Lenas Gänsehaut.

»Wer sagt dir denn, dass ich tanzen werde?« Lena hob drohend den Zeigefinger. »Du brauchst mich gar nicht so anzugrinsen. Ich bin nur mitgekommen, weil die Mädchen mich so nett gebeten haben. Außerdem wollte ich mir die irische Musik nicht entgehen lassen. Sagtest du nicht etwas von einem Büfett? Ich hab schon wieder Hunger.«

»Dann beeilen wir uns besser. Wenn die jungen Leute aus den Nachbardörfern eintrudeln, bekommst du von Claires Köstlichkeiten nichts mehr ab.« Chris hängte die nassen Anoraks über das Treppengeländer. Am Ende des Flures saß ein junges Mädchen hinter einem Tisch und kassierte von jedem zehn Euro Eintrittsgeld.

Aus dem Saal erklangen die ersten Töne. Enttäuscht stellte Lena fest, dass sie vom Band kamen. Statt Fiddle und Bodhrán ertönte die Stimme Joe Cockers aus dem Lautsprecher. Und irgendwelche jungen Leute grölten mit. Walter lehnte mit einem Guinness in der Hand an der Theke und lieferte sich einen Gesangswettstreit mit ihnen. Als er Lena und Chris entdeckte, steuerte er direkt auf sie zu.

»Küss die Hand«, versuchte er, auf charmanten Österreicher zu machen. Er griff nach Lenas Hand und zog sie an seine Lippen. Im letzten Moment gelang es ihr, sie ihm zu entziehen.

»Hallo, Walter. Entschuldige, meine Freundinnen warten auf mich.« Rasch drehte sie sich um und folgte Chris zum Büfett. Dort hatte sich bereits eine lange Schlange gebildet. Mittendrin steckten Maura und Jessie die Köpfe zusammen.

»Walter ist schon wieder voll.« Jessie küsste Lena und Chris zur Begrüßung auf die Wange. »Das wird Nora nicht gefallen. Wo steckt sie überhaupt?«

»Die kümmert sich um die Musiker.« Maura deutete zur Bar. Völlig aufgelöst redete Nora auf zwei alte Männer ein. Die schüttelten ihre Köpfe. Schließlich gab Nora dem Wirt ein Zeichen, der ihr daraufhin eine Flasche und Gläser reichte.

»Jedes Jahr das gleiche Spiel. Erst nach dem dritten Whiskey sind die zwei bereit, aufzutreten«, kommentierte Maura die Szene.

»Außerdem fehlt der Sänger. Ohne den fangen sie nicht an.« Claire, die hinter dem Büfett stand, reichte Lena einen Teller. »Das sind nur ein paar Kleinigkeiten, aber alles ist frisch zubereitet.«

»Das nennst du Kleinigkeiten?« Lena konnte sich kaum entscheiden zwischen Kartoffelkuchen mit Braten, Irish Stew oder Brot und Käse. Sie schnitt sich ein kleines Stück vom Boxty, dem irischen Kartoffelkuchen, ab und nahm dazu etwas Lammbraten. Als sie ihr Portemonnaie zückte, winkte Claire ab. »Ist alles im Eintrittspreis enthalten. Nur die Getränke gehen extra.«

Lena bahnte sich einen Weg durch die Wartenden. Dan und Chris waren wieder einmal schneller gewesen. Während sie mit ihren Freundinnen gequatscht hatte, hatten die beiden bereits ihre Teller gefüllt und sich einen freien Platz gesucht. Sie standen an einem der hohen Bistrotische und aßen Irish Stew. Die Zwillinge hockten auf dem Boden, vor sich einen Teller voller Muffins.

»Unter Ostertanz hatte ich mir etwas anderes vorgestellt«, nuschelte Lena mit vollem Mund.

»Geduld, meine Liebe.« Chris reichte Lena ein Glas Cider. »Der passt perfekt zum Boxty und steigt nicht so schnell in den Kopf.«

»Zuerst wird gegessen, dann stehen alle zusammen und quatschen. Irgendwann, wenn die Musiker genug intus haben, beginnt das eigentliche Fest.« Dan grinste.

Immer mehr Menschen drängten sich in den Saal. Unter ihnen viele bekannte Gesichter. Lena entdeckte Kathy in einer Gruppe junger Leute und winkte ihr zu. Mit einem großen, dunkelhaarigen Mann im Schlepptau bahnte sie sich einen Weg durch die Menge. »Ist bei euch noch ein Plätzchen für Peter und mich frei?«, rief sie schon von Weitem.

Lena schüttelte Kathys Freund die Hand. Der musterte sie von oben bis unten. Irgendetwas an seiner Art gefiel ihr nicht. *Zu selbstgefällig,* dachte sie, als er sich durch die Locken strich und danach gelangweilt auf seine edle Armbanduhr sah.

Kathy schmiegte sich verliebt an ihn. »Ich bin so froh, dass Peter freihat. Morgen fahren wir mit dem Schiff zu den Skelligs.« Sie beugte sich zu Lena. »Darf ich dich um einen Gefallen bitten? Für morgen Nachmittag hat sich eine Reisegruppe angemeldet. Ich weiß aber nicht, ob wir rechtzeitig zurück sein werden.«

»Soll ich dich im Laden vertreten?«, fragte Lena freudig.

»Traust du dir zu, den Japanern zu demonstrieren, wie gewebt wird?«, erwiderte Kathy vorsichtig.

Lena runzelte die Stirn. »Warum eigentlich nicht? Falls ich mich blöd anstelle, erkläre ich einfach, dass ich noch in der Ausbildung bin.« Lena zupfte ihre Schwägerin am Ärmel. »Ist doch okay, wenn ich morgen im Laden aushelfe? Oder hattet ihr irgendetwas geplant?«

Chris schüttelte den Kopf. »Dan und ich müssen auf die Weide, und die Mädchen sind bei ihren Freundinnen. Ich bringe dich nach dem Frühstück nach Busby. Weiß aber nicht, wann ich dich abholen kann.«

»Wir fahren Lena nach Hause«, bot Kathy an.

Peter brummte undeutlich: »Wenn's sein muss.« Dann verschwand er Richtung Theke. Lena beobachtete, dass er eine junge Frau ansprach und ihr ein Glas Whiskey spendierte. Kathy schien vor lauter Verliebtheit gar nicht zu merken, dass ihr Freund mit einer anderen Frau flirtete.

Inzwischen hatte die Musik gewechselt. Statt der üblichen Hits aus der Konserve wurde irische Folklore vom Band gespielt. Bei den ersten Tönen von »Molly Malone« stimmten alle mit ein.

»Der Sänger ist da.« Dan deutete zur Tür. Es war Pfarrer Donnelly, der jetzt auf die Bühne kletterte. Er hatte den Talar gegen Jeans und T-Shirt getauscht. Seine Brust zierte der Schriftzug: »Leader of the gang«. Auf ein Zeichen Donnellys verließen die beiden Musiker etwas schwerfällig ihren Platz an der Theke. Der Pfarrer reichte jedem eine Hand und hievte die angetrunkenen Männer nach oben.

»Ben und Ian sind die besten Musiker der County.« Dan legte Chris und Lena einen Arm um die Taille und führte sie nach vorn. »Achte mal darauf, wie schnell Ben seine Bodhrán schlägt«, empfahl er Lena. »Der allein ist schon eine Sensation.«

Als Ian die Fiddle aus dem Kasten hob und auf seine Schulter legte, wurde es mucksmäuschenstill im Saal. Selbst Anne und Sarah hörten auf zu plappern und setzten sich zu den anderen Kindern vor die Bühne. Pfarrer Donnelly trat vor und schloss die Augen. Das Lied, das er anstimmte, erzählte die poetische Geschichte einer großen Liebe. Er sang aus tiefstem Herzen. Dieser Sänger brauchte kein Mikrophon. Mit seiner weichen Stimme erreichte er auch die letzte Reihe der Zuhörer. Er sang die erste Strophe dieses alten irischen Liedes ohne Begleitung. Die Ballade erzählte von einem Iren, der sich in der Ferne nach seiner Heimat und der Frau, die er zurücklassen musste, verzehrte.

Vor Lenas Augen tauchten die grünen Hügel der Insel auf, die raue Irische See. Sie hörte den Wind über die kargen Felder heulen, roch die würzige Luft, die es nur hier gab. Neben ihr summte Dan mit geschlossenen Augen die Melodie.

Dann setzten – zunächst verhalten – Bodhrán und Fiddle ein. Das Spiel der Musiker wurde intensiver, drängte sich in den Vordergrund. Aus der Melancholie des Auswanderers erwuchs sprühende Lebensfreude, als er zurückkehrte. Fasziniert beobachtete Lena, wie schnell Ben mit dem Holzschlägel auf das Fell schlug. Der Rhythmus wurde von Fiddle und Gesang aufgenommen, und sie verschmolzen miteinander. Lena lief ein Schauer über den Rücken, Tränen standen in ihren Augen vor Rührung. Diese Musik berührte sie so sehr, dass es fast schmerzte.

Chris schien zu spüren, was in Lena vorging. Sie legte einen Arm um ihre Schulter und zog sie näher an sich.

Als die letzten Töne verklangen, brandete Applaus auf, laute Zurufe und Pfiffe ertönten. Es war der Rhythmus der Bodhrán, der die Zuhörer verstummen ließ. Schneller und schneller wurde der Takt, dann setzte er aus. Pfarrer Donnelly klatschte in die Hände und rief: »Plätze einnehmen für den ersten Jig.«

Bevor Lena wusste, wie ihr geschah, wurde sie von zwei kräftigen Händen gepackt und mitgezogen. Walter hielt sie mit festem Griff im Arm und wirbelte mit ihr über die Tanzfläche. Lena bekam kaum Luft, so fest drückte er sie an sich. Sie schaute sich Hilfe suchend um. Chris und Dan tanzten am anderen Ende des Saales und schienen sie nicht zu bemerken. Um sie herum lauter sich im Takt wiegende Paare. Wollte dieser Tanz denn nie enden? Die Musiker gönnten sich keine Pause. Nahtlos wechselten sie in ein langsames Stück. Walters Hand wanderte Lenas Rücken hinunter zu ihrem Po und blieb dort liegen. Lena stemmte ihre Hände gegen seine Brust und versuchte, ihn wegzudrücken.

»Lass mich sofort los, Walter«, brüllte sie.

Doch der Alkohol hatte längst die Kontrolle über ihn erlangt. Er lallte: »Heute Nacht gehörst du mir.«

»Hast du nicht gehört, was die Lady gesagt hat?« Plötzlich tauchte Jack neben Walter auf.

»Hau ab, du störst«, presste der mühsam hervor und versuchte, Lena zu küssen.

»Jetzt reicht's!« Jack zerrte den betrunkenen Mann an den Schultern nach hinten. Walter schwankte, löste eine Hand von Lena und schlug nach Jack. Geistesgegenwärtig stieß Lena ihn mit aller Kraft von sich. Walter taumelte rückwärts, holte erneut zu einem Schlag aus, dann sackten ihm die Beine weg, und er landete unsanft auf seinem Hinterteil.

»Steh auf, und verschwinde!«, drohte ihm Jack mit geballter Faust.

Walter krabbelte zwischen den tanzenden Paaren, die rasch zur Seite wichen, zum Ausgang. Dort zog er sich an der Tür hoch und schwankte an Nora vorbei, die ihn wütend anstarrte. Lena verharrte reglos mitten auf der Tanzfläche und schaute ihm nach. Die Paare um sie herum tanzten weiter, als wäre nichts geschehen.

Jack zog sie an sich und wiegte sich mit ihr im Walzertakt. Längst hatte der Rhythmus gewechselt. Doch das schien ihn nicht zu stören.

»Sagtest du nicht, du machst dir nichts aus dem Gehopse?« Lena schaute ihm in die Augen.

Jack hielt ihrem Blick stand. »Ich tanze nicht. Ich beschütze dich vor weiteren Belästigungen.«

»Dann wird das aber ein langer Abend für meinen Bodyguard«, flüsterte sie und schmiegte den Kopf an seine Schulter. Verlegen löste sie sich wieder von ihm, als sie Chris auf sich zukommen sah.

»Wollt ihr schon fahren?« Lena spürte, dass ihr die Röte ins Gesicht stieg.

»Die Mädchen sind zum Umfallen müde. Die müssen sofort ins Bett«, erklärte Chris.

»Ich komme natürlich mit«, beeilte sich Lena zu sagen.

»Dan kann dich auch später abholen. Wär doch schade, wenn du den halben Ostertanz verpassen würdest«, bot Chris an und zwinkerte ihr zu.

Lena räusperte sich und schaute Jack unsicher an.

»Wenn es für euch okay ist, bringe ich Lena nach Hause. Dan braucht seinen Schlaf. Muss ja früh raus, der Mann.« Jack nickte Chris zu, legte einen Arm um Lena und vollführte mit ihr eine gewagte Linksdrehung.

Lena wünschte sich, dieser Abend würde nie enden. Gleichzeitig wurde sie von Zweifeln geplagt. War sie schon bereit für einen Neuanfang, hier in Irland? Was empfand Jack tatsächlich für sie?

Nach dem letzten Tanz küsste Jack sie auf die Wange. »Warte drinnen auf mich, ich hole den Wagen.«

Im Auto drehte er die Heizung hoch und schaltete das Radio ein. Sanfter Jazz erklang. Während der ganzen Fahrt redete er kein Wort mit ihr. Jack fuhr auf die Einfahrt zur Farm und stellte den Motor ab. Dann drehte er sich zu Lena. »Hat Spaß gemacht, dein Bodyguard zu sein. Melde dich, wenn du mal wieder Bedarf hast.« Er beugte sich über sie und stieß die Beifahrertür auf. »Schlaf gut, Lena«, sagte er und startete den Motor.

13

»Habe ich dich geweckt, Lena?« Die Stimme der Berliner Freundin klang besorgt.

Lena rieb sich den Schlaf aus den Augen und setzte sich im Bett auf. »Wie spät ist es denn?«

Der Wecker auf dem Nachttisch zeigte halb neun an. Um zehn wollte Chris sie nach Busby fahren. Genug Zeit, Susanna das Herz auszuschütten.

»Ich bin froh, dass du dich meldest.« Lena schluckte, wusste nicht, wo sie anfangen sollte. Sie schwärmte von der zauberhaften irischen Landschaft, den warmherzigen Dorfbewohnern und davon, wie geborgen sie sich bei ihrer Familie fühlte.

»Rück schon raus mit der Sprache, was hast du auf dem Herzen? Dass es dir in Irland gefällt, habe ich jetzt kapiert«, unterbrach Susanna sie.

»Dan und Chris haben mich gefragt, ob ich für immer hierbleiben möchte. Sie planen sogar, ein Zimmer anzubauen.« Lenas Herz schlug bis zum Hals.

»Wo ist das Problem? Wenn du dort glücklich bist, nimm ihr Angebot an. In das neue Zimmer stellst du ein Gästebett. Dann sind Klaus und ich die Ersten, die bei dir auf der Matte stehen. Tobias hat sicher nichts dagegen. Wer weiß, wohin ihn sein zukünftiger Job verschlägt?« Susanna lachte. »Erst gestern habe ich Klaus vorgeschlagen, den nächsten Urlaub auf der Grünen Insel zu verbringen.«

»Wenigstens auf euch ist Verlass.« Lena kämpfte mit den Tränen. »Tobias ist sauer, weil ich sein Praktikum in Amerika nicht finanzieren will. Seitdem herrscht Funkstille zwischen uns.«

»Das ist alles?« Susanna schien zu ahnen, dass Lena etwas anderes auf dem Herzen hatte. »Das renkt sich schon wieder ein. Der Junge hat den Dickkopf seines Vaters geerbt. Ruf ihn an und erzähl von deinen Plänen.«

Lena atmete tief durch. »Ich habe einen Mann kennengelernt.« Weiter kam sie nicht, dann versagte ihre Stimme. Als Susanna nicht reagierte, stammelte sie: »Bist du noch dran?«

»Ich hör dir zu«, antwortete die Freundin.

»Wenn ich nur wüsste, woran ich bei Jack bin, würde mir die Entscheidung leichter fallen. Mal ist er fürsorglich und zärtlich, dann wieder kühl und abweisend.« Lena schilderte ihre erste Begegnung und den Tanzabend.

»Der Mann hat Angst davor, wieder enttäuscht zu werden. Hast du ihm gesagt, dass du in Irland bleiben möchtest?«, hakte Susanna nach.

»Nein. Ich muss mir doch selbst erst darüber klar werden«, murmelte Lena.

»Dann sag es ihm. Wenn er danach nicht Farbe bekennt, lass ihn sausen.« Als Klaus im Hintergrund nach seiner

Frau rief, verabschiedete sich Susanna rasch. »Wir wollen an der Spree radeln. Bis bald, Lena. Ruf mich an, wenn du mit ihm gesprochen hast.«

Berlin und die Spree. Wie weit weg das plötzlich alles war. Lena erinnerte sich an die Radtouren, die sie letzten Sommer mit Martin unternommen hatte.

Sie war froh, dass Chris sie nicht auf den Tanzabend ansprach. Ihre Schwägerin hatte es eilig, an diesem Morgen auf die Weide zu kommen. »Dan wartet auf mich. Sei mir nicht böse, wenn ich dich an der Kirche rauswerfe.«

In halsbrecherischem Tempo nahm sie die Kurven nach Busby. Lena klammerte sich am Sitz fest und betete, dass ihnen kein anderes Auto entgegenkäme.

Mit schweißnassen Händen griff sie nach ihrer Tasche und stieg zehn Minuten später aus dem Wagen. »Sorry, dass ich dich von der Arbeit abhalte. Kommt nicht wieder vor«, entschuldigte sie sich bei Chris.

Ihre Schwägerin schaute geistesabwesend auf die Straße. »Kein Problem. Bin nur etwas durcheinander. Lass uns heute Abend reden.« Sie warf Lena einen Luftkuss zu, wendete den Wagen und brauste davon.

Lena klemmte sich ihre Jeanstasche unter den Arm und eilte an der Post vorbei zum Wollmarkt. Vorsichtig linste sie zu Jacks Haus hinüber. Sein Wagen stand nicht in der Auffahrt.

Ist vielleicht besser so, dachte sie. Bevor sie mit Jack über ihre Umzugspläne reden konnte, musste sie sicher sein, dass Chris und Dan ihr Angebot nicht längst bereuten. So aufgewühlt hatte Lena ihre Schwägerin bisher nie erlebt. Sie hoffte, nicht der Grund für die Missstimmung zu sein.

Lena zuckte zusammen, als hinter ihr der Motor eines Wagens aufheulte. Dann schoss ein grüner Sportflitzer so nah an ihr vorbei, dass sie erschreckt zur Seite sprang. »Idiot«, schrie sie ihm nach und beeilte sich, zum Wollmarkt zu kommen. Den Finger schon am Klingelknopf, bemerkte sie, dass die Tür nur angelehnt war. Aus dem Hinterzimmer ertönte das gewohnte Klackern des Webstuhls. Kathy hockte mit versteinerter Miene auf der Bank und ließ das Schiffchen durch die Fäden sausen.

»Warum bist du noch nicht fertig für den Ausflug?« Lena setzte sich neben Kathy und drückte ihr zur Begrüßung einen Kuss auf die Wange. »Fast hätte mich so ein bekloppter Raser angefahren. Ich hab jetzt noch weiche Knie.«

»Das sieht ihm ähnlich. Erst lässt er für seinen blöden Job mal wieder eine Verabredung platzen, dann fährt er dich fast über den Haufen.« Kathy warf das Schiffchen auf den Boden, griff nach einer Schere und stach wie besessen auf den fertigen Stoff ein.

»Hör sofort auf damit.« Lena nahm ihr die Schere aus der Hand und legte sie zurück auf die Fensterbank. »Jetzt mal der Reihe nach. Warum muss Peter an seinem freien Tag nach Dublin?«

Kathy schnäuzte sich die Nase. »Eine der Abfüllanlagen streikt. Sein Kollege liegt mit Fieber im Bett, und Peter rettet mal wieder die Welt.«

»Und deshalb sitzt du hier und bläst Trübsal? Zu den Skelligs könnt ihr doch auch nächstes Wochenende.« Lena strich ihrer Freundin über den Rücken. »Wird denn in der Brauerei über Ostern gearbeitet?«

»Soviel ich weiß, steht die Anlage nur Weihnachten still. Wird halt viel Guinness getrunken bei uns.« Über Kathys Gesicht huschte ein Lächeln. »Ich bin froh, dass du da bist. Sicher hast du recht. Aber ich habe mich doch so auf die Schifffahrt gefreut.«

»Schluss mit der Grübelei. Wir zwei trinken jetzt Tee, danach sieht die Welt gleich besser aus.« Lena zog eine Tupperdose aus ihrer Tasche. »Chris hat mir Blaubeermuffins eingepackt.«

Nach der Teepause setzte Kathy ihre Arbeit am Webstuhl fort. Lena schnappte sich eine zerschlissene Jeans und griff zur Schere. Zwei Stunden später lag ihre neue Kreation, ein Jeansrucksack, im Schaufenster.

»Wenn der bis heute Abend nicht verkauft ist, behalte ich ihn für mich«, meinte Kathy begeistert. »Was hältst du von einem kleinen Spaziergang? Die Reisegruppe kommt erst in einer Stunde. Bis dahin können wir uns die Beine vertreten.«

Sie schloss die Ladentür ab und hakte sich bei Lena ein. Hinter dem Wollmarkt führte eine enge Gasse den Berg hinauf zum alten Dorfkern.

»Die kleine Kapelle dort oben war die erste Kirche von Busby. Damals gab es nur diese vier Cottages und eine Handvoll Farmen im Hinterland.« Kathy blieb vor einem der weiß getünchten Häuser stehen. »Das war das Haus meiner Großeltern. Heute gehört es reichen Dublinern, die es an Feriengäste vermieten. Im Moment ist es nicht belegt.«

»Dann darf ich doch sicher mal einen Blick hineinwerfen.« Lena drückte sich die Nase am Küchenfenster platt.

Kathy stand hinter ihr und kicherte. Sie klimperte mit ihrem Schlüsselbund. »Rate mal, was ich hier habe.« Sie schloss die Eingangstür auf und schob Lena vor sich her in den Flur. »Zieh bitte die Schuhe aus. Ich habe gestern erst geputzt. Die neuen Gäste kommen übermorgen. Du hast also genügend Zeit, dich umzusehen.«

Lena streifte ihre Schuhe ab und betrat die Wohnküche. Trotz der dunklen Holzdielen wirkte der Raum mit den weißen Landhausmöbeln hell und freundlich.

»Am liebsten würde ich sofort einziehen.« Begeistert ließ sich Lena in das Sofa sinken. Von hier aus konnte sie durch eine verglaste Tür in den Garten schauen. Hortensien in Blau und Rosa wuchsen dort. Eine Kletterrose hangelte sich an der Regenrinne hoch. »Kümmerst du dich auch um den Garten?«, wollte sie von Kathy wissen.

»Das ist meine Lieblingsarbeit. Ich stelle mir vor, Großmutter säße auf der Bank und schaute zu, wie ich mich um ihre Blumen kümmere. Das Geld, das ich für meine Arbeit bekomme, lege ich für Notfälle zurück.«

Kathy schaute auf ihre Armbanduhr. »Mist! In zehn Minuten kommt die Reisegruppe, und ich habe nicht mal die Webstube aufgeräumt.«

»Das schaffen wir schon.« Lena schlüpfte rasch in ihre Schuhe. »Ich kümmere mich im Laden um die Japaner, du hockst dich an den Webstuhl. Sollen sie sich erst mal in Ruhe umschauen.«

Der Reisebus fuhr an ihnen vorbei, als sie in die Hauptstraße einbogen. Dann parkte er vor dem Friedhof.

»Wir haben Glück. Heute besichtigen sie zuerst die Kirche. Wenn Pfarrer Donnelly da ist, dürfen sie den Glockenturm besteigen.« Kathy atmete erleichtert auf. Lena verstaute die Nähmaschine in der Holzkiste und schob sie hinter den Webstuhl. Danach trugen sie den Tisch und die Stühle in den Keller. Alles war bereit. Der irisch-japanischen Begegnung stand nichts mehr im Weg. Lena konnte sich kaum vorstellen, dass die komplette Reisegruppe in die Webstube passte.

Kathy beruhigte sie. »Wie ich meine Freundin Lizzy kenne, teilt sie die Gruppe garantiert auf.«

Sie behielt recht. Vor die Wahl gestellt, hatten sich die Herren lieber in den Pub gesetzt und ihre Frauen in den Wollmarkt geschickt. Die Damen waren froh, in Ruhe stöbern zu können. Sie fotografierten Kathy vor dem Webstuhl, dann verschwanden sie wieder im Laden.

Zwei Stunden später hockte Lena neben Kathy auf der Webbank und streckte ihre müden Füße von sich. »Ich hätte nie gedacht, dass Japaner so verrückt nach Aran Sweatern sind. Wir haben acht Pullover, vier Paar Socken und alle Taschen verkauft«, stellte Lena zufrieden fest. »Gleich morgen kümmere ich mich um Nachschub.«

»Willst du nicht lieber am Strand spazieren gehen?« Kathy schaute sie fragend an. »Kannst du deinen Urlaub nicht verlängern? Am besten, du bleibst gleich ganz hier und steigst bei mir im Laden mit ein. Zusammen sind wir ein Dream-Team.« Sie verschwand im Verkaufsraum und kehrte mit einem Hunderteuroschein in der Hand wieder zurück. »Damit du siehst, dass ich es ernst meine. Dein Anteil für die verkauften Taschen.«

Lena schüttelte den Kopf. »Das kann ich unmöglich annehmen. Es macht mir doch Spaß, Taschen für dein Geschäft zu nähen.« Sie zögerte einen Moment. »Wer weiß, vielleicht komme ich schon bald auf dein Angebot zurück. So ein Leben als selbstständige Taschendesignerin könnte mir gefallen.« Augenzwinkernd nahm sie Kathy den Geldschein aus der Hand. »Dann ist das jetzt mein erstes *Taschengeld.*«

14

Lena blieb in der Auffahrt stehen und schaute Kathys Wagen nach. Erst als der klapprige Fiat hinter der nächsten Kurve verschwand, drehte sie sich um und marschierte zum Farmhaus. Eilig drückte sie die Klinke herunter. Die Tür war verschlossen. Lena umrundete das Haus, schaute im Küchengarten nach, dann lief sie zur Scheune. Der Traktor stand an seinem Platz. Um diese Zeit saß ihre Familie sonst längst beim Abendessen. Mit einem mulmigen Gefühl im Bauch griff Lena zum Handy und rief ihre Schwägerin an.

»Alles in Ordnung. Nora schneidet uns gerade die Haare. Hast du meinen Zettel nicht gefunden?« Chris lachte, im Hintergrund kicherten Sarah und Anne. »Den habe ich zusammen mit dem Hausschlüssel auf dein Bett gelegt. Wenn du Lust hast, kannst du schon mal das Abendessen vorbereiten.«

Erleichtert atmete Lena auf. »Was soll ich kochen?«

»Uns ist alles recht. Hauptsache, es macht satt. Wo die Vorräte stehen, weißt du ja.« Chris versprach, in spätestens einer Stunde zurück zu sein.

Lena fiel ein Stein vom Herzen, als sie hörte, wie fröhlich ihre Schwägerin klang. »Küsschen, Liebes«, hatte sie gesagt. Das konnte nur bedeuten, dass Lena nicht der Grund für Chris' morgendliche Missstimmung gewesen war.

Pfeifend stand Lena in der Küche und hantierte mit der großen Pfanne. Sie hatte ganz vergessen, wie viel Spaß es machte, für eine Familie zu kochen. Daran könnte sie sich gewöhnen. Wenn, ja, wenn …

Kaum hatte sie den Tisch gedeckt, bog der Ford in die Hofeinfahrt ein.

»Was gibt's zu essen?« Sarah und Anne stürmten in die Küche und stellten sich neben Lena an den Herd.

»Egal, was es ist, es riecht verdammt lecker.« Dan klopfte ihr anerkennend auf die Schulter und reichte ihr seinen Teller. »Ich hoffe, du hast genug gekocht. Ich habe einen Bärenhunger.«

Hinter ihm stand Chris und grinste. »Willst du nicht als Köchin bei uns anfangen? Über den Lohn werden wir uns sicher einig.«

Verlegen wischte Lena ihre Hände an der Schürze ab. »Lob mich nach dem Essen. Außer Grießbrei habe ich in den letzten Wochen kaum etwas gekocht. Wer weiß, ob mir die Frikadellen gelungen sind.«

Doch ihre Sorge war unbegründet. Obwohl Dan beim Anblick des Möhrensalats die Nase rümpfte, aß er tapfer ein Schälchen leer. Als niemand Nachschlag verlangte, kratzte er sogar die Reste aus der Schüssel. Die letzte Frikadelle landete ebenfalls auf seinem Teller. »Ich bette meinen vollen Bauch jetzt mal in den Fernsehsessel«, verkündete er nach dem Essen und verschwand im Wohnzimmer.

Die Kinder trugen ihre Teller zur Spüle, dann rannten sie ihm nach.

»Setz dich zu deinem Mann und leg die Füße hoch. Ich bringe euch gleich einen Tee.« Lena verbannte Chris aus der Küche, krempelte ihre Ärmel hoch und scheuerte die Pfannen.

Chris schaltete den Fernseher aus, als Lena mit den dampfenden Teebechern ins Wohnzimmer kam. »Dan bringt die Mädchen ins Bett. Setz dich in seinen Sessel. Ich möchte dir endlich erzählen, warum ich heute Morgen neben der Spur war.« Ihre deutsche Aussprache hatte diesen charmanten irischen Akzent angenommen. Lena liebte es, ihr zuzuhören.

»Dans Bruder hat uns heute Nacht angerufen«, setzte sie an.

Doch Lena unterbrach sie. »Ich wusste gar nicht, dass er einen Bruder hat.«

»Woher auch? Dan redet nie über Steve. Nach dem Tod der Eltern haben sich die Brüder total zerstritten. Irgendwann hat Steve seine Koffer gepackt und ist verschwunden. Ein halbes Jahr später schickte er eine Ansichtskarte aus Neuseeland. Er schrieb, dass er sein Glück als Schafzüchter auf einer Farm gefunden habe. Das war sein letztes Lebenszeichen. Dan konnte ihm nicht einmal antworten, da keine Adresse auf der Karte stand.«

Lena hielt es nicht länger in ihrem Sessel. Sie hockte sich neben Chris auf die Couch. »Der arme Dan. Er hat sicher unter diesem Zerwürfnis gelitten.«

»Trotzdem weigert er sich bis heute, darüber zu reden. Typisch Mann.« Chris legte einen Finger über ihre Lippen, als sie Schritte auf der Treppe vernahm. »Bitte sprich ihn nicht darauf an. Er muss erst einmal selbst damit klarkommen.«

Als Dan ins Zimmer trat, reichte Chris ihm einen Whiskey. »Auf die Köchin«, verkündete sie und prostete Lena mit dem Teebecher zu.

Dan rief: »Sláinte!« und kippte den Alkohol hinunter, als wäre er Wasser. Unschlüssig blieb er vor dem Highboard stehen, zog eine Schublade auf und kramte darin. Schließlich holte er ein in Leder gebundenes Fotoalbum hervor und legte es auf den Couchtisch. Dann quetschte er sich zwischen Lena und Chris auf das Sofa. »Meine Familie kennst du noch nicht.« Dan klappte das Album auf und deutete auf ein verblichenes Schwarz-Weiß-Bild. »Das sind Mom und Dad, mein kleiner Bruder Steve, und der lange, dürre Kerl daneben, das bin ich. Da waren wir vier und neun Jahre alt.« Er blätterte weiter nach hinten. »So sah Steve aus, als ich ihn das letzte Mal gesehen habe. Ein halbes Jahr nach dem Unfall meiner Eltern. Das ist jetzt zwölf Jahre her.« Dan räusperte sich und füllte sein Glas mit Whiskey. Er drehte es nachdenklich in der Hand und stellte es zurück auf den Tisch. Schließlich atmete er tief durch und erzählte Lena von dem Streit mit seinem Bruder. »Es passte ihm nicht, dass unsere Eltern mir die Farm im Wege der vorweggenommenen Erbfolge schon zu Lebzeiten überschrieben hatten. Er erhielt ein Viertel der Weideflächen und ein kleines Cottage im alten Dorf. Doch er wollte mehr. Nach dem Tod der Eltern rannte er zum Anwalt und verklagte mich auf die Hälfte des Erbes. Zum Glück hatte Dad im Testament die Erbregelungen festgeschrieben und auch den zu Lebzeiten überschriebenen Erbteil dort noch einmal bekräftigt, und ich gewann den Streit. Hals über Kopf hat Steve sein Land und das Cottage verkauft und verschwand, ohne sich zu verabschieden. Nur eine Karte aus Neuseeland, mehr nicht. Gestern dann der Anruf.« Dan schluckte, nippte am Whiskey, bevor er weiterredete. »Er will uns schon bald besuchen. Wenn ich richtig verstanden habe, bringt er seine Tochter mit. Von einer Frau war keine Rede.« Erschöpft lehnte sich Dan an Chris und legte Lena eine Hand auf den Arm. »Ich dachte, du solltest das wissen. Jetzt, wo du zu unserer Familie gehörst.«

Lena schnappte sich Dans Whiskeyglas und nahm einen kräftigen Schluck. »Aber dann braucht ihr doch das Gästehaus für Steve und seine Tochter. Soll ich meine Rückreise vorverlegen?«, bot sie an und schaute vorsichtig zu Chris.

Die knuffte ihren Mann in die Seite. »Jetzt sag es ihr endlich.«

Dan legte Lena einen Arm um die Schulter. »Erstens hat mein Bruder von sich aus angeboten, im Hotel zu übernachten, und zweitens …« Dan grinste. »… kommt es nicht infrage, dass du dein zukünftiges Zuhause für einen Besuch räumst.«

Lena spürte, wie ihr der Whiskey zu Kopf stieg. Sie bekam einen Schluckauf. »Aber ich hab mich doch noch gar nicht entschieden«, brachte sie zwischen zwei Hicksern hervor.

Dan klopfte ihr auf den Rücken. Chris rannte in die Küche und kam mit einer Flasche Mineralwasser zurück. »Nase zuhalten und trinken. Das hilft garantiert.«

Lena befolgte ihren Rat, doch der Schluckauf blieb. Erst nach dem zweiten Glas Wasser und ein paar Bissen Brot ließ er nach.

»Was für ein verrückter Tag«, stöhnte sie. »Heute Morgen dachte ich noch, ihr zwei hättet euch meinetwegen gestritten. Am Nachmittag bietet mir Kathy einen Job im Wollmarkt an, und jetzt das.« Lena fuhr sich aufgebracht durch die Haare.

Chris streichelte ihr über die Wange. »Meinst du, wir wissen nicht, wie schwer dir die Entscheidung fällt? Wenn ich damals nicht so eine verdammte Sehnsucht nach diesem Mann gehabt hätte, wäre ich nie hier gelandet.« Sie gab Dan einen leidenschaftlichen Kuss. »Hör auf dein Herz, Lena. Lass dir von niemandem vorschreiben, was du zu tun oder zu lassen hast.«

In dieser Nacht lag Lena stundenlang wach und schaute den Mond an, der durch ihr Fenster schien. In ihrem Kopf kreisten die Gedanken. Berlin, das große Haus, ihre Freunde, all das erinnerte sie an Martin und ihr gemeinsames Leben. Sicher hatte sie hier in Busby neue Freunde gefunden, eine Familie, die für sie da war, und vielleicht sogar einen Mann, der sie liebte. Ihre größte Sorge aber war es, ihren Sohn zu verlieren, wenn sie sich für ein Leben in Irland entschied. Plötzlich hielt sie es im Bett nicht länger aus. Sie sprang auf und rannte in die Wohnküche. Ohne nachzudenken, riss sie die Kühlschranktür auf. Dort hatte Chris vorsorglich Wasser, Apfelsaft und Schokolade für sie deponiert.

»Falls dich nachts mal Durst oder der Heißhunger auf Süßes quält«, hatte sie erklärt. Lena hielt sich die eiskalte Wasserflasche an die Stirn. Dann trank sie gierig ein paar Schlucke. Schokolade kauend wanderte sie durch ihr kleines Reich. Vom Küchentisch bis zum Sessel im Schlafzimmer, ins Bad und zurück. Mit dem Handy in der Hand kauerte sie sich in den Sessel. Sollte sie Tobi eine SMS schreiben? Ihn bitten, sie so bald wie möglich zurückzurufen? Würde er sie am Telefon überhaupt ausreden lassen, würde sie die richtigen Worte finden? Ihr fiel das Briefpapier ein, das sie erst neulich in der Küchenschublade entdeckt hatte, und sie bekam eine Idee.

Im Morgengrauen war der Küchenboden mit zerknülltem Papier übersät. Lena kroch erschöpft wieder ins Bett, den Brief an Tobi in ihrer Hand.

15

Am Mittwoch wartete Lena Punkt zwei in der Hofeinfahrt auf Jack. Unter dem Arm trug sie ihre neueste Kreation, eine Tasche in Briefform. Statt sich am Strand den Wind um die Nase wehen zu lassen, hatte sie den verregneten Dienstag lieber bei Kathy in der Webstube verbracht. Chris lehnte in der offenen Haustür. »Komm wieder rein. Jack ist nie pünktlich. Für seine Patienten hat er schon manche Verabredung platzen lassen.«

Lena schüttelte den Kopf. »Ich gebe ihm eine halbe Stunde, dann laufe ich zum Strand. Wer weiß, wann der nächste Regenschauer kommt?«

Sie hielt ihr Gesicht in die Sonne und schloss die Augen. Als Wind aufkam, zog sie rasch den Reißverschluss ihres Parkas hoch. Warum nur hatte sie für diesen Ausflug unbedingt eine Bluse angezogen? Für Jack bestimmt nicht. Der trug doch immer das Gleiche. Cordhose und kariertes Flanellhemd. Etwas anderes hatte sie bisher noch nie an ihm gesehen.

Als zehn Minuten später sein Wagen vor ihr hielt, lächelte eine ältere Dame sie vom Beifahrersitz an. Ihr Gesicht kam Lena bekannt vor.

»Mary Smith hast du ja schon kennengelernt. Es macht dir doch nichts aus, bei Scotty zu sitzen? Du kannst gleich umsteigen, wenn wir Mary zu Hause abgeliefert haben.« Jack schaute aus dem offenen Wagenfenster und deutete zur Rückbank.

Lena quetschte sich neben den Hund. Sie hatte ihre liebe Not, Scotty davon abzuhalten, ihr das Make-up vom Gesicht zu lecken. »Nicht so stürmisch, mein Freund. Wenn du brav deinen Kopf auf meinen Schoß legst, kraule ich dich auch hinter den Ohren.«

Als hätte der Hund sie verstanden, streckte er sich neben ihr aus und ließ sich bereitwillig streicheln.

»Machen eigentlich alle Männer, was Sie sagen?« Mary Smiths Kopf tauchte zwischen den Sitzen auf. »Auf mich hört Scotty nur, wenn er ein Leckerli bekommt.« Sie reichte Lena die Hand. »Sie wundern sich sicher, was so eine alte Schachtel bei Jack im Auto zu suchen hat.«

»Of course«, erwiderte Lena, der gerade nichts Besseres einfiel. Brauchte es auch nicht, denn die alte Dame redete ohne Punkt und Komma weiter.

»Seit acht Jahren kümmere ich mich um Jacks Haushalt. Soll doch alles sauber sein im Arzthaus von Busby. Auch wenn ich schon achtundsechzig bin, gehöre ich noch lange nicht zum alten Eisen.«

Lenas »Das sieht man Ihnen aber gar nicht an« ging in Marys Geplapper unter. Lena erfuhr, dass die alte Dame ledig war und bei ihrem Bruder auf dem Hof wohnte. »Unser Doc ist ein braver Junge. Der bringt mich jeden Mittwoch und Freitag nach Hause. Spare ich mir das Fahrgeld für den Bus«, erklärte sie. Lena war froh, als Jack vor einer Farm hielt und Miss Smith es plötzlich eilig hatte, ins Haus zu kommen.

Schnell umrundete Jack das Auto und hielt Lena die Tür auf. Erst jetzt bemerkte sie, dass er eine dunkelblaue Jeans und ein weißes Oberhemd anhatte. Sie schmunzelte, trug sie doch selbst eine dunkle Jeans, und ihre Bluse war weiß. *Partnerlook*, dachte sie und küsste Jack spontan auf die Wange. Unbeabsichtigt rutschte ihr noch »Du riechst aber gut!« heraus, was Jack vollends zu verwirren schien.

Er kratzte sich am Hinterkopf. »Wird Zeit, dass wir weiterfahren. Meine Patientin wartet.«

»Na, dann nichts wie los.« Lena schlängelte sich an Jack vorbei und setzte sich auf den Beifahrersitz. »Stell dir vor«, versuchte sie, ihre eigene Unsicherheit zu überspielen, »Dans Bruder Steve hat sich aus Neuseeland gemeldet. Er will schon bald zu Besuch kommen.«

»Soso, der kleine Steve hat Heimweh.« Jack drehte den Kopf kurz in Lenas Richtung. Ein Lächeln huschte über sein Gesicht. »Ein richtiger Draufgänger war das. Vor vierzehn Jahren arbeitete ich noch an der Klinik in Dublin. Aber wenn ich meine Eltern besuchte, habe ich ihn oft im Pub getroffen. Steve war der beste Dartspieler weit und breit.«

»Dann hast du sicher nichts vom Streit der Brüder mitbekommen«, vermutete Lena.

»Habe nur davon gehört. Ich wusste gar nicht, dass er nach Neuseeland gegangen ist.« Jack nahm die Abzweigung nach Sneem. »Wir sind gleich da. Würdest du bitte mit Scotty im Park spazieren gehen, während ich den Hausbesuch mache? Dauert nicht lange.« Der Wagen bog auf einen mit haushohen Rhododendren gesäumten Kiesweg ein.

Lena staunte. »Bei uns werden die nie so groß. Und sie blühen später.«

»Das Zeug wächst hier wie Unkraut. Muss wohl am Wetter liegen.« Jack umfuhr ein schlossähnliches Gebäude und parkte am Hintereingang. Rasch sprang er aus dem Wagen und holte seine Arzttasche aus dem Kofferraum. »Wir treffen uns in einer halben Stunde hier.« Er warf Lena den Autoschlüssel zu und verschwand im Gebäude.

»Komm, mein Freund.« Lena nahm Scotty an die Leine und schloss den Wagen ab. Sie schaute sich irritiert um. Von Park war weit und breit nichts zu sehen. Nur ein paar vereinzelte Bäume auf dem Parkplatz und versteckt hinter einer Buchsbaumhecke die Müllcontainer. »Du kennst dich hier sicher aus, Scotty. Wo ist der Park?«, fragte Lena ihren zotteligen Begleiter.

Der trottete prompt los und zog sie hinter sich her. Schwanzwedelnd lief er an der Auffahrt vorbei und umrundete das Gebäude. Vor einer großen Freitreppe schnupperte er an den Stufen. Doch Lena hatte kaum Zeit, einen Blick ins Innere des luxuriösen Herrenhauses zu werfen, da eilte Scotty schon weiter zu einem in der Hecke versteckten Tor. »Welcome to our secret garden« stand auf dem Schild über dem Eingang. Sofort fiel Lena der Roman von Frances Hodgson Burnett ein, in dem ein verwaistes Mädchen einen verwunschenen Garten zu neuem Leben erweckte. Erwartungsvoll drückte Lena die eiserne Klinke hinunter und stand mitten in einem Labyrinth aus mannshohen Buchsbäumen. Scotty rannte an der langen Leine voraus und zeigte ihr den Weg.

Zu Lenas Freude breitete sich am Ende des Irrgartens ein Landschaftspark aus. Sie bummelte auf verschlungenen Pfaden durch einen Buchenhain und bestaunte ein viktorianisches Gewächshaus. Auf einem Hügel entdeckte sie einen weißen Pavillon, vor dem eine steinerne Bank zum Verweilen einlud. Scotty wäre lieber den Möwen hinterhergejagt. So musste sie ihn ins Schlepptau nehmen auf ihrem Weg hinauf. Der Ausblick, der sich ihr von oben bot, entschädigte sie jedoch für ihre Mühe. Zwischen zwei Baumgruppen schlängelte sich ein Weg bis zum Meer.

»Hier steckt ihr beiden.« Mit großen Schritten erklomm Jack den Hügel. »Ich hab mir gleich gedacht, dass ich dich bei Amor finden würde.«

»Amor?« Lena schaute ihn verwundert an.

»Sag bloß, du hast noch keinen Blick in den Liebestempel geworfen?«

»Der ist doch abgeschlossen«, sagte Lena.

Jack reichte ihr eine Hand und zog sie von der Bank. »Zum Glück kenne ich ein kleines Geheimnis.« Zielsicher griff er in eine Buchsbaumkugel, die neben dem Eingang wuchs, und förderte einen rostigen Schlüssel zutage. »Früher haben Simon und ich hier stundenlang gehockt und

Blödsinn ausgeheckt. Ich kenne den Hotelbesitzer seit der Schulzeit. Er erwartet uns übrigens zum Tee.«

»Bezaubernd.« Lena strich über den kühlen Marmor der kleinen Statue. Der pausbäckige Gott zielte mit seinem Pfeil auf ein steinernes Bett, das sich in einer Nische verbarg. Jack räusperte sich. »War früher mal ein beliebter Treffpunkt für Verliebte.«

»Heute nicht mehr?« Lena drehte sich um und schaute ihm in die Augen. Ihr zaghafter Versuch, mit ihm zu flirten. Verlegen wie ein Schuljunge wich er ihr aus. »Wir sollten Simon nicht warten lassen.« Jack trat den Rückzug an.

Er war schon an der Tür, da griff Lena nach seinem Arm und hielt ihn zurück. »Warte doch mal.« Sie nahm all ihren Mut zusammen. »Was denkst du, würde es Scotty gefallen, wenn ich für immer in Busby bliebe?« Als Jack sie verwundert anschaute, stammelte sie: »Verdammt, ich meine es ernst. Ich würde gern bei Dan und Chris im Gästehaus leben, mit Kathy im Wollmarkt arbeiten und am liebsten jeden Tag mit Scotty spazieren gehen.«

Jack beobachtete eine Spinne, die über dem Fenster ihr Netz gesponnen hatte.

»Hast du verstanden, was ich gesagt habe?« Lena riss allmählich der Geduldsfaden. Sie stürmte an ihm vorbei. Fast wäre sie über Scotty gestolpert, der sich vor dem Pavillon ausgestreckt hatte.

Endlich zeigte Jack Gefühle. Er umfasste ihre Taille und hielt sie fest. »Wenn du versprichst, dich nach deinen Spaziergängen um einen einsamen Dorfarzt zu kümmern, würde es nicht nur Scotty gefallen«, sagte er mit belegter Stimme und zog sie in den Pavillon.

Erst als Scotty winselnd an der Tür kratzte, löste sich Lena aus Jacks Umarmung. »Ein aufregender Ort, dieser Liebestempel.« Wie ein schüchterner Teenager stand sie vor Jack. Sie war verliebt, und gleichzeitig meldete sich ihr Gewissen.

Jack schien es ähnlich zu gehen. Vorsichtig, als wäre sie zerbrechlich, griff er nach Lenas Hand. »Bist du dir wirklich sicher? Busby ist nicht Berlin. Vielleicht vermisst du schon bald deine deutschen Freunde und das aufregende Großstadtleben.«

»Mit Martin war ich glücklich in Berlin. Ohne ihn fühle ich mich dort wie ein Vogelkind, das man aus dem Nest geworfen hat. Alles dort erinnert mich an ihn. Ich habe Angst, dass die Alpträume wiederkommen und mir die Kraft für einen Neuanfang fehlt. Deshalb muss sich etwas ändern. Hier in Irland ist alles neu für mich. Die Menschen, die Sprache und die Landschaft. Seit ich hier bin, habe ich wieder diese unbändige Lust auf das Leben.« Lena schmiegte sich an Jack und flüsterte kaum hörbar: »Ich habe mich verliebt.«

Jack antwortete mit einem langen, leidenschaftlichen Kuss.

Hand in Hand liefen sie Scotty hinterher. Von der Leine gelassen, nahm der Hund die Abkürzung durch den Rosengarten und verschwand wie selbstverständlich im Herrenhaus.

»Der weiß genau, wo er hinmuss.« Jack strich Lena zärtlich eine Strähne aus dem Gesicht. »Darf ich meine Lady ins Haus geleiten?« Er reichte ihr seinen Arm, und sie schritten wie von altem Adel die Treppe hinauf. Als Lenas Magen laut knurrte, lachten beide lauthals, und es war vorbei mit der Etikette. Ein vornehm gekleidetes Pärchen schaute etwas irritiert, als sie die Rezeption betraten.

»Ich wollte schon den Suchtrupp losschicken. Hast du dich im Labyrinth verirrt?« Simon zwinkerte Jack verschwörerisch zu und schüttelte Lena die Hand. »Ich freue mich, dass Jack Sie mitgebracht hat.«

Er war einen ganzen Kopf kleiner als Jack, und man sah ihm an, dass er gutes Essen zu schätzen wusste. Die silbergraue Weste spannte über seinem Bauch. Simon legte einen Arm um Lenas Schulter und führte sie in den Wintergarten. »Ich hab uns eine Kleinigkeit herrichten lassen.« Er deutete auf einen üppig gedeckten Tisch, unter dem Scotty bereits genüsslich an einem Knochen nagte. Die Kleinigkeiten entpuppten sich als original »High Tea« mit Gurken- und Lachssandwiches und kleinen Kuchenstücken.

»Vielen Dank für die Einladung, Mr Cavendish«, sagte Lena in ihrem allerbesten Englisch, und es klang ein wenig steif.

»Nennen Sie mich bitte Simon. Jacks Freunde sind auch meine Freunde. Besonders wenn sie so bezaubernd sind. It's a pleasure.« Er rückte Lena einen Stuhl zurecht. »Tee oder lieber Kaffee?«

Eine ältere Dame, die sich auf einen Stock stützte, schritt bedächtig von Tisch zu Tisch und begrüßte die Gäste. »Darf ich mich zu euch setzen? In meiner Beletage fällt mir heute die Decke auf den Kopf. Ich muss gestehen …«, sie reichte Lena die Hand, »… mich hat auch ein wenig die Neugier getrieben, Sie kennenzulernen.«

Sofort sprang Simon auf und führte sie zu dem noch freien Platz an ihrem Tisch. »Ohne Jack säße meine Mutter längst im Rollstuhl«, erklärte er, während er Tee ausschenkte. Die alte Dame servierte Lena ungefragt ein Lachssandwich. »Greifen Sie zu, meine Liebe. Die irische Seeluft macht hungrig.«

Jack flüsterte: »Sie mag dich«, woraufhin Lena leise antwortete: »Ich finde sie reizend«, und sich ungeniert noch ein Stück Zitronentarte auf den Teller legte.

Zwei Stunden später saß Lena neben Jack im Auto und schnallte sich an. »Dein Freund gefällt mir.«

»Das kann ich mir vorstellen. So, wie der mit dir geflirtet hat. Das nächste Mal fahre ich wieder allein hierher. Sonst kommt er noch auf dumme Gedanken. Wird Zeit, dass der endlich heiratet«, knurrte Jack.

»Natürlich fahre ich mit. Simon hat mich eingeladen, den Wellnessbereich zu nutzen. Ich kann schon verstehen, warum Chris und Dan unbedingt hier übernachten möchten. Nett von Simon, dass er mir für das Turmzimmer einen Sonderpreis gemacht hat. Die beiden werden staunen.« Lena amüsierte sich über Jacks entsetzten Blick. Er war tatsächlich eifersüchtig, und sie genoss es. Aber sie wollte ihn nicht allzu lang leiden lassen. »Andererseits, wenn ein gewisser Landarzt bereit wäre, mit mir und den Zwillingen am Samstag nach Abbey Island zu wandern …« Sie streichelte über Jacks Nacken.

Seine Augen funkelten, als er sich zu ihr beugte. »Am liebsten würde ich den Dartsabend sausen lassen«, murmelte er zwischen zwei Küssen.

»Kommt nicht infrage.« Sie küsste ihn leidenschaftlich. »Chris erwartet mich zu einem Mädelsabend. Aber morgen könntest du mich besuchen. Ich habe noch so viele Fragen, die mich quälen. Vielleicht kannst du mir helfen, Ordnung in mein Gefühlschaos zu bringen. Schließlich bist du ja nicht ganz unschuldig daran.«

»Mal sehen«, antwortete Jack. »Falls ich nach den Hausbesuchen noch Zeit habe.«

16

Chris warf Lena den Wagenschlüssel zu. »Du fährst. Wird Zeit, dass du dich an den Linksverkehr gewöhnst. Hast du eigentlich vor, euer Auto mit auf die Insel zu bringen?«

Lena stellte die Rückenlehne auf ihre Position ein. »Darüber habe ich mir noch keine Gedanken gemacht. Mir war unser BMW immer zu groß. Meistens ist Martin gefahren.«

»Warum kaufst du dir dann nicht ein kleineres Auto? Wäre auch praktisch, wenn wir zwei Wagen auf der Farm hätten«, wandte Chris ein.

Während Lena vorsichtig aus der Einfahrt bog, überlegte sie laut: »Vielleicht mache ich das wirklich. So ein Mini könnte mir gefallen.« Schwungvoll nahm sie die nächste Kurve.

Am Vorabend hatten sie und Chris gemütlich vor dem Kamin gesessen und Pläne geschmiedet. Für ihre Schwägerin stand längst fest, dass Lena nach Busby ziehen würde, obwohl Lena sich selbst noch nicht sicher war. Chris versuchte nicht, sie zu überreden. Aber sie versprach, ihr mit Rat und Tat zur Seite zu stehen. Dank ihrer eigenen Erfahrung konnte sie Lena jede Menge Tipps zum Umzug geben.

»Am meisten freue ich mich auf unsere Mädelsabende. Sollen die Männer mittwochs doch ihren Spaß beim Darts haben, wir machen es uns zu Hause gemütlich. Die Zwillinge werden heute sicher jedem in der Schule erzählen, dass ihre Tante ins Gästehaus zieht. Bald weiß es ganz Busby.« Chris lachte. »Dir ist schon klar, dass du beim nächsten Pubbesuch mindestens eine Runde schmeißt.«

»Wenn's nicht mehr ist.« Lena parkte am Gemeindehaus. »Die Handarbeitsmädels werde ich gleich mit Sekt beglücken. Gibt schließlich was zu feiern.« Grinsend drückte sie Chris den Wagenschlüssel in die Hand. »Aber du fährst zurück. Wer weiß, ob ich nachher dazu in der Lage bin?« Zielstrebig lief sie die Hauptstraße hinunter zum Lebensmittelladen.

Mrs Melony saß strickend hinter der Kasse, als sich Lena umschaute. »Sie habe ich hier noch nie gesehen. Sind sicher was Besseres gewohnt in Berlin.«

Ihr schnippischer Unterton gefiel Lena nicht. »Im Gegenteil, Mrs Melony. Auch in Berlin weiß man die persönliche Beratung in einem kleinen Fachgeschäft zu schätzen«, konterte sie und schenkte der Frau ein Lächeln. »Wenn Sie mir verraten, wo ich den Sekt finde, bin ich wunschlos glücklich.«

Mrs Melony fiel die Kinnlade herunter. »Wurde bei uns schon ewig nicht mehr danach gefragt. In Busby trinken wir so ein Zeug nicht.« Sie erhob sich schwerfällig. Ihr Strickstrumpf rutschte vom Schoß und landete auf dem Boden. Lena bückte sich und hob ihn auf.

»Bitte bemühen Sie sich nicht weiter. Ich bin mir sicher, dass Fergus mir gern weiterhilft.« Sie drückte der Ladeninhaberin das Strickzeug in die Hand. »War wirklich nett, Sie kennenzulernen.«

Lena hatte schon die Türklinke in der Hand, da ertönte hinter dem Regal die sonore Stimme Mr Melonys. »Selbstverständlich führen wir Sekt.« Der kleine, untersetzte Mann kam mit ausgestrecktem Arm auf Lena zu. »Sie müssen meine Frau entschuldigen. Normalerweise ist sie der höflichste Mensch der Welt. Aber sie hat sich mal wieder über unsere Tochter geärgert.« Er schüttelte Lena die Hand und strahlte sie an. »Kommen Sie, ich zeige Ihnen unsere bescheidene Sektauswahl.«

Mit einer braunen Papiertüte unter dem Arm verließ Lena kurz darauf das Geschäft. Mr Melony winkte ihr nach, und seine Frau rief: »Eine gute Heimreise.«

Wenn die wüsste, dass ich die neue Stammkundin bin, hätte sie mir garantiert die Tür aufgehalten, dachte Lena.

»Was hast du denn da unter dem Arm?« Kathy tippte auf die Papiertüte. »Ist es das, was ich denke?« Ihre Augen strahlten, als Lena zwei Flaschen Sekt auspackte.

»Stellst du die bitte kalt? Es gibt etwas zu feiern.« Sie folgte Kathy in die obere Etage.

»Darf ich meine Freundin in den Arm nehmen?«, fragte Lena, nachdem der Sekt im Kühlschrank verstaut worden war.

Doch Kathy kam ihr zuvor. Sie drückte Lena an sich, als wollte sie sie nie mehr loslassen. »So eine Freundin wie dich habe ich mir immer gewünscht. Du bringst Schwung in meinen Laden. Ich freue mich schon auf deine neuen Ideen für die Kollektion.«

»Das geht mir genauso. Wenn ich bei dir in der Webstube sitze, vergesse ich mich. Ich habe Spaß daran, mit dir etwas Neues auf die Beine zu stellen«, beteuerte Lena.

Sie waren schon auf dem Weg nach unten, da erklang Mauras unverkennbares Lachen, dann Bellas Stimme aus der Webstube.

»Nicht so laut, soll doch eine Überraschung sein.« Im Hintergrund tuschelte jemand.

Lena und Kathy schlichen auf Zehenspitzen die Treppe hinunter. Als Lena die Tür öffnete, hörte sie Maura sagen: »Sie kommt. Auf drei.«

Und schon ertönte ein vierstimmiger Chor. »Rolling home to Ireland« sangen Maura, Bella, Nora und Claire so gefühlvoll, dass Lena vor Rührung Tränen in den Augen hatte. Kaum war der letzte Ton verklungen, umringten die Sängerinnen sie. Eine nach der anderen umarmte Lena.

»Woher wusstet ihr …«, stammelte sie.

»Mein Ältester hat es in der Schule gehört«, verriet Nora. »Ich hab dann gleich die anderen angerufen.«

»Schau mal.« Maura führte Lena an den gedeckten Tisch. »Zur Feier des Tages: eine Schokoladentorte.«

Auf ein Zeichen von Lena holte Kathy den Sekt aus dem Eisfach des Kühlschranks. »Wisst ihr, was das Beste daran ist?« Sie unterbrach sich und schaute erwartungsvoll in die Runde. »Wir haben schon Pläne für eine neue Taschenkollektion.« Kathy hielt eine Clutch hoch, die Lena gerade erst fertiggestellt hatte. »Die ist doch der Hammer. Findet ihr nicht?«

Der erste Sektkorken knallte, und Lena füllte die Gläser. »Auf meine wunderbaren neuen Freundinnen! Auf Busby!«

Jedes Mal, wenn die Ladenglocke bimmelte, eilte Lena beschwingt nach vorn. »Du hast heute frei, Kathy«, rief sie im Hinausgehen.

»Pass auf, was du sagst. Ich könnte mich glatt dran gewöhnen.« Kathy hatte einen Schwips. Sie alberte in der Webstube herum, während Lena glücklich im Laden stand und Kunden bediente.

Auf der kurzen Heimfahrt pfiff sie gut gelaunt vor sich hin. Plötzlich fiel ihr etwas ein. »Chris?« Sie zögerte einen Moment. »Nur für den Fall, dass Jack mich rein zufällig heute Abend besucht …«

Chris fuhr an den Straßenrand und schaltete den Motor aus. Dann wandte sie sich Lena zu. »Jetzt schau nicht so verängstigt, Liebes. Niemand reißt dir den Kopf ab, wenn Jack bei dir an der Tür klopft und nach dir schaut. Wir müssen es ja nicht gleich an die große Glocke hängen.« Sie strich Lena über die Wange. »Aber sei nicht zu enttäuscht, wenn er dich versetzt. Man weiß nie, was im Kopf eines irischen Mannes vorgeht, und vor allem nicht im Kopf eines irischen Landarztes. Vielleicht hat Jack ja ähnliche Bedenken wie du.«

Lena atmete erleichtert auf. »Daran habe ich auch schon gedacht. Ich habe mir fest vorgenommen, Geduld mit diesem irischen Sturkopf zu haben. Auch wenn es mir schwerfällt.« Insgeheim war sie jedoch fest davon überzeugt, dass Jack kommen würde. So leidenschaftlich, wie er sie geküsst hatte, musste er sich doch nach ihrer Nähe sehnen.

Nach dem Abendessen gähnte Lena demonstrativ. »Ihr seid mir doch nicht böse, wenn ich mich gleich zurückziehe? Der Nachmittag mit den Handarbeitsfrauen hat mich total geschafft.«

»Dürfen wir mit zu dir?« Sarah kitzelte Lena unter dem Kinn. »Wir versprechen auch, keinen Blödsinn zu machen«, beteuerte Anne.

Chris zwinkerte Lena verschwörerisch zu. »Wolltet ihr nicht beim Backen helfen? Ihr dürft Plätzchen ausstechen.«

Sie lächelte Dan vielsagend an. »Schatz, mach schon mal Feuer im Kamin. Ich möchte es mir gern mit dir vor dem Fernseher gemütlich machen, wenn die Mädchen im Bett sind.«

Dan hüstelte verlegen und verschwand im Wohnzimmer.

Die Zwillinge strahlten um die Wette. Sarah küsste Lena auf die rechte, Anne küsste sie auf die linke Wange. »Wir sind so froh, dass du bald richtig bei uns wohnst. Dann können wir dich viel öfter besuchen.« Sie sprangen auf und banden sich ihre Schürzen um. »Kann losgehen, Mama.«

Chris drückte Lena einen Teller mit Blaubeermuffins

in die Hand. »Ein kleiner Nachthappen«, erklärte sie verschmitzt.

Lena verabschiedete sich schnell von Dan und den Mädchen und lief über den Hof zu ihrem Haus. Hastig schlüpfte sie aus Jeans und T-Shirt und streifte das Strickkleid über. Dazu die wollene Strumpfhose und die flachen Pumps. Ihr Mund wurde trocken, als sie auf die Uhr schaute. Kurz nach acht.

Sicher hatte Jack längst seinen letzten Hausbesuch beendet und würde jeden Moment vor ihrer Tür stehen. Alle fünf Minuten rannte sie zum Schlafzimmerfenster und hielt Ausschau nach seinem Wagen. Dann hockte sie sich mit einem Krimi in den Sessel und versuchte, zu lesen. Doch sie war viel zu aufgeregt, um sich auf den komplizierten Plot einzulassen.

Sie sprang auf und kochte eine Kanne Tee. Dabei stellte sie sich vor, an Jack gekuschelt auf der Couch zu sitzen und bei Tee und Gebäck zu plaudern. Als ihr Blick auf das Bett fiel, wurde ihr abwechselnd heiß und kalt. Würde er? Und war sie schon bereit dazu? Ihr Körper sehnte sich nach Zärtlichkeit, aber ihr Verstand sagte ihr, dass es zu früh sei.

Um zehn Uhr pustete sie enttäuscht die Kerze aus und verschwand im Bad. Erst jetzt fiel ihr ein, dass Jack und sie keine Handynummern ausgetauscht hatten. Kein Wunder, dass er sich nicht bei ihr meldete. Bei Dan würde er garantiert nicht anrufen, um ihr etwas ausrichten zu lassen. Das wäre ihrem Sohn nie passiert. Bevor der sich verabredete, hatte er die Handynummer des Mädchens längst gespeichert.

Sie schlüpfte in den Bademantel, den Chris ihr fürsorglich ins Bad gehängt hatte, und nahm sich vor, am nächsten Morgen bei Jack vorbeizuschauen. Barfuß tappte Lena über die Küchendielen, da klopfte es leise an die Tür. Sie zögerte einen Moment, dachte nicht daran, dass sie für einen nächtlichen Besuch nicht passend gekleidet war. Dann riss sie erwartungsvoll die Tür auf.

Doch da war niemand, schon gar kein Jack. Hatte sie sich etwa verhört? Mit nackten Füßen stellte sie sich auf den Fußabtreter und linste um die Ecke.

»Nicht erschrecken. Ich bin's.« Jacks Gesicht tauchte aus der finstersten Ecke des Hofes auf. Er schaute sich vorsichtig um. »Ich hatte deine Telefonnummer nicht«, flüsterte er.

Lena schmunzelte. »Wenn der Herr Doktor nichts dagegen hat, würde ich das Gespräch lieber drinnen fortsetzen. Mir ist kalt. Oder bist du auf der Flucht?«

»Entschuldige. Aber nur einen Moment. Ich muss morgen früh raus.« Jack räusperte sich. Verlegen blieb er mitten in der Küche stehen. »Schön hast du es hier.«

»Möchtest du eine Tasse Tee? Er ist noch warm.« Lena deutete auf den gedeckten Couchtisch. »Setz dich doch. Ich zieh mir nur rasch meine dicken Socken an.« Sie griff nach seiner Hand und zog ihn mit sich zum Sofa. »Es stört dich doch nicht, wenn ich im Bademantel bleibe?«, versuchte Lena, ihn aus der Reserve zu locken. Längst hatte sie vergessen, dass sie nackt darunter war.

Jack antwortete nicht auf ihre Frage. Er umfasste zärtlich ihre Taille und drückte Lena an sich. »Aber wirklich nur einen Moment«, sagte er heiser. Dann ließ er sich mit ihr auf das Sofa sinken und küsste sie. Ein Kribbeln durchlief Lenas Körper. Seine Hand glitt unter ihren Bademantel. Er atmete schneller, als er ihre Brust streichelte. Lena knöpfte Jacks Hemd auf, nestelte an seinem Gürtel. Jack flüsterte: »Du bist schön.«

Sie spürte seine Erregung und drängte sich an ihn. Längst hatte ihre Lust den Verstand ausgeschaltet.

»Ich kann nicht«, stöhnte Jack. »Nicht hier! Nicht jetzt!« Er schob sie von sich.

Als hätte ihr jemand kaltes Wasser über den Kopf gekippt, zuckte Lena zusammen. Mit zittrigen Fingern nestelte sie an ihrem Bademantel und versuchte, ihre Blöße zu bedecken.

Jack sprang auf und ging im Zimmer auf und ab. »Du bist wie ein Wirbelwind in mein Leben gefahren, hast alles durcheinandergebracht. Dabei hatte ich mir geschworen, mich nie wieder auf eine Frau einzulassen.« Er raufte sich die Haare und schaute sie an. In seinen Augen lag so viel Verzweiflung, dass er Lena fast leidtat.

»Ich mag dich. Sehr sogar.« Bevor Jack weitersprechen konnte, rannte Lena an ihm vorbei in die Küche. Sie kramte in der Schublade nach Stift und Papier. Hastig kritzelte sie ihre Handynummer auf ein Tempotuch. »Ruf mich an, wenn du dir sicher bist, was du wirklich willst, Jack. Ich bin noch eine Woche hier. Noch ist nichts entschieden. Ob ich bleibe oder nicht, hängt auch von dir ab.« Im Vorübergehen steckte sie Jack das Tempotuch in die Brusttasche seines Hemdes. Dann verschwand sie im Schlafzimmer und schloss die Tür hinter sich ab.

17

Er meldete sich nicht. Nicht am Freitag und auch nicht am Samstagmorgen. Lena stopfte das Handy in die Vordertasche von Dans Rucksack. Dann würde sie halt ohne Jack loswandern. »Ihr seid sicher, dass ihr den Weg kennt?« Lena füllte die Tupperdose mit Muffins und Keksen.

»Na klar. Wir waren schon oft dort.« Anne reichte ihr die Wasserflasche. »Packst du auch Apfelsaft ein?«, fragte Sarah, die am Küchenfenster stand und ihren Eltern nachwinkte. »Mami nimmt immer Apfelsaft mit.«

Lena stellte sich hinter das Mädchen und strich ihm über den Kopf. »Nicht traurig sein. Morgen sind deine Eltern wieder hier. Die brauchen auch mal Zeit für sich. Und ich bin ja bei euch.« Sie wusste, dass Chris und Dan noch nie ohne ihre Kinder verreist waren. »Wollen wir heute Abend zusammen Pizza backen?«, versuchte sie, die Mädchen abzulenken. »Danach schauen wir uns *König der Löwen* an.«

Anne schniefte. »Kannst du nicht bei uns im Zimmer schlafen?« Ihre Augen füllten sich mit Tränen. Lena ärgerte sich, nicht eher daran gedacht zu haben. Die Kinder fürchteten sich davor, allein im Farmhaus zu schlafen.

Zwar hatte Chris ihr das Ehebett frisch bezogen, doch davon hatten die Mädchen nichts mitbekommen. »Natürlich schlafe ich bei euch. Wer nimmt mich denn mit in sein Bettchen?«

Die Schwestern tuschelten miteinander. Dann verkündete Anne: »Sarah und ich schlafen in meinem Bett. Du kannst Sarahs haben.«

Als hätte jemand das Licht angeknipst, strahlten beide plötzlich um die Wette. Rasch faltete Lena die Regenjacken zusammen und schob sie in den Rucksack. »Schuhe anziehen, Mädels. Wir brechen auf.«

Kein Wölkchen stand am Himmel, als sie den Weg zum Strand einschlugen. Es war fast sommerlich warm. Sarah und Anne liefen vorweg, schauten sich aber immer wieder nach Lena um, die Mühe hatte, mit den beiden Schritt zu halten. Sie waren allein in der Bucht. Das Fischerboot lag fest vertäut am Ufer. Während die Zwillinge Muscheln suchten, beobachtete Lena die Möwen, die sich auf den Wellen treiben ließen. Abbey Island schien zum Greifen nah. Lena erkannte die Klosterruine schon von Weitem. Umso erstaunter war sie, als die Mädchen nicht den direkten Weg einschlugen. Sie nahmen Lena an die Hand und kletterten gemeinsam auf ein Plateau. Erst von oben entdeckte Lena den schmalen Pfad, der sich zwischen den Felsen bis zur Klosterinsel schlängelte.

»Passt auf, wohin ihr tretet. Die Steine sind sehr rutschig«, ermahnte sie die Mädchen. Doch die sprangen unbekümmert über die feuchten Kiesel, während Lena Mühe hatte, das Gleichgewicht zu halten. Der Rucksack drückte auf ihre Schultern, und sie schwitzte in ihrem Wollpullover.

»Wir sind gleich da.« Anne zupfte Lena am Ärmel. »Soll ich den Rucksack tragen? Du hast schon einen ganz roten Kopf.«

Wie fürsorglich die Kleine doch war. Lena schmunzelte. »Lieb von dir. Aber die paar Meter schaffe ich noch. Lauf ruhig vor und such uns einen schönen Picknickplatz.« Schnaufend quälte sich Lena die grasbewachsene Anhöhe hinauf, die das Festland mit Abbey Island verband.

»Hier sind wir«, tönte es aus der Ruine. Sarah und Anne hockten zwischen den verfallenen Mauern der kleinen Kapelle. Über ihnen spannte sich der blaue irische Himmel. »Früher war da ein Dach, hat Mami uns erzählt. Aber dann kam der große Sturm. Das Meer schwappte über das Kloster und hat alles zerstört.«

»Was hab ich doch für tolle Reiseführer.« Lena ließ sich erschöpft auf die Wiese sinken. »Bevor wir uns stärken, möchte ich unbedingt die keltischen Grabkreuze fotografieren. Aber zuerst schicken wir Dan und Chris ein Bild. Klettert doch mal in die Fensternische.« Lena kramte im Rucksack nach ihrem Handy. Noch immer keine Nachricht von Jack. Wenn sie jetzt wenigstens seine Nummer hätte … Als die Mädchen lautstark verkündeten, nicht länger auf sie zu warten, kniete sie sich vor das Fenster und schoss ein Foto von den beiden.

Sarah diktierte die SMS, und Anne tippte sie in Lenas Handy. Keine fünf Minuten später kam die Antwort. Chris hatte sich und Dan vor dem Liebespavillon fotografiert. Lena schluckte. Erst vor drei Tagen war sie dort so glücklich gewesen. Und jetzt?

»Lena, schau mal.« Anne deutete zum Himmel. Vom Meer aus schob sich eine schwarze Wolkenfront auf sie zu. »Gleich gibt's Regen. Lass uns lieber zurückgehen.«

Hastig verstaute Lena das Handy in der Hosentasche und verteilte die Regenjacken. Dann hängte sie den Rucksack über ihre Schultern, nahm die Mädchen an die Hand und stolperte los. Warum nur hatte sie den Wetterbericht am Morgen nicht gehört? Wie verantwortungslos von ihr, die Mädchen in so eine Gefahr zu bringen. Lena hätte sich am liebsten selbst geohrfeigt.

Längst war die Sonne hinter den Wolken verschwunden. Die ersten Regentropfen klatschten auf die Felsen. Über dem Wasser zuckte ein Blitz und tauchte die Insel in gleißendes Licht.

»Beeil dich, Lena«, schrien die Mädchen und rannten vorweg auf dem schmalen Pfad. Wind kam auf und blies ihnen die Kapuzen von den Köpfen. Inzwischen fiel der Regen so dicht, dass sie kaum die Hand vor Augen sahen. Wieder ein Blitz, gleich darauf der Donner. Das Gewitter kam direkt auf sie zu.

»Da drüben ist das Haus von Angus!« Anne zog Lena hinter sich her.

»Lauft voraus und stellt euch unter«, schrie Lena und hasste sich dafür, dass sie die Kleinen nicht besser beschützen konnte. In der Ferne erkannte sie schemenhaft die Umrisse einer Hütte. Den rettenden Unterschlupf vor Augen, achtete Lena nicht mehr auf den Weg, rutschte aus und schlug mit dem Knie auf einen spitzen Stein. Ein stechender Schmerz fuhr in ihr Bein. Doch sie lächelte tapfer, als Sarah und Anne ihr zu Hilfe eilten und aufhalfen. Die letzten Meter humpelte Lena mit schmerzverzerrtem Gesicht. Was, wenn Angus nicht zu Hause war? Sollte sie das Fenster einschlagen?

»Taj Mahal« stand auf einem überdimensionalen Schild über der Tür des kleinen Fischerhauses. Aber das interessierte Lena nicht. Sie hämmerte gegen die windschiefe Tür und schrie: »Angus, bist du da?«

Sein Gesicht tauchte hinter der Scheibe des Fensters auf, dann wurde die Tür aufgerissen. »Gut, dass ihr den Weg zu mir gefunden habt. Ist kein Wetter für einen Spaziergang.« Angus schenkte ihnen ein warmherziges Lächeln. Er schien sich über den unerwarteten Besuch zu freuen. »Ich kann euch leider nur etwas Brot und Wurst anbieten«, sagte er verlegen.

Sarah nahm Lena den Rucksack ab. »Wir teilen unser Picknick mit dir«, erklärte sie.

Lena war froh, dass die Mädchen so besonnen reagierten. Sie schaute sich vorsichtig in Angus' bescheidenem Zuhause um.

»Ist nicht besonders groß, mein Taj Mahal, aber mir reicht der eine Raum.« Der alte Fischer zog einen Vorhang zurück, hinter dem sich Bett und Schrank verbargen. »Letzten Herbst habe ich ein Bad angebaut. Wenn die Ladys sich frisch machen möchten …« Er klopfte gegen eine niedrige Tür neben dem Herd.

Lena lächelte ihn an. »Danke, Angus, du bist unsere Rettung.« Ihr Knie pochte, als sie an ihm vorbeihumpelte. Sie musste den Kopf einziehen, um den kleinen Anbau zu betreten. Dusche, Waschbecken und Toilette, alles war einfach, aber sauber. Trotz seiner bescheidenen finanziellen Möglichkeiten hatte Angus sein Zuhause gemütlich eingerichtet.

Mit zusammengebissenen Zähnen zog sie die zerrissene Jeans herunter und begutachtete ihr Bein. Zum Glück hatte sie nur eine etwas tiefere Schürfwunde unterhalb des Knies. Doch das Knie war geschwollen und blau. Sie öffnete die Badezimmertür einen Spaltbreit und rief: »Reicht ihr mir bitte Verbandszeug aus dem Rucksack?«

Daraufhin schleppte Anne gleich den ganzen Rucksack ins Bad. »Das sieht aber schlimm aus.« Die Kleine runzelte die Stirn, als sie Lenas Verletzung sah. »Muss bestimmt genäht werden.«

»Jetzt mal nicht den Teufel an die Wand.« Lena zog die Hose wieder hoch, nachdem sie sich notdürftig einen Verband angelegt hatte. »Ich weiß nur nicht, ob ich damit noch weit laufen kann. Das tut höllisch weh.«

Auf Anne gestützt, humpelte sie zurück in die Stube. Sarah rückte ihr einen Stuhl zurecht und reichte ihr eine Tasse Tee. Angus sah sie besorgt an und schlug arglos vor: »Vielleicht bringt Walter euch nach Hause. Der wohnt ganz in der Nähe. Ich kann ihn holen.«

»Lieber krieche ich auf allen vieren zurück, als bei dem ins Auto zu steigen.« Lena überlegte. »Wenn ich nur Jacks Telefonnummer wüsste«, murmelte sie.

»Meinst du die?« Angus tippte auf eine abgegriffene Visitenkarte, die mit einer Heftzwecke am Kalender befestigt war. »Hat mir der Doc für Notfälle gegeben. Das ist doch schließlich einer.« Er zog ein altmodisches Handy aus seiner Hosentasche. »Soll ich ihn anrufen, oder willst du selbst mit ihm reden?«

Lena überlegte einen Moment. »Besser, du rufst an. Aber sag ihm nicht, dass ich der Notfall bin.« Sie war froh, dass der alte Mann keine Fragen stellte. Mit schwieligen Fingern tippte er die Nummer in sein Handy. »Doc, Angus hier. Es gab einen kleinen Unfall. Könntest du vorbeikommen?« Mehr sagte er nicht. Lena war unwohl bei dem Gedanken, Jacks Hilfe in dieser Situation in Anspruch nehmen zu müssen. Lieber hätte sie ihn unter anderen Umständen zu einem klärenden Gespräch getroffen.

»Er ist schon auf dem Weg. Müsste gleich hier sein.« Angus biss herzhaft in einen Blaubeermuffin. »So etwas Leckeres habe ich lange nicht mehr gegessen.«

Lena zwinkerte Sarah und Anne zu und deutete mit dem Kopf auf die Tupperdose. »Freut mich, dass sie dir schmecken. Ich hab mal wieder viel zu viel davon gebacken. Darf ich dir den Rest hierlassen?« Sie legte Angus vier Muffins und die restlichen Schokokekse auf den Teller. »Falls du keine Dose hast, kannst du sie auch in einem Topf aufbewahren. Da bleiben sie länger frisch.«

Angus lachte. »Du glaubst doch nicht, dass die bei mir alt werden!« Er lehnte sich entspannt zurück und schaute nach draußen in den Regen. »Genau wie damals in Goa.« Mit Glanz in den Augen erzählte er von seiner Zeit in Indien. Von den vielen langen Seereisen, die er an Bord eines großen Handelsschiffes unternommen hatte.

»Deshalb habe ich mein Haus auch Taj Mahal genannt«, beendete er seinen Bericht, als die Tür aufging. Jack stürmte direkt auf Angus zu. »Was ist passiert, alter Freund? Hat dich eine Makrele gebissen?«

Sarah und Anne, die vor Lena standen, kicherten. »Da staunst du aber, dass wir hier sind.« Anne trat ein Stück zur Seite. »Lena hat ein schlimmes Knie. Die kann nicht mehr laufen.«

»Was ist passiert?« Mit zwei Schritten war Jack bei Lena. Vorsichtig tastete er ihr Bein ab.

»Ich bin ausgerutscht und mit dem Knie auf einen Stein geknallt.« Sie vermied es, ihn anzusehen.

Jack hob ihr Bein an, beugte und streckte es. »Scheint nicht gebrochen zu sein. Das möchte ich mir in der Praxis aber genauer ansehen. Hast du deinen Impfpass dabei?«

»Weiß nicht.« Lenas Magen ballte sich zusammen, der Raum bewegte sich um sie. »Mir ist …« Weiter kam sie nicht, dann wurde es schwarz um sie.

Als sie aufwachte, lag sie auf dem Boden, und Jack schaute ihr in die Augen. »Du bist ohnmächtig geworden, Liebes«, flüsterte er kaum hörbar und streichelte ihre Wange. »Die kreislaufstabilisierende Spritze müsste gleich wirken. Leg bitte deine Arme um mich, ich trage dich zum Auto.«

Lena schmiegte ihren Kopf an seine Schulter, während er mit ihr durch den Regen lief. Anne hielt die Beifahrertür auf. Vorsichtig setzte Jack sie ab. »Ich fahre ganz langsam. Melde dich sofort, wenn dir schlecht wird.«

Angus reichte Sarah und Anne den Rucksack. »Gute Besserung, Lena. Kommt mich bald mal wieder besuchen«, verabschiedete er sich und rannte zurück in sein Haus.

Es wurde die anstrengendste Autofahrt ihres Lebens. Obwohl Jack extrem langsam fuhr, raste die Landschaft an Lena vorbei. Sie schwitzte, dann liefen ihr eisige Schauder über den Rücken. Immer wieder tastete Jack nach ihrer Hand und fühlte den Puls. »Durchhalten, wir sind gleich da.«

Anne und Sarah liefen vor und schlossen die Tür auf. Jack trug sie ins Arzthaus. Er bettete sie auf die Behandlungsliege. Anne und Sarah wichen nicht von Lenas Seite und schauten zu, wie Jack Lena das EKG anlegte.

»Geht ihr bitte nach oben und kümmert euch um Scotty? Der wartet auf sein Fressen.« Jack zog den Arztkittel über und wusch sich die Hände.

Vorsichtig hob Lena den Kopf und winkte den Mädchen nach. »Mir geht's schon besser. Macht euch keine Sorgen.«

Musste das gerade jetzt passieren, wo sie die Verantwortung für die beiden hatte? Am Ende würde sie den Mädchen noch das Wochenende verderben. Lena plagten Gewissensbisse.

Jack schaltete die Lampe über der Liege an. »Heb bitte deinen Po etwas an, damit ich dir die Jeans ausziehen kann. Ich möchte sie ungern zerschneiden.«

Als sie seine Hände auf ihrem Bauch fühlte, durchströmte Lena ein Gefühl der Wärme und Geborgenheit. Sie strich zaghaft über seinen Arm. Doch Jacks strenge Miene ließ keinen Zweifel daran, dass sie in diesem Moment nur eine Patientin für ihn war. Mit zwei raschen Griffen zog er ihr die Hose aus. Sorgfältig untersuchte er ihr Bein. »Du hast Glück gehabt. Ich kann die Wunde klammern. Aber zuerst bekommst du eine Tetanusspritze.«

Lena schaute aus dem Fenster, als er die Spritze setzte. »Das war es schon?« Sie hatte den Einstich kaum gespürt. »Schade, dass mein Hausarzt in Berlin nicht so einfühlsam ist.« Wie zufällig berührte sie seine Hand, als er noch einmal ihren Blutdruck kontrollierte.

»110 zu 70, etwas niedrig, aber schon besser. Hast du heute zu wenig getrunken?« Er schaute ihr in die Augen. »Setz dich vorsichtig auf. Wenn dir nicht mehr schwindlig ist, fahre ich euch nach Hause.« Jack rückte seine Brille zurecht. »Ich würde mir dein Bein am Montag gern wieder ansehen. Kannst du am späten Nachmittag vorbeikommen? Oder …«, er spielte nervös mit seinem Stethoskop, »besser, du kommst am Abend. Dann hab ich mehr Zeit für dich. Magst du Steaks?«

18

Jack holte die Arzttasche aus dem Kofferraum und begleitete sie und die Zwillinge ins Farmhaus. »Reine Vorsichtsmaßnahme«, erklärte er, als er ihren fragenden Blick bemerkte. »Außerdem kannst du mit dem Bein unmöglich in der Küche stehen.«

Fürsorglich legte er einen Arm um ihre Taille. Auf ihn gestützt, humpelte Lena ins Haus und ließ sich anstandslos ins Wohnzimmer bringen.

»Setz dich auf die Couch, und leg das Bein hoch. Sarah und Anne helfen mir sicher gern dabei, das Abendessen vorzubereiten.« Jack kontrollierte ihren Blutdruck, dann verschwand er mit den Mädchen in der Küche.

»Jack!« Lena rief ihn zurück. Als er mit besorgter Miene im Türrahmen erschien, winkte sie ihn zu sich. »Ich habe mal gehört, dass es in Irland Brauch ist, den Arzt zu küssen, wenn man mit seiner Arbeit zufrieden ist.«

»Nicht, dass ich wüsste.« Jack schmunzelte. »Aber für dich könnte ich diesen Brauch ausnahmsweise einführen.« Er beugte sich über sie und küsste sie flüchtig auf den Mund.

Als Lena ihre Arme um ihn legte und ihn festhielt, murmelte er: »Können wir dieses Gespräch am Montag fortsetzen? Ich werde in der Küche gebraucht.« Schnell entwand er sich ihrem Griff und verließ das Zimmer.

Lena kuschelte sich in die Wolldecke und schloss die Augen. Dass sie sich plötzlich so leicht fühlte, lag sicher nicht nur an ihrem niedrigen Blutdruck. In weiter Ferne hörte sie das Geplapper ihrer Nichten, die sich mit Jack unterhielten.

»Sollen wir sie wecken?«, wisperte jemand an ihrem Ohr. Eine warme Hand berührte ihren Arm, tastete nach dem Puls. »Alles in Ordnung. Sie schläft«, hörte sie Jack sagen.

»Von wegen. Ich betreibe nur ein wenig Augenpflege.« Lena schmunzelte, als sie in die teigbeschmierten Gesichter der Zwillinge blickte. »Ihr seht zum Anbeißen aus. Hoffentlich kocht der Herr Doktor genauso gut, wie er behandelt, sonst muss ich an euch knabbern.«

Jack schob die kichernden Mädchen zur Seite und baute sich vor ihr auf. »Hier steht der beste Pfannkuchenbäcker von ganz Irland.« Zur Bekräftigung hielt er ihr seine bemehlten Finger vor die Nase. »Aber ohne meine reizenden Assistentinnen wären sie sicher nicht so lecker geworden.« Mit dem Zeigefinger tippte er auf ihre Nase und hinterließ einen Mehltupfer.

Lena warf die Decke zur Seite und machte Anstalten, aufzustehen.

Jack drückte sie sanft zurück auf die Couch. »Bleib bitte sitzen. Wir servieren heute hier.«

Lena genoss seine Fürsorge. Als er lächelte, entdeckte sie zwei Grübchen auf Jacks Wangen. Ob es an der Gegenwart der Kinder lag oder daran, dass er sich endlich über seine Gefühle im Klaren war? Ganz gleich, was es war, Jack schien wie verwandelt. Keine Spur mehr von dem kauzigen Kerl, der sich sofort in sein Schneckenhaus zurückzog, sobald man ihm zu nahe kam. Lena wurde es ganz warm ums Herz bei dem Gedanken, dass sie vielleicht der Grund für seine Veränderung war. Sie hörte ihn mit den Mädchen in der Küche herumalbern.

Dann trugen Sarah und Anne zwei mit Pfannkuchen beladene Teller herein und platzierten sie auf dem Tisch. Jack stellte Gläser und Apfelsaft dazu, verteilte Servietten und Teller. Stolz verkündete er: »Es ist angerichtet.«

Er setzte sich neben Lena auf die Couch, während die Zwillinge es sich auf dem Teppich gemütlich machten. »Picknick im Wohnzimmer hatten wir noch nie«, nuschelte Sarah mit vollen Backen. »Können wir den Film beim Essen schauen?«

Lena und Jack nickten einmütig.

Anne suchte im Sideboard nach der DVD. »Jack, wir wissen, wie der DVD-Player funktioniert.« Keine zwei Minuten später saßen die Mädchen mit roten Wangen vor dem Bildschirm und tauchten in die afrikanische Wildnis ein.

Lena wischte sich den Mund mit der Serviette ab. »Danke, Jack. Die Pfannkuchen waren wirklich superlecker. Ich freue mich schon auf deine Steaks.« Sie rutschte in die Ecke des Sofas und legte ihm wie selbstverständlich ihre Beine auf den Schoß, obwohl das für sie alles andere als selbstverständlich war. »Ich befolge nur die Anweisung meines Arztes«, flüsterte sie, um die Mädchen nicht zu stören. Dann griff sie nach seiner Hand. »Kontrollier bitte noch mal meinen Puls.« Ihre Blicke trafen sich, und dieses Mal wich er ihr nicht aus.

»Deine Wangen sind wieder rosig, du hast Appetit. Es besteht die Chance, dass du überlebst.« Mit gewichtiger Miene zog er sein Handy aus der Hosentasche und schrieb eine SMS. Lena ärgerte sich darüber, dass es für ihn anscheinend Wichtigeres gab, als ihre Nähe zu genießen. Sie war kurz davor, sich zu beschweren, da sagte er leise: »Jetzt hast du meine Nummer auf deinem Handy und kannst mich zu jeder Tages- und Nachtzeit anrufen. Natürlich nur, wenn dein Gesundheitszustand sich wieder verschlechtern sollte.« Bei den letzten Worten zwinkerte er ihr zu.

»Bringst du uns ins Bett, Jack?« Anne krabbelte auf allen vieren durchs Wohnzimmer. »Meine Beine sind so müde.«

»Stellt euch eine nach der anderen auf den Sessel.« Jack klopfte auf das alte Möbelstück. »Ich nehme euch huckepack.« Zu Lena gewandt, mahnte er: »Du wartest brav, bis ich dich hole. Um den Abwasch kümmere ich mich später.«

Wiehernd trabte er zuerst mit Anne, dann mit Sarah auf dem Rücken die Treppe hinauf. »Zähneputzen nicht vergessen«, hörte Lena ihn rufen, während er wieder herunterlief.

Schweißperlen standen auf seiner Stirn. Das Hemd war aus der Hose gerutscht. »Sorry, habe keine Kraft mehr, dich raufzutragen. Versuch mal, vorsichtig aufzutreten. Ich stütze dich.« Er schob den Couchtisch zur Seite und zog sie an beiden Händen auf die Füße. Sie standen so nah voreinander, dass Lena die Wärme seines Körpers spürte. Lena führte Jacks Hand zu ihrem Mund und strich mit seinen Fingern über ihre Lippen. Sie zögerte den Moment hinaus, wollte, dass er sie küsste. Doch als er sich endlich zu ihr beugte, ertönte es von oben: »Lena, wo bleibst du denn? Du wolltest uns doch etwas vorlesen.«

Der Zauber des Augenblicks verflog. Verlegen stopfte Jack sein Hemd in die Hose und legte einen Arm um ihre Taille. »Wir sind gleich oben«, rief er mit rauer Stimme.

Als Lena ins Kinderzimmer humpelte, strahlten die Zwillinge sie an. »Ich habe dir meinen Teddy ins Bett gelegt, damit du nicht allein schlafen musst«, sagte Anne.

»Du brauchst doch auch jemanden zum Kuscheln«, ergänzte Sarah.

Lena schaute Jack an, als sie den Mädchen antwortete: »Wie lieb von euch. Ich habe nämlich wirklich niemanden mehr, der gern mit mir kuschelt.«

Im Hintergrund brummte Jack: »Ich werde hier wohl nicht mehr gebraucht. Ich gehe spülen.«

»Aber du sagst uns noch Gute Nacht, bevor du fährst«, versuchte Lena, den Stimmfall der Mädchen nachzumachen.

Schon im Hinausgehen murmelte Jack: »Wenn's sein muss.«

Keine halbe Stunde später stand er grinsend im Türrahmen. Lena lag mit dem Teddy im Arm im Bett und las den Mädchen ein Märchen vor. »Am Ende küsste der

Prinz die wunderschöne Prinzessin und nahm sie mit auf sein Schloss.« Sie klappte das dicke Märchenbuch zu und schaute Jack erwartungsvoll an. Sarah und Anne waren längst die Augen zugefallen.

Jack strich ihnen zärtlich über die Köpfe. »Schlaft gut, ihr Prinzessinnen«, flüsterte er und knipste die Nachttischlampe aus. Im Halbdunkel trat er an Lenas Bett. Er schaute sich noch einmal nach den Zwillingen um. Dann beugte er sich über Lena, hauchte einen Kuss auf ihre Lippen und schlich auf Zehenspitzen aus dem Zimmer.

Lena lag wach und starrte in die Dunkelheit. Sie hörte, wie er die Haustür ins Schloss zog und den Motor startete. Später lauschte sie dem gleichmäßigen Atem der Kinder. Sie war erleichtert darüber, dass der verkorkste Tag dank Jack für die beiden doch noch so harmonisch geendet hatte. *Könnte es nicht immer so sein mit ihm?*, dachte sie beim Einschlafen.

19

»Verflixt und zugenäht.« Lena schnitt den Faden ab und warf die halb fertige Tasche auf den Boden.

Kathy rutschte von der Bank und stellte sich zu ihr an die Nähmaschine. »Was ist denn heute mit dir los? So nervös habe ich dich ja noch nie erlebt.« Besorgt strich sie Lena über den Rücken, bückte sich und hob die Tasche auf. »Sieht doch gar nicht so übel aus. Wegen einer schiefen Naht musst du doch nicht gleich die ganze Clutch in die Tonne klopfen.«

Lena raufte sich die Haare. »Ach, ich weiß auch nicht, warum ich so nervös bin. Dabei hatte ich gestern so einen schönen Tag mit den Zwillingen. Wir haben Puppenkleider genäht und Spaghetti bolognese gekocht. Du hättest mal sehen sollen, wie verliebt Dan und Chris nach diesem Wochenende waren. Die kleine Auszeit hat ihnen richtig gutgetan.« Auf keinen Fall würde sie Kathy erzählen, dass der Grund für ihre Nervosität blaue Augen hatte und Jack hieß. Lena nahm Kathy die verunglückte Tasche aus der Hand. »Vielleicht hast du recht. Wenn ich das gute Stück auf jeder Seite um zehn Zentimeter kürze, könnte ich daraus ein Portemonnaie nähen. Was denkst du?«

Kathy zog nachdenklich die Nase kraus. »Ist der Stoff nicht zu weich dafür?« Sie starrte aus dem Fenster. »Warte mal.« Hastig kroch sie hinter den Webstuhl und zog einen Pappkarton aus der Ecke. »Hier habe ich meine Probestücke gesammelt.« Sie wühlte in der Kiste und kramte schließlich einen dicht gewebten Stoff hervor. »Dass ich da nicht schon früher drauf gekommen bin.«

Lena setzte sich auf die Webbank und legte ihr Bein auf dem Stuhl ab. »Sprich bitte nicht in Rätseln. Worauf hättest du schon früher kommen können?«

Ihre Wunde juckte schrecklich unter dem Verband, aber sie riss sich zusammen und kratzte nicht daran. Sie griff nach dem Stoff und begutachtete das Material. »Du meinst, ich sollte daraus Portemonnaies nähen?« In Gedanken sah Lena die fertigen Teile schon vor sich. »Klein müssen sie sein und leicht. Dann wären sie ideal für das Wandergepäck. Wie oft habe ich mich beim Wandern schon darüber geärgert, dass meine Geldbörse den Rucksack unnötig beschwert.«

Ohne auf ihr Bein zu achten, sprang Lena von der Bank und hockte sich wieder an die Nähmaschine. Kathy schaute ihr über die Schulter, während Lena den Webstoff unter die Nadel schob und die erste Naht setzte. »Ist etwas störrisch, aber es geht. Mit meiner eigenen Maschine kann ich sogar Filz nähen.«

Lena war wieder in ihrem Element. Die nächste Stunde arbeitete sie konzentriert an der Geldbörse. Erst als Kathy ihr einen Becher Tee vor die Nase stellte, legte sie die Schere aus der Hand. »Fertig.« Stolz präsentierte sie ihr erstes selbst genähtes Portemonnaie und heftete das Schnittmuster an die Pinnwand.

»Da fehlt der besondere Clou.« Kathy rannte nach oben in ihre Wohnung und kehrte mit einer alten Blechdose unter dem Arm zurück. »Meine gesammelten Schätze«, verkündete sie freudestrahlend und öffnete den Deckel.

Lena konnte sich an den vielen Knöpfen gar nicht sattsehen. Es gab glänzende aus Messing, hölzerne und wieder andere aus Plastik, die wie Schmetterlinge oder Käfer aussahen. Sie entschied sich für einen einfachen Holzknopf, der perfekt zu den Brauntönen des Stoffes passte. Mit wenigen Stichen nähte sie ihn als kleinen Eyecatcher auf die Außenseite der Verschlusslasche.

»Das ist es. Jetzt bekommt jedes Portemonnaie eine eigene Note. Kathy, deine Ideen sind unbezahlbar.« Lena umarmte ihre Freundin stürmisch. Da fiel ihr Blick auf den Wecker, der auf der Fensterbank stand. »Tut mir leid. Ich muss zum Arzt. Jack will sich mein Bein anschauen.« Sie merkte, wie ihr die Röte ins Gesicht stieg. »Vorher verschwinde ich schnell noch mal in deinem Bad.« Bevor Kathy einen ihrer frechen Kommentare loswerden konnte, griff Lena nach ihrer Jeanstasche und eilte nach oben.

Als sie wieder herunterkam, schnupperte Kathy an Lenas Haar. »Du riechst verführerisch. Pass auf, dass dich der Doc nicht vernascht.«

»Wer sagt dir denn, dass ich nicht genau das beabsichtige?«, rutschte es Lena heraus. »Bis morgen, Kathy.« So schnell es ihr lädiertes Bein zuließ, rannte sie aus dem Laden.

Die Tür des Arzthauses war angelehnt. Mr Melony saß im Wartebereich des Flurs und blätterte in einer Anglerzeitschrift. Er strahlte, als Lena sich neben ihn setzte. »Das dauert wohl noch. Mrs Miller erzählt Jack sicher gerade von ihrem neuen Enkel.« Er rückte sich die Brille zurecht. »Was fehlt Ihnen denn? Sie sehen doch ganz gesund aus?« Der Mann war offensichtlich vielseitig interessiert und froh, endlich eine Gesprächspartnerin gefunden zu haben.

Lena deutete auf ihr Bein. »Ich bin beim Wandern ausgerutscht und habe mir das Schienbein aufgeschrammt.«

Mitfühlend tätschelte Mr Melony ihr die Hand. »Bei Jack sind Sie in den besten Händen. Der Mann versteht sein Handwerk.«

»Da bin ich mir sicher«, antwortete Lena und griff nach einer Gartenzeitschrift.

»Wir sehen uns nächste Woche wieder, Mrs Miller. Denken Sie daran, die Medizin immer vor dem Frühstück einzunehmen.« Jack begleitete eine große, hagere Frau zum Ausgang. »Wer ist der Nächste?«

Mr Melony tippte Lena an die Schulter. »Gehen Sie ruhig vor, meine Liebe. Ich habe Zeit.«

»Wenn es Ihnen nichts ausmacht, würde ich gern diesen Artikel zu Ende lesen.« Lena hielt sich die Zeitschrift demonstrativ vor das Gesicht, damit er ihr Grinsen nicht sehen konnte.

Jack räusperte sich. »Wollen wir, Mr Melony? Gehen Sie bitte ins Behandlungszimmer. Ich bin gleich bei Ihnen.« Er schloss die Tür hinter seinem Patienten. »Kannst du mit Scotty im Garten spielen, bis ich hier fertig bin? Der hatte heute zu wenig Auslauf«, sagte er leise und deutete nach oben. Dann eilte er zu Mr Melony.

Sie hörte Scottys Winseln schon auf der Treppe. »Ist ja gut, mein Junge. Ich bin gleich bei dir.« Als Lena die Küchentür öffnete, sprang Scotty ausgelassen auf sie zu und begrüßte sie mit lautem Bellen. Aufgeregt raste er die Treppe hinunter, durch die offene Tür in den Garten. Sie befürchtete schon, dass er auf die Straße laufen könnte. Doch ihre Sorge war unbegründet. Scotty saß mitten auf der Wiese. Vor seinen Pfoten lag ein schmuddeliger Tennisball. Lena warf das Bällchen bis zum anderen Ende des Gartens, und Scotty flitzte mit angelegten Ohren hinterher. Er wurde nicht müde, den Ball selbst aus den hintersten Ecken zu holen und Lena zurückzubringen.

»Ihr könnt hochkommen. Essen ist gleich fertig.« Jacks Kopf tauchte aus dem offenen Küchenfenster auf. Als hätte Scotty die Aufforderung genau verstanden, ließ er sein Spielzeug fallen und raste an Lena vorbei ins Haus.

Jack stand mit hochgekrempelten Ärmeln vor dem Herd und legte zwei Steaks in eine Grillpfanne. »Wie magst du dein Fleisch?«

»Medium, bitte«, sagte Lena. Beim Anblick des gemischten Salats lief ihr das Wasser im Mund zusammen. »Wann hast du das denn alles vorbereitet?« Im Backofen entdeckte sie Folienkartoffeln und ein Baguette. Der Tisch war liebevoll gedeckt. Sogar ein kleiner Strauß Maiglöckchen stand darauf.

»In der Mittagspause. Sieht nach mehr Arbeit aus, als es ist. Könntest du die Salatsoße abschmecken? Ich war mir nicht sicher, wie du sie am liebsten isst.« Jack deutete mit der Fleischzange auf den Hängeschrank.

»Wenn ich in Deutschland erzähle, dass es in Irland sogar Gourmets gibt, glaubt mir das keiner.« Lena quetschte sich an Scotty vorbei.

Der Hund hatte seinen Napf vor Jacks Füße geschoben und lag mitten im Weg. »Der weicht mir nicht von der Seite, bis er etwas abbekommt.« Jack schnitt von jedem Steak ein kleines Stück ab und legte es in Scottys Napf. Dann nahm er den Griff der Pfanne ab, stellte sie mit dem Fleisch in den Backofen und schaltete ihn auf eine niedrige Gradzahl. Fasziniert beobachtete Lena, wie Scotty das Gefäß mit der Schnauze in die andere Ecke der Küche verrückte.

»Am liebsten würde ich ihn mit nach Berlin nehmen. Mir graut jetzt schon vor dem leeren Haus«, murmelte Lena und ärgerte sich im selben Moment über ihre Bemerkung. Hastig öffnete sie den Hängeschrank und suchte nach den passenden Salatgewürzen. Die Pfeffermühle rutschte ihr aus der Hand, als sie Jack hinter sich spürte. Langsam drehte sie sich um und schaute ihm in die Augen.

»Ich wollte nicht …«, stammelte sie. Schon lagen seine Lippen auf ihren, sein Körper drängte sich an sie. »Komm«, flüsterte er und zog sie mit sich. Küssend und einander ausziehend stolperten sie über den Flur in sein Schlafzimmer. Eine Welle der Erregung durchflutete Lenas Körper, als sein Mund ihren Hals hinunterwanderte. Jack hob sie hoch und legte sie auf sein Bett. Sie drückte sich an ihn und ließ ihn spüren, wie sehr sie sich nach ihm sehnte.

»Liebes.« Er knabberte an ihrem Ohr, seine Hand fuhr die Linie ihrer Hüfte nach. »Hast du denn gar keinen Hunger?«

Lena kuschelte ihren Po an seine Lenden. »Doch, aber nur auf dich.«

Jack stöhnte. »Gnade! Vor der nächsten Runde braucht dieser Mann eine Stärkung, oder er macht schlapp.«

»Du Armer. Aus den saftigen Steaks sind längst zähe Schuhsohlen geworden. Aber bestimmt findet sich in deiner Küche noch etwas anderes Essbares.« Lena setzte sich auf und strich verlegen eine Haarsträhne aus ihrem Gesicht. »Nach dem Essen bestehe ich auf einer eingehenden Untersuchung, Herr Doktor. Ich bin nicht nur zu Ihrem Vergnügen hier.«

»Das wird teuer, Lady«, konterte Jack und sprang aus dem Bett. Rasch sammelten sie ihre auf dem Boden verteilten Kleidungsstücke ein und zogen sich an. Lena verschwand im Bad und Jack in der Küche.

Scotty stellte sich vor Freude auf die Hinterbeine, als Jack seinen Napf erneut mit Steakfleisch füllte. »Aber nur ausnahmsweise, mein Junge.« Jack strich ihm zärtlich über den Kopf, während der Hund sich über die missglückten Steaks hermachte.

Lena inspizierte den Kühlschrank. »Was hältst du von Omeletts zum Salat?«

»Viel, wenn du sie zubereitest. Das ist eindeutig nicht mein Fachgebiet.« Jack entsorgte das verbrannte Baguette und die verschrumpelten Folienkartoffeln. »Sorry, Darling. Nächstes Mal essen wir vorher.«

»Oder wir kochen Eintopf, der schmeckt aufgewärmt noch besser.« Während Lena mit den Pfannen hantierte, stand Jack hinter ihr und streichelte ihren Po.

»Sieht lecker aus.« Seine Hände wanderten zu ihrem Busen.

»Reich mir lieber die Teller.« Lena wehrte sich halbherzig. »Ich dachte, du bist hungrig.« Sie hielt seine Hände fest und küsste zärtlich jeden Finger. Dann ließ sie geschickt die Omeletts auf die Teller gleiten.

Nach dem Essen streckte Jack die Beine von sich und klopfte sich auf den Bauch. »Das könnte ich öfter essen.« Er schaute aus dem Fenster. Plötzlich verfinsterte sich sein Gesicht. »In den letzten Jahren gab es für mich nur die Praxis. Die Menschen von Busby mit ihren großen und kleinen Wehwehchen waren mir wichtiger, als mich Hals über Kopf in eine neue Beziehung zu stürzen.«

Lena schluckte. Sie hatte Angst vor dem, was er ihr jetzt vielleicht sagen könnte. Sie griff nach seiner Hand, nahm all ihren Mut zusammen. »Erzählst du mir, warum deine Ehe gescheitert ist?«

Er entzog ihr seine Hand und senkte den Blick. Lena fürchtete, ihm mit dieser Frage zu nahe getreten zu sein.

»Entschuldige. Das geht mich nichts an«, sagte sie auf Deutsch. Erst als sie seinen fragenden Blick sah, wiederholte sie die Worte auf Englisch. Sie verhaspelte sich, suchte nach den richtigen Vokabeln. Ihr Kopf war seltsam leer.

Da schrillte sein Handy. Jack nahm das Gespräch sofort an. Während er zuhörte, eilte er schon zur Tür. »Bleib ruhig, Jessie. Ich bin gleich bei euch.«

»Ist was mit Maura?« Lena lief ihm nach, als er die Treppe hinunterrannte und im Behandlungszimmer seine Arzttasche packte. »Ich komme mit und kümmere mich um Jessie. Das arme Ding ist sicher völlig durcheinander. Sie hat doch nur noch ihre Tante.«

Jack musterte sie über den Rand seiner Brille. »Das musst du nicht. Du kannst auch hier auf mich warten.«

»Maura ist meine Freundin. Ich möchte für sie und Jessie da sein. Lauf ruhig vor, ich komme nach, so schnell ich kann«, sagte Lena mit fester Stimme. Wenn es um ihre Freundinnen ging, hatte sie ihren eigenen Kopf.

Die kleine Teestube war hell erleuchtet, die Eingangstür zur Poststation stand offen. Jessie fiel Lena heulend um den Hals, als sie den Schalterraum betrat. »Ich bin schuld«, jammerte sie. »Wenn ich mich nicht mit ihr gestritten hätte, wäre sie nicht selbst auf die Leiter gestiegen.« Ihre Worte gingen im Schluchzen unter.

Lena strich ihr über den Rücken. »Erzähl mir bitte genau, was passiert ist. Jack kümmert sich um Maura. Alles wird gut.« So, wie sie früher ihren Sohn beruhigt hatte, wenn er mal wieder einen Unfall mit dem Skateboard hatte, sprach sie jetzt beruhigend auf Jessie ein.

Die junge Frau schnäuzte sich die Nase. »Ich bin so froh, dass du da bist. Maura wollte unbedingt heute Abend die Gardinen abnehmen und waschen. Ich hatte aber keine Lust, nach dem anstrengenden Tag im Supermarkt auf der Leiter zu stehen. Obwohl ich ihr angeboten habe, die Gardinen an meinem freien Tag zu waschen, ist sie selbst auf die Leiter geklettert. Beim Hinuntersteigen hat sie die letzte Stufe nicht richtig erwischt, ist abgerutscht und mit dem Arm auf die Tischkante geknallt. Sie hat fürchterlich geschrien, und plötzlich war sie ganz weiß im Gesicht.« Jessie redete so schnell, dass Lena Mühe hatte, ihr zu folgen.

Jack öffnete die Tür zur Teestube und winkte Jessie und Lena zu sich. »Maura hat verdammtes Glück gehabt. Ich habe ihr das Schultergelenk eingekugelt und ruhiggestellt. Gott sei Dank ist der Arm nur verstaucht. Nach der schmerzstillenden Spritze werden die Schmerzen auch gleich nachlassen«, erklärte er.

Maura kauerte auf einem Stuhl und weinte. Sofort war Jessie an ihrer Seite und drückte sie an sich.

»Ich nehme mir die nächsten Tage frei und kümmere mich um dich, Tante Maura. Mach dir keine Sorgen.«

»Das ist gut, denn sie muss sich die nächsten Tage schonen. Begleite sie bitte morgen zu mir in die Praxis«, bat Jack.

Eine halbe Stunde später lag Maura in ihrem Bett. Jack legte ihr eine Packung Schmerztabletten auf den Nachttisch. Lena kochte Tee und schmierte Sandwiches für die beiden Frauen. »Morgen Vormittag schaue ich nach dir«, versprach sie. Dann verließen Lena und Jack das Haus.

»Ich mache mir Sorgen um Maura. Die Post, die Teestube, das alles wird ihr langsam zu viel. Doch sie will einfach nicht einsehen, dass sie Hilfe braucht.« Lena hakte sich bei Jack unter.

»Mag sein«, murmelte er und beschleunigte das Tempo. Lena hatte Mühe, Schritt zu halten. Ihr Bein schmerzte, aber sie biss tapfer die Zähne zusammen und beschwerte sich nicht.

»Soll ich dich zur Farm fahren?« Mitten in der Einfahrt zu seinem Haus blieb er stehen und zog den Wagenschlüssel aus der Hosentasche. Mit allem hatte Lena gerechnet, aber nicht damit. Ohne ein klärendes Wort würde sie nicht in seinen Wagen steigen.

»Nein!« Selten hatte Lena so viel Wut und Verzweiflung in sich gefühlt wie in diesem Moment. Sie setzte alles auf eine Karte. »Nicht, bevor wir geredet haben. So einfach wirst du mich nicht los!« Sie stampfte wütend mit dem Bein auf. »Au! Verdammter Mist!«, fluchte sie auf Deutsch, als die Wunde schmerzte. »Schau dir wenigstens noch einmal mein Bein an, bevor du mich rausschmeißt.« Sie schluckte ihre Tränen hinunter, drehte Jack den Rücken zu und marschierte entschlossen auf das Haus zu.

»Sorry, Darling. So habe ich das nicht gemeint!« Jack war mit zwei Schritten neben ihr. Er stellte die Arzttasche auf die Treppe und umarmte Lena. »Ich will nicht, dass du gehst.« Er vergrub sein Gesicht in ihren Haaren.

»Dann rede endlich mit mir!« Ihre Wut verflog so schnell, wie sie gekommen war. Lena strich zärtlich über seinen Nacken. Er griff nach ihrer Hand, und schweigend folgte sie ihm in die obere Etage.

Jack deutete auf eine Tür. »Mach es dir schon mal gemütlich. Ich hole uns eine Flasche Wein aus dem Keller.« Dann rannte er die Treppe wieder hinunter, während Lena zum ersten Mal sein Wohnzimmer betrat. Erschöpft von dem Wechselbad ihrer Gefühle, setzte sie sich auf das breite Ledersofa und schaute sich um. Ein schwarzes Klavier, deckenhohe Bücherregale und eine bequeme Sitzecke. Der Raum strahlte Behaglichkeit aus. Lena schaltete den Kronleuchter aus, und die Stehlampe hinter dem Lesesessel tauchte das Zimmer in ein warmes Licht.

»Schläfst du, Lena?« Jack streichelte ihre Wange. Er reichte ihr ein Glas Rotwein und setzte sich in den Sessel. »Ich war schuld, dass unsere Ehe in die Brüche ging. Ich hätte sehen müssen, dass sich Melinda in Busby nicht wohlfühlte. Sie war ein Stadtmensch. Liebte es, jeden Abend auszugehen. Theater, Bars, ein Essen mit Freunden in einem angesagten Lokal. Das war ihre Welt.« Er trank einen Schluck Wein, schaute gedankenverloren auf das Klavier. »Als mein Vater überraschend starb, habe ich, ohne lange nachzudenken, meine Stelle als Oberarzt in Dublin gekündigt und die Landarztpraxis übernommen. Melinda gab schweren Herzens ihren Job in einer angesagten Anwaltskanzlei auf und suchte sich etwas Neues in Sneem. Die ersten Jahre schien alles perfekt. Wir liebten uns, waren uns genug. Doch irgendwann wollte Melinda mehr. Sie vermisste die Stadt und ihre Freunde. Sie hatte kein Verständnis dafür, dass mir meine Patienten wichtiger waren als ein Theaterbesuch. Ein Landarzt kennt keinen Feierabend. Also fuhr sie allein immer öfter nach Dublin.« Jack schluckte. »Irgendwann blieb sie dann dort.«

»Und jetzt hast du Angst, dass mir hier in Busby auch irgendwann die Decke auf den Kopf fällt und ich wieder nach Berlin abhaue.« Lena stellte sich vor Jack, fasste seine Hände und schaute ihm fest in die Augen. »Jack, ich habe mich nicht nur in dich verliebt. Dieser wunderbare Ort mit seinen warmherzigen Menschen ist mir so sehr ans Herz gewachsen, dass ich mir nichts Schöneres vorstellen kann, als hier zu leben.« Sie atmete tief ein. »Hier *mit dir* zu leben«, betonte sie.

»Aber ich bin Arzt. Du weißt ja nicht, worauf du dich einlässt«, stammelte Jack.

»Und ich bin eine ehrgeizige Taschendesignerin«, konterte Lena. Sie setzte sich auf seinen Schoß. »Ich will dich, Jack«, sagte sie zwischen zwei Küssen. Plötzlich hielt sie inne und schaute ihn ernst an. »Gibt es eigentlich eine Gebrauchsanleitung für irische Landärzte? Ich möchte unbedingt nachlesen, wie man diese Spezies dazu bringt, über ihre Gefühle zu reden, anstatt jedes Mal wegzulaufen, wenn es ernst wird.«

20

Einen Tag vor ihrer Rückreise hockte Lena zwischen Chris und Dan auf der Couch und ließ sich den Bauplan erklären. Das zukünftige Gästezimmer würde groß genug sein, um eine zusätzliche Nähecke darin einzurichten. Lena plagten Selbstzweifel. In Berlin warteten unzählige ungeklärte Probleme, und sie saß seelenruhig hier und plante ihr neues Leben. Als bräuchte sie nur mit dem Finger zu schnipsen, und alle Sorgen und Nöte hätten sich in Luft aufgelöst. Sie dachte an Tobi, der immer noch nicht auf ihren Brief geantwortet hatte, und fürchtete sich vor einem endgültigen Zerwürfnis mit ihm. Der Hausverkauf, all die Behördengänge und nicht zuletzt die Umzugsplanung – Lena schwirrte der Kopf.

Als Chris ihr ein Glas Whiskey in die Hand drückte und sie fragend ansah, sagte Lena: »Sorry. Ich war mit den Gedanken schon in Berlin. Ich habe das Gefühl, vor einem riesigen Berg ungelöster Probleme zu stehen. Und dann bürdet ihr euch meinetwegen so viel Arbeit auf.« Ihr Blick fiel auf den Zeitplan, den Dan sich für den Anbau erstellt hatte. »Holt euch bitte Tommy zu Hilfe. Ihr könnt unmöglich den ganzen Anbau allein stemmen.« Lena rieb sich nachdenklich die Nase. »Da du dich ja weigerst, einen Zuschuss zu den Baukosten von mir anzunehmen, werde ich dir die Miete für sechs Monate im Voraus überweisen.« In Gedanken rechnete sie nach. Irgendwie würde sie das Geld schon zusammenbekommen. Notfalls könnte sie es sich von Susanna und Klaus leihen und es ihnen zurückzahlen, wenn das Haus verkauft war.

Dan runzelte die Stirn. »Kommt gar nicht infrage. Den Anbau hatte ich schon lange geplant. Die meisten Touristen bevorzugen große Ferienhäuser. Sind halt Besseres gewohnt als so ein winziges Cottage.«

»Nun gib dir schon einen Ruck, Dan. Ich möchte nur dann bei euch leben, wenn ich euch nicht zur Last falle.« Lena knuffte Dan in die Seite.

Er trank einen Schluck Whiskey und wechselte einen Blick mit seiner Frau. »Aber vielleicht hast du recht. Tommy hat mir damals auch beim Bau der Scheune geholfen. Der kann zupacken.«

»Und wenn ich dir die Miete im Voraus bezahle, kannst du auch viel besser kalkulieren. Ich will nicht, dass ihr euch meinetwegen finanziell verausgabt.« Lena klopfte Dan auf die Schulter. »Nicht nur Iren haben einen Dickkopf«, betonte sie und lachte.

Dan sah schließlich ein, dass es klüger war, den Wunsch seiner neuen Mieterin zu akzeptieren.

»Zur Feier des Tages lade ich euch jetzt zum Essen ein«, verkündete Lena. »Keine Widerrede. Der Tisch beim Italiener ist längst reserviert.«

»Willst du denn deinen letzten Abend nicht mit Jack verbringen?«, fragte Chris leise, während sie zusammen nach oben gingen, um die Zwillinge zu holen.

»Wir haben uns heute Mittag kurz in der Praxis gesehen«, wich Lena aus. »Und morgen bringt er mich zum Zug.« Obwohl sie keine Geheimnisse vor Chris hatte, war es ihr immer noch peinlich, über ihre Beziehung zu Jack zu reden.

»Nett von ihm, dass er extra so früh aufsteht, um dich nach Killarney zu fahren. Es stört dich doch nicht, allein zu frühstücken?« Chris sah zerknirscht aus.

»Mach dir keine Sorgen um mich. So früh bekomme ich noch nichts runter. Ich kann doch auch am Flughafen frühstücken. Zeit genug habe ich«, beruhigte Lena sie.

»Geht es endlich los?« Sarah und Anne stürmten an ihnen vorbei die Treppe hinunter.

Als Chris sie fragend ansah, erklärte Lena: »Der Italiener war ihre Idee. Außerdem schulde ich meinen Lieblingen noch eine Pizza.«

»Mir wäre ein ordentliches Steak lieber«, brummte Dan, während er den Wagen hinter der Pizzeria abstellte. *Mir auch*, dachte Lena und wünschte, Jack wäre bei ihr.

Die Zwillinge nahmen sie an die Hand, und Sarah fragte: »Stellst du in das neue Zimmer ein Bett? Anne und ich wollen nämlich bei dir schlafen, wenn Mom und Dad ausgehen.«

Lena wuschelte beiden durch die Locken. »Aber nur, wenn ihr mich nicht wieder so früh weckt.«

Ausgelassen hüpften die Mädchen neben ihr her und

sangen: »We're going to the zoo«, und Lena sang mit. Sie konnte sich kaum vorstellen, die nächsten Wochen ohne ihre Nichten auszukommen. Ihre Kehle schnürte sich zu, als sie an Berlin dachte.

»Isst du deine Pizza nicht auf?« Dan schielte auf ihren Teller. Längst hatte er seine Lasagne vertilgt. Lena schüttelte den Kopf. »Ich bin satt. Bitte bedien dich.«

Chris schien zu ahnen, was in ihr vorging. Sie legte einen Arm um Lenas Schultern und drückte sie an sich. »Nicht traurig sein. Sind doch nur ein paar Wochen, dann bist du wieder hier, und wir feiern den Einzug in dein neues Heim im Pub.«

»Ich wünschte, es wäre schon morgen.« Lena seufzte und kämpfte mit den Tränen.

Am frühen Abend verabschiedete sie sich von ihrer Familie und packte schweren Herzens ihren Koffer. Er fühlte sich ungewohnt leicht an. Die meisten Kleidungsstücke hatte sie im Schrank ihres zukünftigen Zuhauses gelassen. Auch die Wanderstiefel würde sie in Berlin nicht mehr brauchen. Lena schickte Jack einen Gutenachtkuss per SMS, dann verkroch sie sich mit dem *Wachsblumenstrauß* von Agatha Christie im Bett.

Als jemand an ihr Schlafzimmerfenster klopfte und gleich darauf ein Hund winselte, fiel ihr vor Schreck das Buch aus der Hand. Scotty? Jack? Lena rannte barfuß in die Küche und riss die Haustür auf.

»Hast du einen Schlafplatz für einen müden Landarzt

und seinen treuen Gefährten?« Jacks Augen strahlten, als er sich an ihr vorbei in die Küche drängte.

Scotty holte sich seine Streicheleinheiten von ihr ab, rannte in die Wohnzimmerecke und streckte sich auf dem Teppich aus. Achtlos warf Jack seine Wachsjacke über einen Stuhl und streifte die Schuhe ab. Lena stand wie angewurzelt mitten im Raum und schaute ihn ungläubig an. Da kam Jack auf sie zu und küsste sie zärtlich.

»Wo steht dein Bett, Liebste?« Seine Hände fuhren unter ihren Schlafanzug. Sie schlang die Arme um ihn und konnte ihr Glück kaum fassen, nicht allein einschlafen zu müssen. »Bleibst du heute Nacht bei mir?«, fragte sie, obwohl sie die Antwort längst kannte, und drängte ihn in ihr Schlafzimmer.

Etwas Feuchtes, Warmes berührte Lenas Arm.

»Runter vom Bett, Scotty«, brummte Jack. Lena riss die Augen auf und schaute sich verwundert um. Der Hund lag zusammengerollt neben ihr, während sein Herrchen im Schaukelstuhl saß und Tee trank.

»Du solltest sie nur wecken und dich nicht zu ihr legen. In die Küche mit dir, du ungezogener Hund.« Jack erhob sich, verpasste Scotty einen Klaps auf das Hinterteil und schob ihn vom Bett. Dann beugte er sich über Lena und strich zärtlich eine Haarsträhne aus ihrem Gesicht. »Zeit zum Aufstehen, Liebste. Ich habe uns Tee gekocht.«

Lena blinzelte vorsichtig zum Wecker. »Halb fünf. Der hat gar nicht geläutet«, stellte sie überrascht fest.

»Ich habe ihn ausgestellt, bevor ich ins Bad ging«, erklärte Jack und reichte ihr einen Becher Tee. »Außer Keksen habe ich in deiner Küche nichts Essbares gefunden. Möchtest du einen?«

Lena schüttelte den Kopf. Sie schmiegte sich an Jack. »Wieso bist du nach dieser kurzen Nacht schon wieder so fit? Wir haben doch kaum geschlafen.« Verlegen verbarg sie ihr Gesicht an seiner Schulter.

»Seit meinen vielen Frühdiensten im Krankenhaus habe ich einen inneren Wecker. Wenn ich morgens rausmuss, werde ich automatisch wach.« Jack ging zum Fenster und zog die Vorhänge auf. »Selbst der irische Himmel weint, weil du abreist«, murmelte er. Lena stellte sich neben ihn und beobachtete, wie der Wind die Wolken über die Weide trieb. Ihr wurde bang ums Herz, als sie an die nächsten Wochen dachte. Einfühlsam griff Jack nach ihrer Hand, hielt sie fest in seiner. »Ich mag keine langen Telefonate. Aber ich verspreche, dich jeden Abend anzurufen und dir eine Gute Nacht zu wünschen.«

»Wenn ich nur ab und zu deine Stimme hören kann … Das würde mir sehr helfen.« Lena hauchte einen Kuss auf Jacks Hand, dann verschwand sie rasch im Bad.

Schon von Weitem sah sie die kleine Einkaufstüte, die am Außenspiegel von Jacks Wagen im Wind baumelte. »Für Lena« stand in großen Druckbuchstaben darauf. Lena schluckte, als sie das Lämmchen mit der roten Schleife darin entdeckte. »Von Sarah und Anne für die liebste Tante der Welt« hatten die Mädchen auf eine Karte geschrieben, deren Rückseite mit roten Herzen bemalt war. Gerührt drückte sie das Schmusetier an sich und weinte.

»Steig bitte ein, Lena, sonst verpassen wir den Zug«, ermahnte Jack sie sanft. Er protestierte nicht, als sich Scotty mal wieder zwischen den Sitzen nach vorn zwängte und seinen Kopf auf Lenas Schulter schob. »Er wird dich vermissen.« Jack seufzte. »*Wir* werden dich vermissen«, betonte er und streichelte Lenas Wange.

Die Landschaft flog viel zu schnell an ihr vorbei. Lena hatte kaum Zeit, sich von den sanften Hügeln, der kleinen verschwiegenen Bucht und von Busby zu verabschieden. Auf der Weide drängten sich die Lämmer an ihre Mütter und suchten Schutz vor dem einsetzenden Regen. Ob auch ihre kleine Lena unter ihnen war? Erst gestern hatte sie das Lamm noch einmal besucht. Inzwischen fiel der Regen so dicht, dass die Landschaft hinter einem grauen Schleier verschwand.

»Da wären wir.« Jack parkte vor dem Bahnhof von Killarney und holte Lenas Gepäck aus dem Kofferraum. Fröstelnd zog sie ihre Kapuze über den Kopf. »Mist! Ich habe meinen Schal im Cottage vergessen«, ärgerte sie sich und zog den Reißverschluss ihrer Regenjacke bis zum Kinn.

»Nimm meinen, Liebes.« Jack legte ihr seinen warmen Wollschal um den Hals. »Den musst du mir aber bald zurückbringen. Der irische Herbst kann verdammt kalt und einsam sein.« Seine Augen verdunkelten sich, als er sie zum Abschied noch einmal an sich zog und küsste.

21

Lena schlang Jacks Schal um ihren Hals und starrte aus dem Fenster. Längst konnte sie die Straßen und Häuser unter sich nicht mehr erkennen. Als die Maschine in die Wolken eintauchte, kuschelte sie sich an das Lämmchen und schloss die Augen.

»Abschiednehmen ist nicht leicht, wenn man sich in Irland verliebt hat.« Der ältere Herr reichte Lena seine Hand. »Ian Carmichael, nett, Sie kennenzulernen.«

»Lena Kasper«, stammelte Lena verwirrt, als sie in sein Gesicht sah. Die blauen Augen, das grau melierte Haar, seine Stimme, all das erinnerte sie an Jack. »Da haben Sie recht.« Lena seufzte.

»Sicher werden Sie bald wiederkommen. Wen dieses Land einmal gepackt hat, den lässt es so schnell nicht los.« Ian deutete auf das Lämmchen.

»Ein Geschenk meiner Nichten«, erklärte Lena und war froh, dass Ian neben ihr saß. Als wäre er ein alter Freund, erzählte sie ihm von der Familie und ihren Plänen.

Ian hörte aufmerksam zu. »Zweifeln Sie nicht an sich, Lena. Folgen Sie Ihrem Herzen.« Er zog seine Brieftasche aus dem Jackett und zeigte ihr ein verblichenes Foto. »Das ist meine Familie. Wir leben seit Generationen in Tralee. Unsere Tochter Jane.« Er tippte auf eine schlanke, junge Frau mit roten Locken. »Sie hat sich vor vier Jahren in einen deutschen Urlauber verliebt und ist ihm nach Berlin gefolgt. Letzte Woche ist mein erster Enkel geboren worden.« Stolz präsentierte er Lena ein Babyfoto. »Ist der nicht prächtig? Hat die Augen und die Haare von Jane.«

»Herzlichen Glückwunsch. Sicher sind Sie traurig, dass der kleine Kerl nicht in Irland aufwächst«, sagte Lena und gab ihm das Bild zurück.

Ian lachte. »So ist das Leben. Unsere Vorfahren sind nach Amerika ausgewandert, weil sie zu Hause nichts zu beißen hatten. Heute reisen die jungen Leute zum Vergnügen um die Welt. Und wo sie sich verlieben, da bleiben sie hängen. Aber ein echter Ire vergisst seine Heimat nicht. Er trägt sie in seinem Herzen.« Ian zog den Kugelschreiber aus der Brusttasche und kritzelte eine Adresse auf die Rückseite einer Visitenkarte. »Besuchen Sie uns mal in Tralee, und bringen Sie Ihre Familie mit.« Er zwinkerte Lena zu und drückte ihr die Karte in die Hand. Sie überlegte einen Moment, dann lieh sie sich seinen Stift und schrieb ihre Adresse in Busby und ihre Handynummer auf eine Papierserviette. »Rufen Sie an, bevor Sie mich besuchen kommen. Ich weiß nicht genau, wann es mit dem Umzug klappt.«

In Berlin strahlte die Sonne von einem wolkenlosen Himmel. Als Lena aus dem Flieger stieg, schlug ihr warme, stickige Luft entgegen. Sie hatte das Gefühl, nicht mehr durchatmen zu können. Wo war die sprichwörtliche gute Berliner Luft geblieben? Sie vermisste den irischen Wind, sehnte sich nach dem Wechselspiel des launischen Wetters.

»An diesen Großstadtbetrieb werde ich mich nie gewöhnen«, brummte Ian und hob Lenas Koffer vom Gepäckband. »Aber meine Tochter fühlt sich hier wohl. Was soll ich da sagen?«

Lena schenkte ihm ein warmherziges Lächeln. »Ich hoffe, wir sehen uns bald wieder, Ian«, verabschiedete sie sich und eilte zum Ausgang.

In der Ankunftshalle herrschte dichtes Gedränge. Lena stellte sich auf die Zehenspitzen und hielt nach ihrer Freundin Ausschau.

Da tippte ihr jemand auf die Schulter. »Wo hast du nur deine Augen, Lena? Ich stehe direkt hinter dir.« Susanna hielt sich eine Sonnenblume vor das Gesicht und lächelte.

Lena umarmte die Freundin und lud sie ein, mit ihr einen Kaffee in der Lounge zu trinken.

Susanna winkte ab. »Wir müssen uns beeilen. Mein Wagen steht im Halteverbot.«

Während der Fahrt schwärmte Lena von ihrem neuen Zuhause. Sie war froh, dass Susanna am Steuer saß. Viel zu lange hatte Lena sich nicht mehr mit dem Auto in die Stadt gewagt.

»Rushhour in Busby gibt es nur, wenn mal wieder ein

paar Schafe ausgebüxt sind und über die Straße laufen«, erklärte Lena. »Mittlerweile habe ich mich sogar an den Linksverkehr gewöhnt.«

»Aha«, murmelte Susanna und starrte auf die Straße. Plötzlich scherte sie rechts aus und fuhr auf den Parkplatz eines Einkaufszentrums. »Lass uns hier einen Kaffee trinken. Ich muss in Ruhe mit dir reden.«

»Warum hier? Das könnten wir doch auch bei mir zu Hause?« Lena schaute sie verdutzt an. Die Freundin war ungewohnt blass. Unter ihren Augen lagen dunkle Schatten.

»Da rede ich die ganze Zeit von Irland und vergesse ganz, zu fragen, wie es dir und Klaus geht.« Sie beschlich das ungute Gefühl, dass Susanna ihr am Telefon nicht alles gesagt hatte.

Susanna schwieg. Erst als sie am hintersten Tisch der kleinen Bäckerei Platz genommen hatten, griff sie nach Lenas Hand. »Tobias war hier.«

Lenas Puls raste. »Warum hast du das nicht gleich gesagt? Lass uns direkt nach Frohnau fahren. Ich möchte meinen Sohn endlich wieder in die Arme schließen.« Sie sprang so schnell auf, dass der Stuhl gegen die Wand kippte. Doch als sie Susannas ernstes Gesicht sah, stutzte sie und hockte sich wieder an den Tisch. Erst jetzt fiel ihr ein, dass Susanna »Er *war* hier« gesagt hatte. »Bitte, verrate mir endlich, was los ist«, flehte sie und trommelte mit den Fingern auf den Tisch.

Susanna schnappte nach Luft. »Er hat sein Zimmer ausgeräumt. Ich habe ihn gerade noch erwischt, als er in den Transporter steigen und wegfahren wollte.«

»Konntest du mit ihm reden?« Lena kroch die Angst den Nacken hinauf.

»Tobias hat wohl nicht damit gerechnet, mich zu sehen. Erst als Klaus dazukam, war er bereit, bei uns einen Kaffee zu trinken. Du weißt ja, mein Mann hatte schon immer einen guten Draht zu Tobi.« Susanna wartete, bis die Bedienung die Bestellung aufgenommen hatte. »Ihm hat er dann auch erzählt, dass er eine Stelle in München angenommen hat. Nächste Woche fängt er dort bei einer großen Baufirma an.«

»Aber warum …?« Lenas Augen füllten sich mit Tränen. »Warum hat Tobias sich nicht bei mir gemeldet?«, stammelte sie. »Ist er noch in Berlin?«, fragte sie, obwohl sie die Antwort längst wusste.

Susanna schüttelte den Kopf. »Er hat dir einen Brief auf den Küchentisch gelegt. Wenigstens dazu konnten wir ihn überreden.« Sie streichelte Lenas Wange und reichte ihr ein Taschentuch. »Ich wollte nicht, dass du ihn liest, bevor wir geredet haben.«

Lena schnäuzte sich die Nase und trank einen Schluck Kaffee. Er schmeckte bitter. Wie tröstlich wäre es jetzt, eine Tasse Tee mit Jack zu trinken und ihn um Rat zu fragen. Irland war auf einmal so weit weg. Hastig legte sie einen Zehneuroschein auf den Tisch und stand auf. »Fahren wir. Ich muss wissen, was Tobi geschrieben hat.«

Es war ihr Zuhause, und doch fühlte sich Lena fremd. Alles in ihr zog sich zusammen, als sie von Raum zu Raum wanderte. So eilig sie es gerade noch gehabt hatte, Tobias' Nachricht zu lesen, so sehr fürchtete sie sich jetzt davor. Mit zittrigen Fingern riss sie den Umschlag auf. Während sie die wenigen Zeilen las, liefen ihr Tränen die Wange hinunter und tropften auf das Papier.

»Ich brauche deine finanzielle Unterstützung nicht länger. Mach mit dem Haus, was du willst, und werde glücklich in Irland. Tobias.«

Kein versöhnliches Wort, keine Adresse. War das wirklich ihr Sohn, der diese Worte geschrieben hatte? Lena starrte auf den Koffer, der immer noch im Flur stand. Sie überlegte, nach Aachen zu fahren und ihn zur Rede zu stellen. Doch ihr Kopf war plötzlich so leer, sie fühlte sich müde und ausgebrannt. Schluchzend warf sie sich auf das Sofa und verbarg ihr Gesicht in Jacks Schal. Der Geruch seines Aftershaves hing noch immer in den Wollfasern. Er beruhigte sie, und sie fiel in einen tiefen, traumlosen Schlaf.

Ihr Nacken schmerzte, der linke Arm war eingeschlafen. Irritiert sah Lena sich um. Sie lag nicht in ihrem Bett in Busby. Sie war in Berlin. Mit hängenden Schultern schlich sie ins Bad und hielt ihr Gesicht unter den kalten Wasserstrahl. Zurück im Wohnzimmer, hockte sie sich in den Sessel und griff zum Handy. Ihr Herz schlug bis zum Hals, als sie die Stimme ihres Sohnes vernahm.

»Ma! Weißt du eigentlich, wie spät es ist?« Er gähnte.

Verwirrt schaute Lena zur Uhr. Es war bereits nach elf. Hatte sie wirklich so lange geschlafen?

»Entschuldige, Tobias. Ich bin auf der Couch eingeschlafen.« Im Hintergrund hörte sie die Stimme einer Frau. Tobias war nicht allein. »Soll ich morgen wieder anrufen?«, fragte Lena.

»Ist schon okay«, flüsterte Tobias. Es wurde still in der Leitung. Lena hörte das Klacken einer Tür. »Warum rufst du an? Zwischen uns ist doch alles geklärt.« Seine Stimme klang ungewöhnlich harsch und abweisend. Wie konnte er nur so herzlos sein?

Lena atmete tief ein, dann brach es aus ihr heraus: »Nichts ist geklärt zwischen uns! Warum hast du meine Anrufe jedes Mal weggedrückt, nie auf den Brief reagiert?« Sie schluckte. »Lass uns nicht so auseinandergehen. Nicht nach all dem, was wir zusammen durchgemacht haben.« Sie lauschte mit bangem Herzen auf seine Antwort. »Tobi, bitte rede mit mir«, flehte sie mit erstickter Stimme.

»Ich bin müde, Ma. War eine verdammt anstrengende Fahrt von Berlin hier runter. Ich melde mich bei dir, wenn ich mich in München eingerichtet habe«, murmelte Tobias und beendete das Gespräch. Sein Versprechen klang in ihren Ohren nach, als sie erneut zum Handy griff und Jacks Nummer wählte.

»Endlich, Liebes. Ich habe mir schon Sorgen gemacht.« Jacks warme Stimme hüllte sie ein.

Lena schmiegte ihr Gesicht an seinen Schal und stellte

sich vor, Jack wäre bei ihr. Dann erzählte sie ihm von der Reise und ihrem Telefonat mit Tobias.

»Lass ihm Zeit, Lena. Auch für ihn beginnt jetzt ein neuer Lebensabschnitt. Wenn er sich erst mal in München eingewöhnt hat, wird er den Kontakt zu dir wieder suchen. Söhne lieben ihre Mütter, besonders wenn sie so wunderbar sind wie du.« Plötzlich wurde Jack still am anderen Ende der Leitung.

»Jack?« Lena hörte seinen Atem. »Ich wünschte, du wärst hier«, flüsterte sie.

»Wie heißt der aufdringliche Ire, der im Flieger neben dir saß?«, brummte Jack. War das etwa Eifersucht in seiner Stimme? Wie gern hätte Lena jetzt sein Gesicht gesehen. Sicher hatten sich seine Augen wieder verdunkelt, als sie ihm von ihrer netten Reisebekanntschaft erzählte.

»Ian Carmichael aus Tralee«, antwortete sie. »Keine Angst, Liebling. Der ist zu alt für mich. Außerdem ist er glücklich verheiratet.«

»Aber er ist in Berlin, und ich bin hier in Busby.« Jack stöhnte. »Scotty frisst nicht mehr, seit du weg bist.«

»Wenn das so ist, muss ich hier so schnell wie möglich alles erledigen, um bald wieder bei euch zu sein.« Lena seufzte und verabschiedete sich schweren Herzens von Jack.

Sie öffnete die Schlafzimmertür einen Spaltbreit. Noch bevor sie den Raum betrat, wusste sie, dass sie nicht im Ehebett schlafen konnte. Heute nicht! Schnell raffte sie das Bettzeug zusammen und trug es ins Wohnzimmer. *Verzeih mir, Martin,* dachte sie, als sie sein Foto auf der Kommode sah. Sie drückte das Bild an sich, bevor sie es auf den Couchtisch stellte. Er schien zu lächeln, als Lena ihm von Irland und von Jack erzählte. Doch sein Lächeln tröstete Lena nicht über den Schmerz hinweg, ihn betrogen zu haben.

22

Nach dem Frühstück rief Lena den Makler an, der ihnen das Haus vor drei Jahren vermittelt hatte. Er erinnerte sich sofort an sie. Als sie ihn um einen raschen Verkauf bat, willigte er ein, am Nachmittag nach Frohnau zu kommen.

Zufrieden hakte Lena den ersten Punkt ihrer To-do-Liste ab. Dann verstaute sie die Mitbringsel für Susanna und Klaus in ihrer geliebten Jeanstasche und verließ das Haus.

Für Anfang Mai war es ungewöhnlich warm. Obwohl Lena nur ein T-Shirt trug, schwitzte sie. Sie schlenderte die wenigen Schritte bis zum Nachbarhaus, stutzte aber, als sie die leere Garage sah. Um diese Uhrzeit saßen ihre Freunde normalerweise beim Frühstück. Die pensionierten Lehrer waren Langschläfer, die ungern vor zehn aus dem Haus gingen.

Lena war schon auf dem Weg zu ihrer Arbeitsstelle, da bog Susannas Wagen um die Ecke. Die Freundin hielt direkt neben ihr und fuhr das Fenster hinunter. »Wolltest du zu mir?« Sie lächelte. Die Müdigkeit war aus ihrem Gesicht verschwunden. »Ich habe eine gute Neuigkeit. Komm mit, es gibt etwas zu feiern.«

Klaus, der neben seiner Frau saß, scherzte: »Wie wäre es mit einem Glas Whiskey zur Begrüßung?«

Lena verstand nur Bahnhof, freute sich aber, die Freunde so gut gelaunt zu sehen. Rasch folgte sie den beiden. Sie setzte sich auf die Terrasse, während Susanna und Klaus den Wagen in der Garage parkten und ihre Einkäufe ins Haus trugen. Zehn Minuten später gesellte sich Susanna zu ihr.

Klaus balancierte ein Tablett mit drei Gläsern Sekt nach draußen. »Whiskey ist aus«, sagte er augenzwinkernd und prostete Lena zu.

»Moment! Ich habe Nachschub mitgebracht.« Lena kramte in ihrer Tasche und förderte eine Flasche »Paddys« zutage. »Für dich, lieber Klaus«, sagte sie und umarmte den Freund. »Wenn ihr mir jetzt endlich verratet, was es zu feiern gibt, freue ich mich gern mit.« Sie drückte Susanna ein in Seidenpapier eingeschlagenes Geschenk in die Hand. »Ich hoffe, es gefällt dir. Gewebt von meiner irischen Freundin für meine Berliner Freundin.«

Susannas Augen strahlten, als sie die Stola um ihre Schultern legte. »Sie ist wunderschön. Danke, Lena.« Sie atmete tief durch. »Wir feiern heute, dass mein Brustkrebs nicht zurückgekommen ist. Ich bin gesund.« Freudentränen liefen über ihre Wangen, als Lena sie in den Arm nahm. »Warum hast du mir am Telefon nichts von der Untersuchung gesagt?«

»Ich wollte dich nicht auch noch mit meinen Problemen belasten«, antwortete Susanna und trank einen Schluck

Sekt. »Genug von Krankheiten geredet. Jetzt zu dir. Wie können wir dir beim Umzug helfen?«

Lena schaute unschlüssig von Susanna zu Klaus. Dann kramte sie ihre To-do-Liste aus der Hosentasche und legte sie auf den Gartentisch. In Irland hatte sie gelernt, wie wichtig es war, vorausschauend zu planen. »Es macht euch wirklich nichts aus, mir ab und zu unter die Arme zu greifen? Ich weiß doch, wie gern ihr bei diesem Wetter radelt oder im Garten arbeitet.«

Klaus hielt die Whiskeyflasche gegen das Licht. »Je eher du nach Irland ziehst, desto besser für uns. Wir wollen dich so bald wie möglich dort besuchen.« Er schmunzelte. »Außerdem möchte ich unbedingt mit Jack einen Whiskey trinken. Spielt der eigentlich auch Schach?« Er griff nach Lenas Liste und verteilte, ganz der Lehrer, die einzelnen Aufgaben. »Heute Nachmittag komme ich rüber zu dir. Ist vielleicht ganz gut, wenn wir zu zweit mit dem Makler reden.«

»In der Zwischenzeit koche ich uns etwas Leckeres zum Abendessen«, versprach Susanna.

Eine halbe Stunde später machte sich Lena auf den Weg zu ihrer Arbeitsstelle. Die kleine Massagepraxis war gut besucht an diesem Vormittag. Ihr Chef winkte sie zu sich ins Büro. »Schade, dass Sie uns verlassen, Frau Kasper. Ich habe gern mit Ihnen zusammengearbeitet.«

»War es schwer, eine Nachfolgerin zu finden?« Lena plagte das schlechte Gewissen, hatte sie ihn doch erst vor einer Woche angerufen.

Doch ihr Chef beruhigte sie. »Kaum hatte ich die Anzeige in der Zeitung, klingelte das Telefon. Ist halt sehr begehrt, so ein Job an der Rezeption. Außerdem war Ihre Kollegin froh, als ich ihr anbot, ganztags zu arbeiten. Die kann das Geld sicher brauchen.«

Lena war erleichtert, das Arbeitsverhältnis so freundschaftlich und unkompliziert beenden zu können. »Bevor ich umziehe, komme ich noch mal vorbei und bringe Kuchen mit«, versprach sie und trat den Heimweg an.

In Windeseile räumte sie das Wohnzimmer auf und schob ihren Koffer unter das Bett. Dann kochte sie Tee und deckte den Tisch. Wie gut, dass Chris ihr eine Dose selbst gebackener Cookies eingepackt hatte. Dazu Jacks Afternoon Tea, und der Makler könnte kommen. Doch der ließ auf sich warten.

»Wenn er sich nicht bald meldet, beauftrage ich einen anderen Makler.« Lena schaute zum x-ten Mal aus dem Küchenfenster.

Klaus trat neben sie. »Bleib ruhig, Lena. Der steht sicher im Stau. Um diese Zeit ist auf der Umgehungsstraße die Hölle los.«

Da hielt ein silberner Porsche vor dem Haus. »Die Geschäfte scheinen bestens zu laufen«, witzelte Klaus und knuffte Lena in die Seite. »Wollen wir mal hören, was der Mann uns zu bieten hat. Auf ins Gefecht, Lena!«

»Kannst du ihn bitte durchs Haus führen? Ich glaube, ich schaffe das nicht.« Lena wischte sich die schweißnassen Hände an der Jeans ab. Vor ihr türmten sich plötzlich

Berge von Problemen auf. Wohin mit all den Möbeln, den Erinnerungen? Konnte sie sich wirklich so schnell von ihrer Vergangenheit lösen?

Klaus schien zu ahnen, was in ihr vorging. »Kopf hoch, Mädchen. Denk an Jack und dein Cottage in Busby«, versuchte er, ihr Mut zu machen, bevor er dem Makler die Tür öffnete.

Herr Klötzke, ein stattlicher Mann im grauen Maßanzug, zeigte Verständnis dafür, dass Lena nicht an der Hausbegehung teilnahm. »Normalerweise verschaffe ich mir ganz gern allein einen ersten Überblick. Falls ich Fragen habe, komme ich später auf Sie zu.«

Klaus ließ sich trotzdem nicht davon abhalten, ihn durchs Haus zu begleiten. Lena zog sich in ihr Nähzimmer zurück und wühlte lustlos in den Stoffresten. Sie ärgerte sich über sich selbst und nahm sich vor, beim nächsten Mal nicht mehr zu kneifen. Spontan griff sie zum Handy und rief Kathy an.

»Lena! Wie schön, dass du dich meldest.« Kathy bekam Schluckauf, so sehr schien sie sich über Lenas Anruf zu freuen. »Ich habe alle Taschen und Portemonnaies verkauft. Kannst du Nachschub schicken?« Sie lachte ausgelassen, als Lena ihr vorschlug, sich selbst an die Nähmaschine zu setzen. »Kommt nicht infrage. Das ist dein Revier. Ich bleibe bei meinem Webstuhl. Aber wenn du wieder da bist, solltest du unbedingt eine Hilfskraft anlernen. Claire hat angeboten, sich eine eigene Nähmaschine zu kaufen. Die ist ganz heiß aufs Nähen.«

Es klopfte an der Tür. »Dürfen wir stören?« Klaus schaute sie fragend an. »Alles in Ordnung bei dir? Können wir uns jetzt mit Herrn Klötzke zusammensetzen? Wir sind so weit durch.«

Lena nickte. »Ich muss Schluss machen, Kathy. Ich rufe bald wieder an. Bye.« Rasch stellte sie den Karton mit den Stoffresten zurück ins Regal und eilte ins Wohnzimmer.

Der Makler lächelte, als er sich zu Lena an den Esstisch setzte. »Eine sehr gepflegte Immobilie. Wir setzen den Kaufpreis bei 660 000 Euro an. Dann haben wir einen Spielraum. Aber ich werde auf keinen Fall unter 620 000 Euro gehen. Das neue Bad, die hochwertige Einbauküche und die Eins-a-Lage, das spricht für sich.« Er reichte Lena den Maklervertrag. »Ich könnte morgen schon mit den ersten Kaufinteressenten vorbeikommen.«

In Lenas Kopf schwirrten die Zahlen. Mit so einer hohen Verkaufssumme hatte sie nicht gerechnet.

»Kein Problem.« Sie hatte plötzlich das Gefühl, den Boden unter den Füßen zu verlieren. Hastig trank sie einen Schluck Tee. »Klaus …?«

Der Freund legte ihr eine Hand auf den Arm. »Ich bin da, wenn du mich brauchst.« Dann begleitete er den Makler zur Tür. Als Lena sich wieder in ihr Nähzimmer verkrümeln wollte, setzte Klaus seine strenge Lehrermiene auf. »Susanna wartet mit dem Essen. Wie ich dich kenne, hast du heute noch nichts Anständiges zwischen die Zähne bekommen.« Er hob drohend den Zeigefinger. »Keine Widerrede! Oder willst du nachsitzen?« Er schaffte es tatsächlich, Lena zum Lachen zu bringen.

»Was würde ich nur ohne dich und Susanna machen? Am besten, ihr zieht auch nach Irland.«

Klaus runzelte die Stirn. »Geht nicht. Wenn ich nicht mindestens einmal die Woche meine geliebte Currywurst am Alex essen kann, werde ich krank.«

»Du hast noch nicht das Irish Stew von Claire probiert.« Lena hakte sich bei ihm ein. »Wenn ich nur daran denke, läuft mir schon das Wasser im Mund zusammen.«

Als Lena der Duft von Susannas Rouladen in die Nase stieg, merkte sie erst, wie hungrig sie war. »Kaum bin ich in Berlin, vergesse ich, regelmäßig zu essen.« Lena ließ sich nicht lange bitten und aß mit Heißhunger sogar eine zweite Roulade. Eine halbe Stunde später lehnte sie sich zufrieden zurück und strich sich über den Bauch. »Ihr hättet mal sehen sollen, welche Portionen ich in Irland in mich reingeschaufelt habe. Geschlafen habe ich wie ein Baby.« Sie konnte gar nicht mehr aufhören, von ihrer neuen Heimat zu schwärmen. Erst als Susanna gähnend in der Küche verschwand, um die Kaffeemaschine anzustellen, schaute Lena erschrocken zur Uhr.

»Nun geh schon rüber und ruf deinen Jack an«, sagte Klaus augenzwinkernd. Ihm schien nicht entgangen zu sein, dass Lena immer wieder auf ihr Handy geschaut hatte. »Vergiss nicht, dass du morgen früh zur Bank und zur Krankenkasse willst. Da solltest du ausgeschlafen sein.«

Jack rief nicht an, aber er schickte eine SMS: »Sorry, Darling. Muss zu einem Notfall auf die Miller-Farm. Es kann spät werden. Schlaf gut und träum von mir. Kuss, Jack.«

Lena schmunzelte, als sie die Antwort schrieb: »Das mache ich. Du kannst mich gern wachküssen.«

Im Dunkeln tappte sie ins Schlafzimmer, um das Bettzeug zu holen. Als ihr Blick auf Martins Bettseite fiel, fasste sie einen Entschluss. Sie würde ihrem Rücken keine weitere Nacht auf der unbequemen Couch zumuten. Kurz entschlossen lief Lena ins Wohnzimmer, schnappte sich die rote Wolldecke und warf sie über ihre Betthälfte. Schnell schlüpfte sie in Martins Bett. All die Jahre hatte sie auf der anderen Seite geschlafen. Selbst geliebt hatten sie sich immer in ihrer Hälfte. Warum nur? Sie schaltete die Nachttischlampe an und griff nach dem Krimi, den Martin erst kurz vor seinem Tod gekauft hatte.

»Den musst du unbedingt lesen«, hörte sie ihn noch sagen.

Doch sie kam nicht über die ersten fünf Seiten hinaus, da fielen ihr die Augen zu. Sie kuschelte sich in Martins Kissen und schlief ein.

In dieser Nacht träumte sie wieder von ihrem Mann. Aber diesmal war es kein Alptraum. Sie sah ihn über die grünen Wiesen der Nordweide laufen. Als sie versuchte, ihm zu folgen, klebten ihre Füße am Boden fest. Sie rief ihm nach, doch er schien sie nicht zu hören. Von der Ferne winkte er ihr zu, dann verschwand er hinter dem Hügel.

23

Ihr Handy klingelte. Lena rieb sich verwundert die Augen und schaute sich um. Das Schlafzimmer war immer noch das gleiche, und doch hatte sich etwas verändert. Obwohl sie auf Martins Bettseite geschlafen hatte, war der Alptraum nicht zurückgekehrt.

»Your wake-up kiss, darling«, ertönte Jacks gut gelaunte Stimme. »Habe ich dich geweckt?«

Lena gähnte. »Ja. Aber das ist auch gut so, sonst hätte ich verschlafen.« Mit dem Handy am Ohr lief sie ins Bad. »Schließ die Augen, ich bin nackt.«

»Was machst du nur mit mir, Lena? Bevor du mein Leben durcheinandergewirbelt hast, habe ich nichts vermisst. Kaum bist du ein paar Tage weg, verzehre ich mich nach dir. Wann darf ich deinen wundervollen Körper endlich wieder in meine Arme nehmen?« Jack seufzte. Dann wurde er ernst. »Walter hat gestern Abend einen Schlaganfall erlitten. Wenn Angus ihn nicht gefunden und mich sofort benachrichtigt hätte, wäre jede Hilfe zu spät gekommen.«

»Der Arme.« Obwohl Lena keine großen Sympathien für Walter hegte, tat er ihr leid. »Wie geht es ihm jetzt?«

»Er liegt noch auf der Intensivstation. Heute Nachmittag

schaue ich nach ihm. Vielleicht kann ich dir heute Abend schon Genaueres sagen. Hoffe nur, dass er nicht halbseitig gelähmt bleibt. Ich rufe dich heute Abend wieder an. Miss you.«

Lena starrte auf ihr Handy. Die Nachricht von Walters Schlaganfall bewegte sie, hatte sie doch selbst leidvoll erfahren, dass für ihren Mann damals jede Hilfe zu spät gekommen war. Doch die Erinnerung an seinen Tod verblasste und machte einem anderen Bild Platz. Wie glücklich Martin ausgesehen hatte, als er ihr im Traum zugewinkt hatte. Dieses Bild wollte sie in ihrem Gedächtnis bewahren. Es würde sie auf ihrem neuen Weg begleiten.

Sie fuhr mit der Straßenbahn bis zum Marienburger Platz. Von dort waren es nur wenige Schritte bis zu ihrer Bank.

»Warum haben Sie nicht uns mit dem Verkauf Ihres Hauses betraut?«, blaffte der Bankberater sie an.

Lena zuckte zusammen. An die direkte, bisweilen schroffe Art der Berliner würde sie sich nie gewöhnen. »Entschuldigung. Daran habe ich nicht gedacht. Ist das ein Problem?« Sie straffte die Schultern und schaute dem jungen Mann fest in die Augen. Das schien ihn zu irritieren.

»Natürlich nicht. Was kann ich für Sie tun?« Er wurde zugänglicher und ließ endlich mit sich reden. Eine Stunde später verließ Lena zufrieden sein Büro und marschierte zur Krankenkasse.

»Hat alles geklappt?«, wollte Chris wissen, als Lena sie gegen Mittag anrief.

Lena setzte sich auf die Couch, trank einen Schluck Tee und erzählte der Schwägerin von ihrem erfolgreichen Bankbesuch. »Auch die Mietvorauszahlungen sind bereits überwiesen.«

»Warte mal einen Moment. Ich muss das Fenster schließen, sonst verstehe ich kein Wort«, unterbrach Chris sie. Jetzt hörte auch Lena den durchdringenden Ton einer Kreissäge.

»Wie weit seid ihr auf der Baustelle?«, fragte sie.

»Ich schicke dir gleich ein paar Fotos. Dann kannst du dir selbst ein Bild machen«, versprach Chris. »Hast du die Zusatzkrankenversicherung abgeschlossen?«, wollte sie wissen.

Lena knabberte an einem Cookie. »Du hattest recht. Die Beihilfestelle und meine private Krankenkasse übernehmen innerhalb der EU alle Behandlungskosten. Wenn die Arztrechnungen den festgelegten Rahmen übersteigen, deckt die Zusatzversicherung den Differenzbetrag ab. Ich bin froh, wenigstens das in trockenen Tüchern zu haben. Drück mir die Daumen, dass der Hausverkauf genauso glatt über die Bühne geht.«

Lena schaute zur Uhr. In einer Stunde würde der Makler die ersten Kaufinteressenten durch das Haus führen.

»Erzählst du mir, was es in Busby Neues gibt?« Während ihre Schwägerin redete, schloss Lena die Augen und stellte sich vor, sie säße in der Teestube. »Sag nicht, Maura arbeitet wieder?«

»Du kennst sie doch. Drei ganze Tage hat sie sich von

Jessie vertreten lassen, dann stand sie wieder in der Küche. Wie sie mit einem Arm Kuchen backt, kann ich dir nicht sagen.« Chris hatte natürlich auch von Walter gehört. »Wer weiß, ob der auf die Farm zurückkommt. Bin mal gespannt, ob er jetzt wieder Kontakt zu seiner Familie aufnimmt.« Sie klapperte mit den Kochtöpfen. »Sorry, ich muss für die Männer etwas Handfestes kochen.«

Lena wollte das Gespräch schon beenden, als ihrer Schwägerin etwas einfiel: »Gestern habe ich Kathy getroffen. Sie sah ziemlich geschafft aus. Muss wohl daran liegen, dass sie fast täglich eine Busladung voller Touristen im Laden hat.«

»Schade, dass ich nicht da bin. Ich würde Kathy jetzt gern zur Seite stehen«, sagte Lena. Vor lauter Terminen hatte sie vergessen, sich bei der Freundin zu melden.

Für einen Anruf war es jetzt zu spät. Jeden Moment würde der Makler kommen. Lena speicherte »Kathy« als Erinnerung auf ihrem Handy ab. Dann räumte sie ihre Teetasse in die Spülmaschine und arrangierte Pfingstrosen aus dem Garten in einer Vase. Alles sollte perfekt sein für die erste Hausbesichtigung.

»Sind wir zu früh?« Vor der Haustür stand ein junges Paar und schaute Lena selbstbewusst an. Das konnten unmöglich die Interessenten sein. Die beiden schienen nicht älter als dreißig. Zwar trugen sie auffallend teure Kleidung, und der Mercedes, der vor dem Haus parkte, schien ihrer zu sein, doch das bedeutete noch lange nicht, dass sie sich diese Immobilie leisten konnten.

Lena zögerte einen Moment. »Am besten, wir setzen uns in den Garten, bis Herr Klötzke kommt. Darf ich Ihnen einen Kaffee anbieten?« Sie führte das Paar ums Haus und bat es, auf der Terrasse Platz zu nehmen. Während sie in der Küche stand und Milch für den Cappuccino aufschäumte, klingelte es an der Tür.

»Wie ich sehe, ist das Ehepaar Günter bereits da«, begrüßte sie der Makler. »Ich nehme gern einen Espresso.« Wie selbstverständlich marschierte er durch das Wohnzimmer und setzte sich zu seinen Kunden auf die Terrasse.

Na, das kann ja heiter werden, dachte Lena und trug das Tablett mit dem Kaffee nach draußen.

»Meine Eltern müssten auch jeden Moment eintreffen.« Die junge Frau stand auf und trippelte auf High Heels über den Rasen. »Schatz, dort drüben stell ich mir den Pavillon vor.« Ihr Mann dackelte brav hinterher. Lena hätte zu gern gehört, was er seiner Frau ins Ohr flüsterte. Doch in diesem Moment fuhr ein schwarzer SUV auf die Auffahrt. So schnell es ihre hochhackigen Schuhe zuließen, stöckelte Frau Günter ihren Eltern entgegen. Auch der Makler erhob sich. »Besser, Sie bleiben hier draußen, während ich die Kunden durch das Haus führe«, raunte er Lena zu.

»Das hatte ich vor«, entgegnete Lena und ließ Herrn Klötzke stehen. Sie legte sich auf die Gartenliege am anderen Ende des Gartens und beobachtete das Familientreffen aus der Ferne.

Frau Günters Vater durchmaß das Gartengrundstück mit ausholenden Schritten. Der stämmige Mann deutete mit großen Gesten mal hierhin und dorthin. »Kommst du, Eva?«, tönte sein Bass bis in die Nachbarschaft.

Klaus, der nebenan Unkraut jätete, beugte sich über den Zaun und winkte Lena zu sich. »Ganz schöner Großkotz, der Typ«, murmelte er.

»Ja, das finde ich auch. Hoffen wir mal, dass die anderen Interessenten netter sind«, entgegnete Lena. Die Vorstellung, dass vielleicht bald ein Bagger durch ihren Garten pflügen würde, schmerzte sie. Wie tröstlich, dass hinter ihrem Cottage in Busby ein bezaubernder Bauerngarten auf sie wartete. Inzwischen war Herr Klötzke mit den Kunden im Haus verschwunden.

Lena schnappte sich ihr Handy und schaute sich die Fotos von der Baustelle an. »Komm mal rüber, ich zeige dir mein zukünftiges Zuhause«, rief sie begeistert Klaus zu. Der kletterte über den Zaun und setzte sich zu ihr auf die Liege. Gemeinsam begutachteten sie den Baufortschritt. »Von dort aus gelangt man ins Gästezimmer.« Lena tippte auf den Durchbruch in der Wohnzimmerwand.

»Wo wir hoffentlich bald nächtigen werden«, ergänzte Klaus, als eine laute Kinderstimme erklang: »Wie lange müssen wir noch warten?«

Lena lief zum Gartentor und schaute um die Ecke. Ein etwa achtjähriger Junge hüpfte die Treppe hinauf und herunter, während seine Eltern nervös auf die Uhr schauten.

»Kommen Sie gern zu mir in den Garten.« Lena hielt das Tor auf. »Der Makler ist mit den anderen Interessenten noch im Haus.« Diese Familie war ihr auf Anhieb sympathisch, erinnerten sie die drei doch daran, wie sie mit ihrem Mann und ihrem Sohn damals ihr erstes Haus in Bonn besichtigt hatte.

»Sehr freundlich von Ihnen.« Die junge Frau reichte Lena die Hand. »Wir sind die Gerkes.« Ihre Augen strahlten, als sie neben Lena über den Rasen ging. »Von so einem Garten träumen wir schon lange.«

Wenn es nach Lena gegangen wäre, hätte sie Familie Gerke das Haus am liebsten direkt verkauft. Sie konnte sich vorstellen, dass die drei hier glücklich würden.

Doch der Makler dämpfte ihren Optimismus. »Auch wenn beiden Familien das Haus gefallen hat, heißt das noch lange nicht, dass sie sich für einen Kauf entscheiden werden.«

Lena war enttäuscht, immerhin hatte sie sich den Verkauf leichter vorgestellt. Ihr fiel ein, wie schnell sie sich damals für dieses Haus entschieden hatten. Bei ihnen war es Liebe auf den ersten Blick gewesen.

Herr Klötzke war schon im Aufbruch, da klingelte sein Handy. »Kein Problem, bin vor Ort«, beendete er das Gespräch. »Familie Gerke kommt noch einmal vorbei. Ich denke, sie werden uns ein Angebot machen«, teilte er Lena mit.

Ihr Herz hüpfte vor Freude, als sie am Abend die Haustür abschloss. Sie hatte die perfekten Käufer für ihr Haus gefunden. Auch wenn es dem Makler nicht gefallen hatte, dass sie den Gerkes preislich entgegengekommen war, war sie zufrieden. Wie glücklich das Paar sie angestrahlt hatte! Klaus und Susanna würden sich freuen, so nette Nachbarn zu bekommen. Spontan griff Lena zum Handy und lud die Freunde für den nächsten Abend zum Italiener ein. Der Erfolg, das Haus schon am ersten Besichtigungstag verkauft zu haben, musste gefeiert werden. Überglücklich schickte sie Jack eine SMS. Um diese Zeit saß er sicher noch in der Praxis oder war bei Walter im Krankenhaus. Dann informierte sie Chris.

Mit einem unguten Gefühl im Bauch wählte sie Kathys Nummer. Irgendetwas sagte Lena, dass es nicht die Arbeit war, die ihrer Freundin zusetzte. Was, wenn Peter diesmal nicht nur mit einer anderen Frau geflirtet hatte? So, wie sie Kathys Freund am Tanzabend erlebt hatte, traute Lena ihm einiges zu. Sie hoffte inständig, dass sich ihre Vorahnung nicht bewahrheiten würde.

»Wie geht es der besten Weberin Irlands?«, meldete sie sich bei ihrer Freundin.

»Wie soll es mir schon gehen? Peter hat mich am Wochenende mal wieder versetzt. Langsam glaube ich nicht mehr daran, dass er arbeiten muss. Was, wenn er eine andere hat?« Kathy schluchzte.

»Warum fährst du nicht nach Dublin und findest es heraus? Zu Hause sitzen und heulen hilft dir nicht weiter.« Lena redete mit Engelszungen auf die Freundin ein.

»Meinst du wirklich, ich soll …?«, jammerte Kathy.

»Untersteh dich, ihn vorher anzurufen. Melde dich, wenn du wieder zurück bist«, sagte Lena. Dabei ahnte sie längst, dass sich der Verdacht der Freundin bewahrheiten würde.

Wie gern wäre sie jetzt bei ihr, um sie zu trösten. In Gedanken umarmte sie Kathy und nahm sich vor, öfter mit ihr zu telefonieren.

Mitten in der Nacht rief Jack an. Seine Stimme klang müde. »Ich konnte nicht schlafen, ohne vorher mit dir zu sprechen«, murmelte er. Dann erzählte er von seinem Besuch im Krankenhaus und davon, dass Walters Lähmung noch nicht zurückgegangen sei. »Das kann Monate dauern, bis er wieder richtig sprechen und laufen kann. Hoffentlich ruft sein Sohn bald zurück. Angus hat ihm auf die Mailbox gesprochen.« Jack gähnte. »Erzählst du mir, wie dein Tag war? Ich hör so gern deine Stimme.«

Lena knipste die Nachttischlampe aus und flüsterte ihm zärtliche Worte zu.

24

Lena schrieb mit großen Druckbuchstaben »Unterwäsche« auf den Karton und klebte ihn zu. Sie freute sich jetzt schon auf Jacks Reaktion, wenn er sie das erste Mal in den schwarzen Dessous sehen würde. *Hör auf, zu phantasieren, und konzentrier dich auf deine Arbeit*, ermahnte sie sich.

Ihr Nacken schmerzte, und die Muskeln in den Armen brannten von der ungewohnten Kistenschlepperei. Trotzdem gönnte sie sich keine Pause. Wie die Katze um den heißen Brei schlich sie an Martins Schrankhälfte vorbei. Heute würde sie sich vor dieser Aufgabe nicht länger drücken können. Sie musste endlich entscheiden, was mit seiner Kleidung geschehen sollte. Seit Martins Tod hatte sie diese Schrankhälfte nicht angerührt. Bisher hatte ihr die Kraft gefehlt, sich von seinen Sachen zu trennen. Mit bangem Herzen öffnete sie die Schranktür. Der Geruch von Martins Aftershave wehte ihr entgegen. Zärtlich ließ sie die Finger über seine Anzüge gleiten. In dem dunkelgrauen Einreiher hatte Martin ihr immer am besten gefallen.

Ihre Gedanken schweiften ab, und sie zuckte zusammen, als Susanna sich hinter ihr räusperte. »Soll ich dir helfen? Ich kann mir vorstellen, wie schwer es für dich sein muss, dich von Martins Sachen zu trennen. Wir könnten die Kleidung zum Sozialkaufhaus bringen. Oder willst du vorher Tobias fragen, ob er etwas davon behalten möchte?«

Lena zog Martins Lieblingspullover aus dem Stapel. »Der kommt mit nach Irland«, entschied sie und hängte sich den blauen Kaschmirsweater über die Schultern. Dann schloss sie die Schranktür. »Entschuldige, ich habe dir nicht zugehört. Was hast du gesagt?«

Susanna wiederholte ihren Vorschlag.

Lena nickte. »Keine schlechte Idee. Ich schicke Tobias gleich eine SMS. Vielleicht kann er auch einige Möbelstücke für seine neue Wohnung brauchen.« Sie hockte sich auf die Bettkante und griff zum Handy.

Tobias' Antwort ließ nicht lang auf sich warten: »Kann ich die Ledercouch haben? Papas Schreibtisch und den Bürostuhl könnte ich auch gut brauchen.«

Lena schrieb: »Holst du die Sachen ab, oder soll ich eine Spedition beauftragen?« Natürlich hoffte sie darauf, ihn vor ihrer Abreise zu sehen.

Tobias reagierte nicht auf ihre Frage. Lena sprang auf und rannte im Zimmer auf und ab. Am liebsten hätte sie ihn angerufen. Doch wie würde er darauf reagieren? Immer wieder starrte sie auf das Display, als könne sie die Antwort herbeizaubern. Endlich meldete er sich: »Besser, du beauftragst einen Spediteur. Schicke dir noch meine neue Adresse.«

Kein lieber Gruß, kein Wort zu viel. Aber er hatte sich gemeldet und würde ihr seine neue Adresse mitteilen. Ein erster Schritt zur Normalität war getan und ließ sie auf eine Versöhnung hoffen.

»Jetzt sag schon! Was schreibt er?« Susanna stand mit leerer Umzugskiste vor ihr und schaute sie fragend an.

Lena reichte ihr das Handy. »Lies selbst.« Entschlossen krempelte sie die Ärmel hoch. Als Susanna mit ihr über Tobias reden wollte, winkte sie ab. »Worauf wartest du? Schaffen wir die Sachen zum Sozialkaufhaus, bevor ich es mir anders überlege.«

Sie fuhren mit Susannas Wagen, denn Lena hatte den BMW vor zwei Tagen verkauft. Sie war erleichtert, dass das Geld für den Verkauf schon auf ihrem Konto war. Zumindest um die Bezahlung der Umzugskosten musste sie sich keine Sorgen mehr machen.

»Ich bin froh, dass ich die große Karre los bin«, stellte Lena fest, als sie die Garage betrat. Darin stapelten sich unzählige Kisten mit Porzellan und Kochtöpfen. Alles Dinge, die Lena in ihrem Cottage nicht mehr benötigte. Nicht nur, weil der Platz in ihrer kleinen Küche begrenzt war, sondern auch, weil für irische Verhältnisse alles Notwendige bereits vorhanden war.

»Ist schon erstaunlich, wie viel Zeug man im Laufe der Zeit so anhäuft. Dabei braucht man das meiste gar nicht.« Susanna schleppte einen Korb mit Blumenvasen zum Auto. »Wir müssen noch mal fahren, der Kofferraum ist voll.«

»So etwas nennt man Überfluss! Der eine sammelt Briefmarken und ich Vasen«, erwiderte Lena lachend. »Aber damit ist ab heute Schluss. Es lebe das einfache irische

Landleben! Und weißt du was? Ich freue mich schon darauf.«

Sie quetschte eine Bücherkiste auf die Rückbank und hockte sich auf den Beifahrersitz. »Mir graut vor dem Dachboden. ›Unsere Rumpelkammer‹ hat Martin den immer genannt. Ich bin schon lang nicht mehr da oben gewesen.«

Susanna bot an, ihr bei der Entrümplung zu helfen. »Hört sich spannend an. Bei der Expedition ins Reich der unentdeckten Schätze wäre ich gern dabei. Zusammen sind wir auch schneller fertig.«

»Kommt nicht infrage. Du hast mir heute schon genug geholfen. Außerdem solltest du dich nach der anstrengenden Untersuchung schonen.« Lena hob drohend den Zeigefinger. »Zieh nicht so ein Gesicht. Du kannst mich heute Abend wieder zum Essen einladen. In meinem Kühlschrank herrscht nämlich gähnende Leere. Bis du mit dem Kochen fertig bist, habe ich die Rumpelkammer leer gefegt.« Zumindest hoffte sie das.

Am Nachmittag krabbelte Lena bis in die hinterste Ecke des Dachbodens und zog eine Kiste nach der anderen hervor. Sie stopfte alte Vorhänge, Bettvorleger und Kissen in den Altkleidersack. Über Schlitten, Skier und Martins alte Stereoanlage würde sich bestimmt das Sozialkaufhaus freuen.

Zufrieden mit ihrer Arbeit griff sie zum nächsten Karton und öffnete ihn. Doch das war ein Fehler. Als ihr Blick auf die Schulhefte ihres Sohnes fiel, konnte sie gar nicht anders. Sie setzte sich auf den staubigen Boden und blätterte in einem Schreibheft. Das Muttertagsgedicht rührte sie zu Tränen. Wie liebevoll Tobi mit krakeliger Kinderschrift »Für meine liebe Mama« geschrieben hatte.

Weiter unten im Karton entdeckte sie die Bilder, die er damals für sie gemalt hatte. Auch davon würde sie sich schweren Herzens trennen müssen. Bei der Spielzeugkiste fiel ihr die Entscheidung nicht leichter. Welchen Teddy sollte sie als Andenken nach Busby mitnehmen? Ob die Zwillinge sich über die Eisenbahn freuen würden?

Lena wischte sich eine Spinnwebe aus dem Gesicht. Schluss mit den Sentimentalitäten! Entschlossen öffnete sie die nächste Kiste und sortierte weiter aus. Erst als Susanna ihr per SMS mitteilte, dass das Essen fertig sei, klopfte sie sich den Staub aus der Jeans und kletterte die Klappleiter hinunter. Verschwitzt, wie sie war, marschierte sie zum Nachbarhaus.

»Das hatte ich mir leichter vorgestellt«, jammerte sie, als sie sich an Susannas Esstisch setzte. »Was sich da oben alles angesammelt hat, könnt ihr euch gar nicht vorstellen. So viele Erinnerungen, die da in mir hochkommen.«

»Schau dir mal unseren Speicher an. Wir wohnen seit vierzehn Jahren in diesem Haus, und Wegwerfen war nie meine Stärke«, gab Klaus zu bedenken.

Heißhungrig schaufelte Lena die zweite Portion Gemüseauflauf in sich hinein.

»Ihr seid mir doch nicht böse, wenn ich gleich wieder rübergehe?«, fragte sie die Freunde. Klaus und Susanna lächelten verständnisvoll.

Susanna drückte ihr ein Schälchen Erdbeeren mit Schlagsahne in die Hand und begleitete sie zur Tür. »Soll ich nicht doch mitkommen und dir auf dem Speicher helfen?«, bot sie noch einmal ihre Hilfe an.

Energisch schüttelte Lena den Kopf. »Da muss ich jetzt allein durch. Aber es wäre schön, wenn du morgen mit mir zum Sozialkaufhaus fahren könntest.«

Auf dem Heimweg klingelte ihr Handy. Anne und Sarah riefen im Chor: »Miss you, Lena!« Dann meldete sich Chris. »Heute haben wir das Gästezimmer tapeziert. Ich hoffe, dir gefällt die Tapete. Fehlen jetzt nur noch Teppich und Möbel, und deine Gäste können kommen.«

Lena wurde es schwindlig vor Aufregung. »Wahnsinn! Wie habt ihr das so schnell geschafft?« Sie schloss rasch die Haustür auf und rannte ins Wohnzimmer. »Moment, ich muss mich hinsetzen. Deine Nachricht haut mich glatt um«, japste sie und ließ sich auf das Sofa fallen. Im Hintergrund hörte sie Dan und die Mädchen herumalbern. Ihr wurde ganz warm ums Herz, als sie daran dachte, wie sehr sich ihre irische Familie für sie ins Zeug legte. Wenn sie nur wüsste, womit sie ihren Lieben eine Freude machen könnte. »Hast du eigentlich noch Platz in deinem Wirtschaftsraum?«, fragte sie spontan die Schwägerin.

»Ja, wieso?« Chris schien verdutzt.

»Ich bringe meine Waschmaschine und den Trockner mit«, verkündete Lena gut gelaunt. Am anderen Ende der Leitung wurde es still. »Bist du noch dran, Chris?«

Die Schwägerin lachte. »Du bist meine Rettung. Das alte Schätzchen tut es nicht mehr lang. Noch einmal kann Dan die Maschine sicher nicht reparieren. Hast du auch einen Mixer für mich?«

Lena rannte durch das Haus und fotografierte mit dem Handy alle Möbel und Haushaltsgegenstände, die ihr für das Farmhaus passend erschienen. Sie maß sogar die Schlafzimmermöbel aus. Dann schickte sie die Bilder ihrer Schwägerin. »Sucht euch aus, was ihr möchtet. Ich lasse es einpacken.«

Ihre Schwägerin schien sprachlos. »Aber das wird doch zu teuer für dich.«

»Ob ich jetzt einen kleinen Umzugswagen bestelle oder einen großen, spielt doch keine Rolle. Ich bin glücklich, wenn ich euch eine Freude machen kann.«

Chris erbat sich eine kurze Bedenkzeit. »Ich rede mit Dan und melde mich nachher bei dir.«

Zwei Stunden später rief sie wieder an. Ihre Stimme zitterte vor Aufregung. »Wir trauen uns gar nicht, zu sagen, dass wir gern das Schlafzimmer hätten. Auch die Flurgarderobe würde uns gefallen.« Sie schnappte nach Luft.

»Trink einen Schluck Whiskey«, empfahl Lena. Aus eigener Erfahrung wusste sie, wie positiv sich so ein Single Malt auf die Stimmung auswirken konnte.

Endlich hatte sich Chris beruhigt und zählte auf, welche Haushaltsgegenstände Lena ihr schicken sollte. »Wenn du Dan jetzt sehen könntest«, sagte sie lachend. »Der rollt gerade ungläubig mit den Augen. Er kann sich nicht vorstellen, was ich mit einem Dampfgarer und der Nudelmaschine vorhabe. Der wird sich noch umschauen.«

Zufrieden kuschelte sich Lena in die Sofakissen und ließ sich die Erdbeeren schmecken. Heute war sie mit der Arbeit einen ganzen Schritt weitergekommen, Grund genug, sich eine Pause zu gönnen. Ihr fiel auf, dass Kathy sich seit Tagen nicht mehr gemeldet hatte. Rasch griff sie zum Handy und wählte die Nummer der Freundin.

Erst nach dem zehnten Klingeln nahm Kathy das Gespräch an. »Yes?« Mehr sagte sie nicht. Dann brach es aus ihr heraus. »Ich kann nicht mehr, Lena!« Schluchzen erstickte ihre Stimme.

Lena ahnte, was die Freundin ihr gleich mitteilen würde. »Willst du mir erzählen, was dich bedrückt?«, fragte sie vorsichtig. Sie hörte, wie Kathy sich die Nase schnäuzte.

»Ich habe ihn mit einer anderen erwischt«, jammerte die Freundin. Geduldig wartete Lena, bis Kathy weitersprach. Sie erfuhr, dass Peter schon seit Längerem mit einer anderen Frau zusammenlebte. »Die hat mich angeschaut, als wäre ich das achte Weltwunder. Ihr hat er nämlich erzählt, dass er am Wochenende zu seiner Mutter führe«, berichtete Kathy.

»Scheißkerl!«, entfuhr es Lena. »Entschuldige, aber etwas anderes fällt mir gerade nicht ein.«

»Stimmt!«, knurrte Kathy. »Peter hat nicht damit gerechnet, dass ich nach Dublin kommen würde. Hoffentlich schmeißt ihn seine Neue hochkant aus der Wohnung. Ich würde es ihm gönnen.« Kathy redete sich in Rage. »Komm bitte bald zurück, Lena. Ich weiß nicht, wie ich reagiere, wenn Peter hier auftaucht, um seine Sachen zu holen. Wenn der mit seinem treuen Dackelblick wieder vor mir steht und mich in seine starken Arme zieht, werde ich garantiert wieder schwach. Ich liebe ihn doch immer noch.«

»Bleib standhaft, Kathy. Lass dich von dem Kerl nicht wieder um den kleinen Finger wickeln. Du verdienst etwas Besseres als diesen notorischen Fremdgeher«, mahnte Lena.

Kathy fiel ihr ins Wort. »Du hast gut reden. Mit deinem Jack wird dir so etwas nie passieren.«

Lena überging die Anspielung, wusste sie doch selbst nicht, welche Krisen Jack und sie im Laufe der Jahre miteinander durchzustehen hätten. Es gab noch so vieles, was sie nicht von ihm wusste. Schließlich antwortete sie: »Pass auf dich auf. In spätestens einer Woche bin ich wieder in Busby.«

Kathys Worte hallten noch lange in Lena nach. Allein der Gedanke daran, Jack an eine andere Frau verlieren zu können, schnürte ihr die Kehle zu.

25

Ihre Schritte klangen merkwürdig dumpf in den leeren Räumen. Sie durchwanderte ein Zimmer nach dem anderen und nahm Abschied. An der Wand des Kinderzimmers hing noch ein Foto des letzten gemeinsamen Italienurlaubs. Der Kellner ihres Hotels hatte sie Arm in Arm mit ihren Männern auf der Terrasse fotografiert. Wie braun gebrannt Tobi und Martin waren! Lena zog vorsichtig die Reißzwecke aus dem Papier und schob das Bild in ihre Hosentasche. Niemand konnte ihr die Erinnerungen an diese wunderbare gemeinsame Zeit nehmen. Sie atmete tief durch, griff entschlossen zum Besen und fegte die letzten traurigen Gedanken aus den Winkeln ihres Herzens. Sie war bereit für den Neuanfang.

»Besenrein bedeutet nicht, dass du die Fenster putzen sollst«, bremste Susanna sie am Nachmittag aus.

»Ich hör ja schon auf«, beteuerte Lena und warf den Lederlappen in den Putzeimer. »Du kennst mich doch. Wenn ich was mache, dann gründlich. Die Gerkes sollen sich wohlfühlen in diesem Haus. Dazu gehört auch der streifenfreie Blick in den Garten.« Sie hakte sich bei der Freundin unter. »Bin ich froh, wenn ich gleich die Schlüssel übergeben haben werde! Heute machen wir drei uns einen richtig schönen Abend auf der Friedrichstraße. Der Tisch beim Italiener ist für sieben Uhr bestellt.« Sie schnappte sich ihren Koffer, der fix und fertig gepackt im Flur stand. »Von mir aus können wir hinübergehen. Bis zur Übergabe habe ich Zeit für einen Kaffee. Hast du noch etwas von deinem leckeren Käsekuchen?« Ihr war plötzlich so leicht ums Herz. Gerade so, als hätte ihr jemand eine große Last von der Seele genommen.

»Wird Zeit, dass du abreist. Du frisst uns sonst die Haare vom Kopf.« Susanna knuffte Lena in die Seite. »Du wirst mir fehlen. Mit wem soll ich jetzt über die Handarbeitsfrauen lästern?«, stöhnte sie.

»Wozu gibt es denn Telefone? Ich hoffe doch stark, dass du dich mindestens einmal die Woche bei mir meldest. Ich will unbedingt den neuesten Berliner Klatsch hören«, erwiderte Lena.

»Und wenn dich die Sehnsucht nach Großstadtluft packt, steigst du in den Flieger und kommst uns besuchen.« Susanna legte die Arme um Lena und drückte sie an sich.

»Nicht traurig sein, Susanna«, versuchte Lena, die Freundin zu trösten, da füllten sich auch ihre Augen mit Tränen. Eine Zeit lang standen die Frauen nur da und sagten nichts. Dann lösten sie sich voneinander und verließen das Haus.

Klaus wartete am Gartenzaun auf sie. »Kommt endlich zu mir auf die Terrasse. Der Kaffee wird kalt.« Er nahm Lena ihren Koffer ab und begleitete sie in den Garten. »Den stelle ich schon mal ins Gästezimmer«, bot er an. Zur Überraschung seiner Frau hatte er bereits den Kaffeetisch gedeckt.

Kaum hatte Lena den letzten Krümel Käsekuchen von der Gabel geleckt, hielt Gerkes Van auf der Auffahrt. Gut gelaunt winkte sie der Familie zu. »Darf ich Ihnen Ihre Nachbarn vorstellen?«, rief sie und hielt den dreien das Gartentor auf. Susanna und Klaus eilten ins Haus und kehrten, mit einer Flasche Sekt und Gläsern bewaffnet, zurück.

»Und ich dachte schon, Sie ergreifen die Flucht vor uns«, meinte Herr Gerke schmunzelnd, als Klaus ihm ein Glas Sekt reichte. Sie schüttelten einander die Hand und prosteten sich zu. Der achtjährige Niklas leckte zufrieden an einem Eis, das Susanna rasch aus der Kühltruhe gezaubert hatte.

Als der Junge die Schaukel am anderen Ende des Gartens entdeckte, schaute er sie fragend an. »Wo sind eure Kinder?«

Susanna lachte. »Die Schaukel ist für unsere Enkel. Aber die haben bestimmt nichts dagegen, wenn du sie benutzt.«

»Gehen Sie ruhig hinüber, wir passen auf Niklas auf«, bot Klaus an und verschwand mit dem Jungen an der Hand im Gartenhaus. Lena war sich sicher, dass die zukünftigen Nachbarn schon bald gute Freunde würden.

Zum letzten Mal schloss sie die Haustür auf und reichte Frau Gerke den Schlüsselbund. »Ich habe alles beschriftet: Keller, Garage, Gartenhaus und drei Haustürschlüssel.« Nie hätte sie gedacht, dass es ihr einmal so leichtfallen würde, sich von ihrem alten Zuhause zu trennen. In Gedanken reiste sie dem Möbelwagen hinterher, der spätestens übermorgen in Busby eintreffen würde.

»Entschuldigung?« Herr Gerke steckte seinen Kopf in den Abstellraum. »Wo war noch mal der Sicherungskasten?«

Lena schaute ihn entgeistert an, hatte sie doch gerade selbst überlegt, wo sich der Sicherungskasten in ihrem Cottage befand. »Tut mir leid. Ich war in Gedanken schon in Irland«, murmelte sie zur Entschuldigung. Dann riss sie sich zusammen und führte die neuen Hausbesitzer in den Keller.

»Bauen Sie die Regale noch ab?«, fragte Frau Gerke, als sie den Vorratsraum inspizierte.

»Die würde ich Ihnen gern dalassen«, bot Lena an. Sie hob abwehrend die Hand. »Kommen Sie nicht auf die Idee, die Sachen bezahlen zu wollen, die ich Ihnen im Haus lasse.«

»Das können wir doch unmöglich annehmen«, wehrte Frau Gerke bescheiden ab, und ihr Mann zog ungläubig die Augenbrauen hoch.

»Das müssen Sie sogar, sonst bin ich beleidigt«, erwiderte Lena und lächelte die junge Frau an. »In meinem neuen Leben ist für all das kein Platz mehr.«

Sie verabschiedete sich von den Gerkes und lief leichten Herzens zum Nachbarhaus. »Gebt mir eine halbe Stunde im Bad, dann können wir in die Stadt fahren«, rief sie Susanna und Klaus zu, die mit Niklas Fußball spielten.

Am Abend bummelte sie mit den Freunden über die Friedrichstraße. Lena liebte diese Flaniermeile im Herzen der Hauptstadt mit den eleganten Geschäften, den kleinen Cafés und ausgefallenen Restaurants. Oft hatte sie sich hier mit Martin verabredet. Für ihn waren es nur wenige Schritte von seinem Arbeitsplatz im Ministerium bis zu ihrem Lieblingsitaliener gewesen. »Meine kleine Italienerin« hatte Martin sie immer scherzhaft genannt, weil sie am liebsten Pizza und Pasta aß. Er hatte die Alt-Berliner Kneipen und Gaststätten mit ihrer bodenständigen Küche bevorzugt. Buletten und Bratkartoffeln bei »Knolle« im Tonnengewölbe des Bahnhofs Friedrichstraße hatten für ihn zu Berlin gehört wie Currywurst und Weiße mit Schuss.

Lena seufzte wehmütig. »So, wie ich Jack kenne, wird der nie mit mir hierherkommen. Dabei würde ich ihm so gern zeigen, wie aufregend die Stadt ist.«

»Der wird schon mitkommen, wenn du ihm androhst, wieder hierzubleiben«, sagte Klaus augenzwinkernd. Ganz Gentleman, hielt er den Frauen die Tür zum Restaurant auf und nahm ihnen die Jacken ab. »Wann habe ich schon mal die Gelegenheit, mit zwei so gut aussehenden Damen den Abend zu verbringen?«

»Wenn die anderen Herren wüssten, dass heute beide bei dir schlafen, würden sie sicher vor Neid erblassen«, alberte Susanna herum.

»Den Montepulciano wie immer?«, fragte Pietro, der Kellner, und reichte Lena die Hand. Sie war froh, dass er sich nicht nach ihrem Mann erkundigte, hatten Martin und der nette Sizilianer doch die Leidenschaft für den Fußball geteilt und so manches Streitgespräch über die bessere Fußballnation geführt. Doch die Art, mit der er Lena umsorgte und sie immer wieder aufmunternd anlächelte, ließ erahnen, dass er von Martins Tod gehört hatte.

Zum Abschied schenkte ihr Pietro eine Flasche ihres Lieblingsweins und zwinkerte ihr zu. »Beehren Sie uns bald wieder, gnädige Frau«, säuselte er und half ihr in die Jacke.

Klaus winkte ab, als sie ihm den Wein zustecken wollte. »Den packst du in deinen Koffer. Sagtest du nicht, dein Landarzt trinkt auch gern Rotwein?«

Seine Frau knuffte ihn in die Seite. »Was du schon wieder alles weißt!«

Während der Rückfahrt kuschelte sich Lena auf die Rückbank und ließ das abendliche Berlin an sich vorbeiziehen. Genau wie New York schlief auch diese Stadt nachts nie. Wie oft waren Martin und sie nach dem Essen noch im Kulturkaufhaus in der Abteilung für »schöne Bücher« gewesen und hatten bis in die Nacht geschmökert und eingekauft! Wo sonst konnte man morgens um sechs schon eine Currywurst essen? Berlin würde ihr fehlen, auch wenn ihr Herz längst Irland gehörte.

»Trinken wir noch einen Schlummertrunk?« Susanna streifte ihre Pumps von den Füßen und schlurfte barfuß in die Küche.

»Gern. Wenn es dir nichts ausmacht, mir einen Kakao zu kochen. Gestern hat mir der auch beim Einschlafen geholfen.« Lena kauerte mit angezogenen Beinen im Sessel. Ihre dritte Nacht im Gästezimmer der Freunde war auch ihre letzte vor der Abreise. Acht Wochen waren jetzt doch wie im Flug vergangen. Auch wenn sie vor Ungeduld brannte, musste sie einsehen, dass man sein altes Leben nicht so schnell hinter sich lassen konnte. Das Haus auszuräumen, die Behördengänge und der Notartermin, all das hatte seine Zeit gebraucht. Vielleicht war das aber auch ganz gut so, hatte es ihr doch die Möglichkeit gegeben, sich in aller Ruhe von ihrer Vergangenheit zu verabschieden und die Erinnerungen an ihren Mann fest in ihrem Herzen zu bewahren.

Als könne er ihre Gedanken lesen, sagte Klaus: »Noch einmal schlafen, dann rückt dein neues Leben langsam näher. Bist du schon aufgeregt?« Er setzte sich auf die Lehne des Sessels und legte einen Arm um ihre Schulter. »Du wirst mir fehlen, Mädchen. Für Susanna und mich warst du fast wie eine zweite Tochter.«

Lena grinste ihn an. »Mach dich mal nicht älter, als du bist.« Als ihr Handy den Eingang einer SMS meldete, rannte sie in den Flur und suchte in der Jeanstasche danach. Zwischen Flugticket und Hundeleckerli für Scotty wurde sie fündig. Tobias hatte sich endlich gemeldet. Lena hockte sich wieder in den Sessel und las vor: »Möbel sind angekommen. Passen super in die neue Wohnung. Melde mich die Tage. Gruß, Tobias.«

Ihr Herz klopfte bis zum Hals. Tobi würde sich melden! Spätestens nächste Woche, wenn die fünfzigtausend Euro auf seinem Konto eingingen. Lena hatte die Bank angewiesen, einen Teil des Verkaufserlöses an ihren Sohn zu überweisen. Das restliche Geld sollte ihr als Rücklage und zur Verwirklichung ihres Traums von der Selbstständigkeit dienen.

Ob Tobias sich freuen würde? Oder würde er ihr vorwerfen, sich seine Zustimmung zu ihrem neuen Leben erkaufen zu wollen? Lena trank einen Schluck Kakao, dann schilderte sie den Freunden ihre Bedenken. »Vielleicht sollte ich ihn doch anrufen, bevor das Geld auf seinem Konto eingeht? Er soll nicht denken, dass ich mir seine Liebe erkaufen will. Schließlich hat er ja einen Anspruch auf sein Erbteil«, jammerte sie und starrte auf das Handy.

Susanna griff nach Lenas Hand. »Auch wenn Tobias den Dickschädel seines Vaters geerbt hat, hat er doch das weiche Herz seiner Mutter. Ich bin mir sicher, dass er sich über das Geld freuen wird.« Sie zog Lena aus dem Sessel. »Ab mit dir ins Bett. Du hast morgen eine anstrengende Reise vor dir. Ich kenne jemanden, der es kaum erwarten kann, dich wiederzusehen.«

In dieser Nacht wirkte Susannas Schlaftrunk nicht. Lena wälzte sich stundenlang im Bett herum und dachte an ihren Sohn. Sosehr sie sich danach sehnte, endlich wieder bei Jack und ihrer Familie zu sein, sosehr schmerzte sie die Tatsache, dass Tobias sie aus seinem Leben ausschloss. Sie wünschte sich nichts sehnlicher, als die alte Vertrautheit zwischen ihm und sich wiederherzustellen.

26

Lena hielt es nicht länger auf ihrem Platz. Sie zog ihre Regenjacke an, hievte den Koffer aus dem Gepäcknetz und marschierte entschlossen Richtung Tür. Der Zug nahm schwungvoll die nächste Kurve, sie verlor das Gleichgewicht und landete prompt auf dem Schoß eines wohlbeleibten Mannes. »Sorry.« Sie spürte, wie ihr die Röte ins Gesicht stieg. Schnell rappelte sie sich wieder auf und setzte ihren Weg fort.

»Die hätte ruhig sitzen bleiben können«, hörte sie den Mann auf Deutsch sagen. »Wenn alle irischen Frauen so temperamentvoll sind, kann der Urlaub noch aufregend werden.«

»Lass das mal nicht deine Helga hören«, ermahnte ihn einer seiner Reisebegleiter.

Lena konnte sich das Lachen nicht verkneifen. Sie drehte sich um und zwinkerte dem alten Schwerenöter verschmitzt zu. »Enjoy your holidays«, flötete sie in ihrem besten Englisch und fügte auf Deutsch hinzu: »Viel Spaß beim Angeln«, was die Männer vollends zu verwirren schien und zum Schweigen brachte.

Eine halbe Stunde später lief der Zug in der Killarney Railway Station ein. Als hätte der Himmel nur auf Lenas Ankunft gewartet, riss die graue Wolkendecke endlich auf, und die ersten Sonnenstrahlen kitzelten ihre Nase. Vor fast zwei Monaten hatte sie sich hier von Jack verabschiedet, und ihr kam es vor, als wäre sie eine halbe Ewigkeit weg gewesen. Sie spürte wieder den irischen Wind in ihren Haaren, roch die würzige Luft und wusste, sie war zu Hause.

Auf dem Bahnsteig schlängelte sie sich durch eine Reisegruppe zum Ausgang. Sicher wartete Chris längst auf dem Parkplatz auf sie.

»Sorry, Darling«, hatte Jack am Vorabend gesagt. »Ich schaffe es leider nicht, dich abzuholen. Donnerstags ist in der Praxis immer die Hölle los. Aber ich komme am Abend zu dir, versprochen.«

Lena hockte sich auf ihren Koffer und hielt Ausschau nach dem alten Ford. Ihre Augen brannten vor Müdigkeit, und ihr Körper sehnte sich nach einer Dusche. Plötzlich sackte ihr Kopf auf die Brust, und sie nickte ein.

In weiter Ferne vernahm sie Motorengeräusche und Hundegebell. Etwas Feuchtes, Warmes leckte über ihre Wange. Fast wäre sie vor Schreck vom Koffer gerutscht, da fingen sie zwei starke Arme auf. »Endlich«, flüsterte Jack und zog sie an sich. Scotty quetschte sich jaulend zwischen sie und verlangte nach seinen Streicheleinheiten. Mit der einen Hand kraulte Lena den Hund, mit der anderen wühlte sie in ihrer Handtasche nach dem Leckerli.

»Und wo bleibe ich?«, jammerte Jack, als sie Scotty fütterte. »Was glaubst du, wie ausgehungert ich bin?« Mitten auf dem Parkplatz riss er sie an sich und küsste sie so leidenschaftlich, dass Lena befürchtete, gleich wegen Erregung öffentlichen Ärgernisses verhaftet zu werden.

Nur ungern löste sie sich von Jack und schaute ihm in die Augen. »Was ist mit deinen Patienten?«

Jack lächelte sie verschmitzt an. »Die können morgen wieder in die Praxis kommen oder zu Doktor Finch nach Sneem fahren. Das hier ist schließlich ein Notfall.« Er schnappte sich ihren Koffer, griff nach ihrer Hand und marschierte zielstrebig zu seinem Auto. Als er den Kofferraum öffnete, entdeckte Lena einen Strauß roter Rosen darin.

»Verdammt! Den habe ich glatt vergessen.« Jack fuhr sich verlegen durch die Haare.

»Wie heißt sie, und wo wohnt sie? Ich bringe sie um.« Lena baute sich vor ihm auf und hob drohend den Zeigefinger.

Jack brauchte eine ganze Weile, bevor er verstand, was sie meinte. »Lena Kasper, kleines Cottage auf der O'Connor-Farm. Bitte tu ihr nichts! Ich …« Er drückte Lena die Rosen in die Hand, verstaute den Koffer, beendete den Satz aber nicht. »Fahren wir. Du bist sicher müde und hungrig nach der langen Reise. Soll ich dich auf die Farm bringen?«

»Was wäre die Alternative?« Lena stellte sich auf die Zehenspitzen und flüsterte nah an seinem Ohr: »Möchtest du denn mein Mitbringsel für dich heute nicht mehr auspacken?«

Jack zog scharf die Luft ein. »Ich hatte schon befürchtet, du würdest mich das nie fragen.« Er riss die Beifahrertür auf, legte eine Hand auf Lenas Po und schob sie sanft zum Auto. »Chris weiß, dass du heute bei mir übernachtest.«

Die Fahrt nach Busby kam Lena unendlich lang vor. Jack schien es nicht anders zu gehen. Fluchend überholte er einen Reisebus und bog von der Hauptstraße auf einen Feldweg ab. »Ich verstehe ja, dass die Urlauber diese Region gern besuchen, aber doch nicht alle auf einmal!« Keine zehn Minuten später nahm er schwungvoll die Einfahrt zum Arzthaus und parkte zu Lenas Überraschung hinter dem Haus. »Steig schnell aus, bevor die anderen mitbekommen, dass du schon da bist. Heute will ich dich ganz für mich allein.«

Wie zwei Diebe schlichen sie sich durch den Garten und rannten zum Eingang. »Wegen Notfalls geschlossen« stand auf dem Schild und darunter die Adresse von Dr Finch in Sneem. Jack schob Lena vor sich her in den Hausflur. Sie lehnte sich an die Wand, ungeduldig nestelte sie an seinem Gürtel.

»Warte«, bremste er sie aus. »Nur zur Sicherheit«, murmelte er, verriegelte die Tür und stellte die Klingel ab. Mit zwei Schritten war er wieder bei ihr, schob seine Hände unter ihre Bluse und streichelte ihren Rücken.

Lena riss sich los und rannte die Treppe hinauf. »Vergiss nicht, wo du stehen geblieben bist, genau dort machen wir gleich weiter!«, rief sie ihm zu und verschwand im Bad.

Rasch schlüpfte sie aus ihrer Jeans, warf Bluse und Unterwäsche nachlässig auf den Boden und sprang unter die Dusche.

Als sie eine Viertelstunde später in Jacks Bademantel gehüllt in den Flur trat, stieg ihr der verführerische Duft von Irish Stew in die Nase. Sie öffnete vorsichtig die Tür und schlich sich auf Zehenspitzen von hinten an Jack heran, der mit dem Rücken zu ihr vor dem Herd stand und im Eintopf rührte. Sie schmiegte sich an ihn und ließ ihre Hände begehrlich über seinen Po und seine Hüften nach vorn wandern. Jack stöhnte auf und drehte sich um. Er wollte sie an sich reißen, doch Lena trat einen Schritt zurück und ließ den Bademantel von ihren Schultern gleiten. Sie trug Jacks Schal um ihren Hals, sonst nichts.

»Wie ich den vermisst habe.« Jack zog sie an dem Schal zu sich heran und drückte sie an sich. »Du bist wunderschön«, stammelte er und streichelte ihre Brüste. Dieser Meinung schien auch Scotty zu sein und leckte mit Hingabe Lenas Wade. »Zurück in dein Körbchen«, kommandierte Jack mit rauer Stimme und schob den Hund zu seinem Schlafplatz. Lena hob den Bademantel vom Boden auf und eilte über den Flur ins Schlafzimmer. Sie schlüpfte unter das kühle Laken und kuschelte sich in das Kopfkissen. Doch wo blieb Jack? Ihr Körper brannte vor Verlangen, doch ihr Kopf war plötzlich so schwer.

»Bekomme ich jetzt mein Geschenk?«, flüsterte Jack und drängte seinen nackten Körper an sie.

»Habe ich etwa geschlafen?«, murmelte Lena, während

Jacks Kopf unter dem Laken verschwand und er ihren Bauch mit Küssen bedeckte.

»Nur kurz«, hörte sie ihn sagen, dann wurde sie von einer Welle der Erregung mitgerissen.

Später saß Lena auf Jacks Schoß und fütterte ihn und sich mit Irish Stew. Scotty, der zur Feier des Tages ein extragroßes Stück vom Lammfleisch abbekommen hatte, lag zufrieden unter dem Küchentisch und schnarchte. »Das schmeckt genauso gut wie bei Claire«, stellte Lena fest und füllte den Teller erneut mit Eintopf.

»Das ist von Claire.« Jack streichelte ihr nacktes Knie. Seine Hand wanderte unter den Bademantel.

»Weiß sie …?« Lena stoppte seine aufdringliche Hand.

»Von mir nicht.« Jacks Hand landete auf ihrem Po, woraufhin Lena zärtlich an seinem Ohrläppchen knabberte. »Auf den Nachschlag verzichten wir lieber. Sex mit vollem Bauch ist ungesund. Stimmt's, Herr Doktor?«

»Kann man so pauschal nicht sagen«, entgegnete Jack und schob sie von seinem Schoß. »Komm mit ins Wohnzimmer. Ich habe den Kamin angeheizt.«

In dieser Nacht wurden sie nicht müde, einander immer wieder zu zeigen, wie sehr sie sich vermisst hatten.

Als der Wecker um sechs Uhr klingelte, drückte Jack Lena sanft zurück auf das Kissen. »Bleib liegen, Liebes. Ich bringe dir gleich das Frühstück.« Lena klammerte sich an ihn, wollte ihn nicht gehen lassen, doch er entwand sich ihrer

Umarmung und rannte aus dem Schlafzimmer. Sie rekelte sich wohlig unter dem Laken und genoss die morgendliche Stille, die über dem verschlafenen Busby lag.

Der Duft von gebratenem Speck weckte sie aus ihren Tagträumen. »Der ist für mich«, erklärte Jack, als sie beim Anblick des deftigen Frühstücks die Nase rümpfte. »Toast und Orangenmarmelade für meine Liebste.«

Nach dem Frühstück bot Jack an, sie zur Farm zu fahren. Doch Lena wollte lieber zuerst im Wollmarkt vorbeischauen. »Ich mache mir Sorgen um Kathy. Seit sie sich von Peter getrennt hat, hockt sie nur apathisch in ihrer Wohnung. Hoffentlich gelingt es mir, sie aufzumuntern. Wir haben doch so viele gemeinsame Pläne.«

Jacks Augen verfinsterten sich. »Ich hasse Trennungen«, stieß er hervor. »So einfach kann man die nicht wegstecken.« Er küsste Lena flüchtig auf die Wange, dann trug er das Tablett mit den geleerten Tellern in die Küche.

Lena sah ihm verwundert nach. Als hätte jemand das Licht ausgeknipst, war plötzlich alle Leichtigkeit zwischen ihnen verschwunden. Wie tief musste ihn damals seine Frau verletzt haben, dass nach acht Jahren die Narben immer noch nicht verheilt waren!

27

»Mach schon auf, Kathy! Oder soll ich mir jemanden suchen, der die Tür einrennt?« Aus Sorge, die Freundin könnte vor Liebeskummer eine Dummheit begangen haben, hämmerte Lena gegen die Ladentür des Wollmarkts und schrie so laut, dass vorbeiwandernde Urlauber ihr böse Blicke zuwarfen.

Sie drückte ihre Nase an die Schaufensterscheibe und spähte in den Laden. Von Kathy war weit und breit nichts zu sehen. Ans Handy ging sie auch nicht. Vielleicht war sie gar nicht zu Hause? Lena war schon auf dem Weg zur Teestube, da ertönte Kathys Stimme von der anderen Straßenseite.

»Mit deiner Schreierei vertreibst du alle Kunden.« Den prall gefüllten Einkaufskorb vor sich auf dem Boden, stand Kathy neben Fergus und winkte ihr zu. Lena freute sich so sehr, die Freundin wiederzusehen, dass sie, ohne auf den Verkehr zu achten, auf die Straße lief. Mit quietschenden Reifen stoppte ein Reisebus vor ihr.

»Haben Sie keine Augen im Kopf?«, schimpfte der Busfahrer und hob drohend die Faust. Im Bus zückten einige Reisende ihre Handys und fotografierten Lena, die wie angewurzelt mitten auf der Straße stand. Erst als Kathy nach ihrer Hand griff und sie auf den Bürgersteig zog, löste sich Lenas Schockstarre.

»Was machst du nur für Sachen, Lena?« Die Freundin legte beide Arme um sie und drückte sie fest an sich.

»Jetzt bin ich dran.« Fergus schob Kathy zur Seite und umarmte Lena freundschaftlich. »Willkommen zu Hause. Darf ich die Ladys auf einen Willkommenstrunk einladen?«

»Okay. Aber nur kurz. Lena und ich haben jede Menge zu besprechen«, sagte Kathy grinsend und marschierte schnurstracks in den Pub. Keine zehn Minuten später stand das halbe Dorf am Tresen und prostete Lena zu. Anscheinend hatte der Dorffunk wieder ganze Arbeit geleistet. Mr und Mrs Melony hatten extra ihren Laden geschlossen, und sogar Pfarrer Donnelly ließ es sich nicht nehmen, Lena zu begrüßen.

»Morgen Abend gebe ich meinen Einstand«, verkündete Lena mit glühenden Wangen. »Ich hoffe, ihr kommt alle um acht in den Pub.«

Claire band die Schürze ab und hakte sich bei Lena und Kathy unter. »Verschwinden wir, bevor das hier in ein Besäufnis ausartet.« Maura und Bella folgten ihnen zum Wollmarkt.

»So schnell wirst du uns nicht los. Die Handarbeitsfrauen brennen schon darauf, wieder mit dir zusammenzuarbeiten. Wann legen wir los?« Claire strahlte Lena erwartungsvoll an. »Meine neue Nähmaschine ist der Hammer. Wenn ich erst mal alle Funktionen beherrsche, kann die Taschenproduktion starten.«

»Langsam, Mädels. Ich habe noch nicht mal meinen Koffer ausgepackt, von den Kisten ganz zu schweigen.« Am liebsten hätte Lena sich sofort an die Nähmaschine gesetzt und losgelegt, aber in ihrem Cottage wartete eine Menge Arbeit auf sie.

»Sollen wir dir beim Auspacken helfen?« Kathy stellte ein Tablett mit Teebechern auf den Tisch in der Webstube.

»Ich hätte Zeit«, bot sich sofort Bella an. Ihr Mund verzog sich zu einem Lächeln, doch in ihren Augen lag Traurigkeit. Lena wagte nicht, sie auf Walters Gesundheitszustand anzusprechen, wusste sie doch, dass Bella nie zugeben würde, dass sie etwas für den älteren Mann empfand.

»Lena?« Maura reichte ihr eine Tasse Tee. Die anderen Frauen schauten sie erwartungsvoll an. Aus ihren Blicken sprachen so viel Wärme und Herzlichkeit, dass Lena vor Rührung einen Kloß im Hals hatte. Sie räusperte sich.

»Überredet, Mädels. Bella und Kathy helfen mir im Cottage, und morgen Nachmittag treffen wir uns hier zur ersten Teambesprechung. Wer sagt Nora Bescheid?« Lena verteilte die Aufgaben, als würde sie die Gruppe schon ewig leiten, und ihre Handarbeitsfrauen schienen sich darüber zu freuen.

In Kathys klappriger Rostlaube fuhren sie zur Farm. Lenas Herz wurde weit, als sie über die Weiden zum Meer blickte. Wie hatte sie diesen Anblick vermisst! Sie kurbelte das Wagenfenster hinunter und sog gierig die warme Seeluft ein. »Summertime in Busby«, sang sie lauthals. Doch dann fiel ihr Blick auf Kathy, die nervös auf ihren Lippen kaute und angestrengt auf die Fahrbahn sah. Schuldbewusst streichelte sie der Freundin über die Wange, was Kathy zumindest ein kleines Lächeln entlockte.

»Schau mal, da oben steht Dans Traktor«, rief Bella von der Rückbank. Lena versuchte, die kleine Lena unter den Lämmern ausfindig zu machen. Ob Jack am Sonntag mit ihr einen Ausflug zu ihrem Patenkind unternehmen würde? Picknick auf der Weide stellte sie sich romantisch vor.

»Da wären wir«, unterbrach Kathy Lenas Träumerei. Sie parkte direkt vor dem Cottage.

Über der Haustür hing ein großes Plakat. »Welcome home, Lena« hatten die Zwillinge daraufgeschrieben und es mit einer Blumengirlande umrahmt. Über der Türklingel prangte ein nagelneues Schild mit ihrem Namen, darunter hing ein Zettel: »Sind heute den ganzen Tag bei den Schafen. Freuen uns auf das gemeinsame Abendessen.«

»Schade«, murmelte Lena, die es kaum erwarten konnte, ihre Nichten wiederzusehen.

»Lass uns endlich reingehen. Ich bin schon gespannt, wie dein neues Zuhause aussieht.« Kathy drängte sie zur Tür.

Zu Lenas Überraschung war diese nicht verschlossen. Sie atmete tief durch, dann wagte sie den ersten Schritt in ihr neues Heim. Vorsichtig linste sie in die Küche. Alles war genau so, wie sie es verlassen hatte. Nur vor dem Küchenschrank stapelten sich die Umzugskartons.

»Ist ja der helle Wahnsinn.« Kathy drängelte sich an ihr vorbei und verschwand im Anbau.

Im Wohnzimmer war dort, wo früher ein kleiner Beistelltisch gestanden hatte, jetzt die Tür zum Gästezimmer. Lena konnte ihr Glück kaum fassen, als sie das neue Zimmer betrat. Chris und Dan hatten den Raum schon fix und fertig eingerichtet. Das Schlafsofa aus Martins Arbeitszimmer stand aufgeklappt und als Bett hergerichtet an der einen Wand, rechts und links daneben jeweils ein Nachttisch.

Als Lenas Blick auf den Kleiderschrank fiel, musste sie lachen. »Chris und Dan haben tatsächlich ihren alten Schlafzimmerschrank hier aufgebaut. Sieht das nicht klasse aus?«

»Und schau dir bitte die gewebten Läufer vor dem Bett an. Mein Willkommensgeschenk für dich. Ich hoffe, sie gefallen dir.« Kathy saß im Schneidersitz auf dem Schaukelstuhl und schaute aus dem Fenster. »Ich befürchte, deine Gäste möchten gar nicht mehr nach Hause, wenn sie einmal hier sind.«

»Das will ich nicht hoffen.« Lena deutete in ihre Näh-ecke. »Sonst kann ich dort nicht in Ruhe arbeiten.«

Sie umrundete das hohe Regal aus ihrem Berliner Nähzimmer, das jetzt als Raumteiler diente. »Sieh mal! Meine Nähmaschine ist schon aufgebaut. Chris und Dan müssen die halbe Nacht durchgearbeitet haben.«

»Gar nicht so schlimm. Wir waren gestern Abend schon fertig«, sagte Kathy. »Jack hatte die ehrenvolle Aufgabe, dich lang genug von hier fernzuhalten. Wie es aussieht, hat er das sehr ernst genommen.« Sie zwinkerte ihr verschmitzt zu, woraufhin sich Lena verlegen abwandte.

In der Küche klapperte Bella mit den Töpfen. »Sag mir, wo ich die Kochutensilien einräumen soll, dann kannst du dich um deine Wäsche kümmern.«

Wie ein eingespieltes Team räumten sie die Umzugskartons aus und sortierten Kleidung, Schuhe und Geschirr in die Schränke. Bella bewunderte Lenas elegante Etuikleider. Ein dunkelrotes hatte es ihr besonders angetan.

Kathy probierte gleich eines der schulterfreien Sommerkleider an. »So etwas Schickes kann ich mir nicht leisten«, stellte sie traurig fest. Als sie den Unterwäschekarton öffnete und ihr Blick auf die schwarzen Dessous fiel, stiegen Tränen in ihre Augen. »Peter war verrückt nach solchen Teilen«, murmelte sie und rannte nach draußen.

Lena folgte ihr rasch. Sie hielt Kathy in den Armen und strich ihr beruhigend über den Rücken. »Möchtest du heute bei mir schlafen?«

Kathy schüttelte energisch den Kopf. »Nein, lieber nicht, sonst gewöhne ich mich noch daran und will nicht mehr in meine Wohnung. Aber ich hole dich morgen Vormittag ab. Ich muss endlich ungestört mit dir reden.« Sie schnäuzte sich die Nase und gab Lena ein Küsschen auf die Wange.

Am späten Nachmittag begleitete Lena die Freundinnen zum Auto. »Womit kann ich euch beiden eine Freude machen?«, wollte sie wissen. Bella und Kathy umarmten sie zum Abschied.

»Zerbrich dir darüber nicht den Kopf. Wir sind doch froh, dass du wieder hier bist und hoffentlich auch für immer bleibst«, winkte Kathy ab.

»Keine Angst, so schnell werdet ihr mich nicht mehr los. Schließlich habe ich hier …« Sie breitete die Arme aus, als wolle sie ihr neues Zuhause umarmen. »… meinen Herzensort gefunden. Hier möchte ich nie mehr weg.« Als ihr vor lauter Glücksgefühlen Tränen in die Augen stiegen, verabschiedete sie sich schnell und marschierte zum Farmhaus.

Sarah und Anne rannten ihr lachend entgegen. »Wo bleibst du denn? Das Essen wird kalt.« Die Zwillinge strahlten um die Wette, als Lena eine nach der anderen hochhob und an sich drückte.

»Nach dem Essen habe ich noch eine Überraschung für euch«, verkündete sie.

»Aber wir haben doch schon die vielen Spielsachen und Bücher von dir bekommen«, sagte Sarah, und Anne meinte: »Mir gefällt die Eisenbahn am besten. Baust du sie nachher mit uns auf?«

»Langsam, langsam, meine Damen«, rief Chris aus dem offenen Küchenfenster. »Lena braucht jetzt erst einmal eine Pause.«

Im Flur bewunderte Lena die Garderobe. »Kommt mir irgendwie bekannt vor.« Sie lächelte Dan dankbar an, der ihr zeigte, was sie während Lenas Abwesenheit im Haus verändert hatten. »Hier kommt sie noch besser zur Geltung als in Berlin.« Lena fiel auf, wie schmal ihr Schwager geworden war. Unter seinen Augen lagen dunkle Schatten. Sie konnte gar nicht anders, als den großen, schweigsamen Iren noch einmal zu umarmen. »Ihr habt so viel für mich getan. Ich weiß gar nicht, wie ich mich dafür revanchieren kann.«

Dan schob sie von sich und schaute ihr fest in die Augen. »Du hast schon genug für uns getan. Hör endlich auf, dich zu bedanken. Chris und die Kinder lieben dich, und ich …«, er kratzte sich am Hinterkopf, »ich fange auch gerade an, mich an dich zu gewöhnen.«

Bei Dans letzten Worten schmunzelte Lena, hatte ihr Dan doch gerade auf seine Art zu verstehen gegeben, dass er sie mochte. Nur kurz lächelte er sie an, dann verfinsterte sich wieder sein Blick. Lena spürte, dass es nicht nur der Umbau war, der an seinen Kräften gezehrt hatte. Irgendetwas lag ihm auf der Seele.

»Hast du Lust auf einen Abendspaziergang? Ich könnte deinen Rat gebrauchen.« Lena zwinkerte Chris vielsagend zu.

»Hab schon verstanden«, brummte Dan. »Mein Typ wird nicht gebraucht. Ich hau mich mal vor den Fernseher.«

Arm in Arm bummelten die Frauen Richtung Meer. Der Abend war angenehm mild, fast windstill. Die letzten Sonnenstrahlen tauchten den Strand in ein warmes Licht. Nur ungern zerstörte Lena diesen Moment der Harmonie. »Bitte sag mir die Wahrheit, Chris. Was bedrückt Dan? Habt ihr euch mit dem Umbau finanziell übernommen?«

Chris führte Lena zu einem flachen Felsblock. »Setzen wir uns.« Die Wärme des Steins breitete sich in Lenas Körper aus und entspannte ihre Muskeln. Chris griff nach ihrer Hand und hielt sie fest. »Nicht die Kosten des Umbaus bereiten Dan Sorgen, es ist der anstehende Besuch seines Bruders. Nur durch Zufall hat Dan im Pub erfahren, dass Steve einen Makler beauftragt hat, zum Verkauf stehende Farmen zu suchen. Wie es aussieht, plant er seine Rückkehr nach Irland.«

»Freut sich Dan nicht darüber, seinen Bruder nach so vielen Jahren der Trennung wieder in der Nähe zu haben?«, fragte Lena erstaunt.

»Das habe ich auch gedacht. Aber er befürchtet, dass die alte Rivalität wieder aufflammen könnte.« Chris stand auf und zog Lena mit sich. »Lass uns zurückgehen, bevor es dunkel wird.«

In ihrem Cottage kuschelte sich Lena in den Schaukelstuhl und rief Jack an. Sie hätte gern mit ihm über Dan und seinen Bruder geredet. Aber sie erreichte ihn nicht. Enttäuscht schickte sie ihm eine SMS und tröstete sich damit, dass ihn wahrscheinlich ein Patient aufhielt. Sicher würde er sich gleich bei ihr melden oder sogar die Nacht bei ihr verbringen. Sie wartete so lange auf eine Nachricht von ihm und lauschte auf seine Schritte, bis ihr die Augen vor Müdigkeit zufielen. Frustriert schloss sie die Haustür ab, schaute noch einmal auf das Display, dann stellte sie das Handy auf Flugmodus.

28

Lena hängte die Jeanstasche über ihre Schulter, klemmte sich die Reisetasche unter den Arm und marschierte die Straße hinauf bis zur Anhöhe. Von hier aus hatte sie den perfekten Blick über die kleine Bucht bis hin zu Abbey Island, und sie würde Kathy nicht verpassen. Gedankenverloren beobachtete sie das kleine Fischerboot, das wie eine Nussschale auf den Wellen tanzte. Lena genoss die warmen Sonnenstrahlen auf ihrer Haut, das Spiel des Windes in ihrem Haar. Kathys alten Fiat hörte sie schon, bevor sie das Auto sah. Mit quietschenden Bremsen stoppte die Freundin ihren Wagen neben Lena.

»Warum gehst du nicht an dein Handy?« Kathy beäugte verwundert Lenas Reisetasche.

»Mist!« Lena schlug sich mit der flachen Hand vor die Stirn. »Ich habe vergessen, den Flugmodus rauszunehmen. Kein Wunder, dass Jack mich nicht erreicht.« Rasch verstaute sie die Reisetasche auf der Rückbank, ließ sich auf den Beifahrersitz fallen, dann griff sie zum Handy.

»Teilst du Jack etwa mit, dass du wieder abreist, weil er dich die erste Nacht im neuen Haus allein gelassen hat?« Kathy deutete auf die Rückbank.

»Wie kommst du denn darauf?« Lena hatte sich zum zweiten Mal vertippt. »Ich schreibe ihm, dass ich den ganzen Tag bei dir und abends im Pub bin.« Sie beugte sich zu ihrer Freundin und küsste sie auf die Wange. »Fahr schon los! Ich habe noch nicht gefrühstückt.«

»Dachte ich mir schon.« Kathy warf den Rückwärtsgang ein und vollführte ein gewagtes Wendemanöver mitten auf der schmalen Straße.

»Wow!«, entfuhr es Lena, als Rusty, Kathys alter Fiat, sich mit nur wenigen Zentimetern Abstand an der Steinwand entlangquetschte. Kathy nahm die Kurven, als gelte es, den neuen Streckenrekord aufzustellen. Keine zehn Minuten später bog sie in die Dorfstraße ein und parkte vor dem Wollmarkt.

Lena verkniff sich einen Kommentar darüber, dass die Freundin das Frühstück in die Webstube verlegt hatte. Sie sagte auch nichts zu der Unordnung, die dort herrschte. Zwischen der Nähmaschine und einem Berg von Stoffresten versteckten sich die Teebecher. Die Thermoskanne stand unter dem Tisch, ein Teller mit Scones drohte, von der Fensterbank zu rutschen. Der Raum spiegelte eindeutig Kathys momentanen Seelenzustand wider.

»Entschuldige die Unordnung!« Kathy raffte die Stoffreste zusammen und warf sie achtlos unter den Webstuhl. Ihre Mundwinkel zuckten nervös, als Lena ihr eine Haarsträhne aus dem verheulten Gesicht strich. »Ich weiß, was du gerade durchmachst, Kathy. Meinst du, bei mir hat es nach Martins Tod anders ausgesehen?« Sanft drückte

Lena die Freundin auf die Webbank und setzte sich neben sie.

»Aber Peter lebt noch und kann mir jeden Augenblick wieder über den Weg laufen. Dein Mann hat dich sicher nie so verletzt.« Kathys Augen füllten sich mit Tränen. »Sorry. Ich bin so eine dumme Pute.« Sie schluchzte.

Lena drückte ihr ein Taschentuch in die Hand und streichelte über Kathys Rücken. »Nase schnäuzen, frühstücken, und dann räumen wir auf. Damit meine ich nicht nur dieses Chaos.« Sie tippte mit der Fußspitze gegen den Stoffberg, der sich unter dem Webstuhl angesammelt hatte. Danach deutete sie auf Kathys Herz. »Dein Gefühlschaos bekommen wir auch in den Griff. Wir starten beruflich jetzt richtig durch. Wenn wir mit der Handtaschenlinie erst mal erfolgreich sind, beflügelt das auch dein Gefühlsleben.«

Ungläubig schaute Kathy sie an. »Meinst du wirklich?«

»Wenn ich es dir doch sage. Erfolg macht sexy«, ereiferte sich Lena.

»Und wenn Peter wieder hier auftaucht?« Kathy blieb skeptisch.

»Dann schlagen wir ihn gemeinsam in die Flucht! Frauenpower!« Lena ballte eine Faust und boxte in die Luft, was Kathy sogar zum Lachen brachte.

Als die anderen Frauen am Nachmittag die Webstube betraten, hockte Kathy am Webstuhl und ließ das Schiffchen durch die Fäden sausen. Währenddessen heftete Lena die Schnittmuster für zwei neue Taschenmodelle an die Wand. Claire wuchtete ihre neue Nähmaschine neben das alte

Schätzchen, an dem Lena arbeitete. Maura drückte jedem einen Becher Tee in die Hand und stellte eine Keksdose auf die Fensterbank. »Heute wird gearbeitet, Mädels. Quatschen können wir am Abend im Pub.«

Als wäre Lena nie weg gewesen, knüpfte die Handarbeitsgruppe wie selbstverständlich an ihre letzte gemeinsame Arbeitsstunde an. Nora schnitt die Stoffe zu. Claire und Lena quälten die Nähmaschinen, Bella säuberte die Nähte und befestigte die Henkel an den Taschen.

Maura klapperte zur Begleitung mit den Stricknadeln. »Nähen ist eindeutig nicht meine Stärke«, erklärte sie lachend. »Irgendjemand muss schließlich auch für Nachschub bei den Socken und Schals sorgen.«

Gegen sechs verkündete Lena laut: »Feierabend! Vor dem Pubbesuch haben Bella, Kathy und ich noch etwas zu erledigen. Dabei können wir euch nicht gebrauchen.« Als Kathy und Bella sie erstaunt ansahen, legte sie sich einen Finger auf die Lippen und deutete nach oben. »Ihr werdet gleich erfahren, was ich in meiner Reisetasche habe«, flüsterte sie den beiden zu.

Kopfschüttelnd verließen die anderen Frauen die Webstube. »Was die wohl aushecken?«, hörte Lena Claire sagen.

»Lasst euch überraschen!«, rief sie ihnen nach und drängte Kathy, die Ladentür abzuschließen.

Die Freundin maulte: »Gerade macht mir die Arbeit wieder Spaß, da bremst du mich aus.« Sie riss Lena förmlich die fertigen Taschen aus der Hand und platzierte sie im

Schaufenster. Ein Jeansrucksack, das neue Modell »Weekender« und sechs Portemonnaies aus Webstoff bildeten den neuen Mittelpunkt der Ausstellungsfläche. »Fehlen nur noch die Preise.« Lena wühlte in der Kassenschublade nach Filzstift und Preisschildern, malte in ihrer schönsten Sonntagsschrift die Preise auf das Papier und stellte die Schilder zu den Taschen. »Am Montag kümmere ich mich um den Nachschub für die Jeanstaschen«, verkündete sie gut gelaunt. Dann folgte sie Kathy und Bella in die obere Etage.

Sie stellte ihre Reisetasche auf den Couchtisch. Ihr entgingen nicht die neugierigen Blicke der Freundinnen, als sie den Reißverschluss aufzog und zwei Päckchen daraus hervorholte. »Mein bescheidener Dank für eure Hilfe.« Lena amüsierte sich über die verdutzten Gesichter der beiden, als sie ihnen die Geschenke in die Hand drückte. »Nun packt schon aus«, drängte sie.

Bella knibbelte geduldig den Klebestreifen ab. Kathy zerriss das Seidenpapier ihres Geschenks. Ungläubig starrten beide Frauen auf den Inhalt der Verpackung.

»Das kann ich unmöglich annehmen.« Bella strich zärtlich über den seidigen Stoff des roten Etuikleids. Als Kathy das ärmellose Sommerkleid auspackte, sprang sie auf, stolperte über die Teppichkante und fiel Lena überschwänglich um den Hals.

»Und jetzt zieht euch um. Soll doch keiner sagen, meine Freundinnen seien zwei graue Mäuse.« Lena griff in die Reisetasche und förderte ein moosgrünes Etuikleid zutage. »Zur Feier des Tages werfe ich mich auch in Schale.«

Als die drei Frauen Punkt acht den Pub betraten, pfiff Fergus anerkennend. »Ihr seht eindeutig besser aus als drei Engel für Charlie.«

Lena hatte es sich nicht nehmen lassen, ihre Freundinnen zu schminken und ihnen neue Frisuren zu verpassen. Bella, die ihre Haare normalerweise zu einem strengen Zopf zusammenband, trug sie offen. Kathys wilden Lockenkopf hatte Lena mit einem Haarreif gebändigt. Beide genossen offensichtlich die bewundernden Blicke der Männer, die an der Theke standen.

»Kennst du die Jungs?«, fragte Bella hinter vorgehaltener Hand.

Claire schüttelte den Kopf und stupste Fergus an.

»Die sind von der Baustelle in Sneem. Der Linke ist der Ingenieur, der andere der Baustellenleiter«, wusste Fergus zu berichten.

Die Männer bekamen anscheinend mit, dass über sie geredet wurde. »Dürfen wir die Ladys auf einen Drink zu uns bitten?« Der Ingenieur, ein groß gewachsener, etwa 40-jähriger Typ in Jeans und Lederjacke, reichte Lena die Hand. »Thorsten Schreiber from Germany«, stellte er sich vor.

Dass der Mann sie für eine Einheimische hielt, freute Lena. Sie lächelte ihn an. »Lena from Busby«, sagte sie und fügte ein perfektes »Sláinte« hinzu, als der Deutsche ihr zuprostete. Nach und nach füllte sich der Pub. Lena wurde noch einmal von ihren Freunden willkommen geheißen. Sie schüttelte unzählige Hände und fand es vollkommen in Ordnung, dass Angus sie wie eine langjährige Freundin zur

Begrüßung auf die Wange küsste. An diesem Abend zogen sich die Frauen nicht in die Ladies Lounge zurück.

Jeder wollte in Lenas Nähe sein und mit ihr reden. »Zufrieden mit unserer Arbeit?« Tommy strahlte sie an. Nora wich den ganzen Abend nicht von seiner Seite, um sicherzustellen, dass er sich nicht wieder volllaufen ließ.

»Ihr habt hervorragende Arbeit geleistet«, erwiderte Lena begeistert und klopfte Tommy anerkennend auf die Schulter. Sie hob ihr Glas. »Auf Chris, Tommy und Dan, die für mich das Cottage zu einem behaglichen Zuhause gemacht haben.«

Fergus konnte gar nicht schnell genug alle Gläser füllen, so oft ertönte an diesem Abend das »Sláinte«. Die beiden Deutschen wurden wie Freunde in die Runde aufgenommen, und schon bald diskutierten Dan und Tommy mit den Fachleuten vom Bau. Chris zog Lena mit sich zu den Waschräumen. »Wo ist Jack?«, flüsterte sie.

»Das wüsste ich auch gern.« Lena kontrollierte zum wiederholten Mal ihr Handy. Er hatte sich nicht gemeldet. »Meinst du, die anderen sind sauer, wenn ich mich jetzt davonschleiche?« Lena überfiel plötzlich das ungute Gefühl, dass Jack sich wieder in sein Schneckenhaus zurückgezogen hatte. »Ich sage rasch Fergus Bescheid, dass ich die Rechnung später bezahle, dann gehe ich zum Arzthaus.«

Chris nickte ihr verständnisvoll zu. »Das mache ich für dich. An der Theke halten dich die anderen nur auf, und du kommst nicht mehr weg. So ein Abend im Pub kann lang werden.«

Lena holte rasch die Reisetasche, die sie unter ihren Anorak an die Garderobe gehängt hatte. Dann schlich sie sich in einem unbeobachteten Moment aus dem Pub. So schnell es ihre Pumps zuließen, lief sie die Straße hinunter zu Jacks Haus. Unterwegs befielen sie erste Zweifel. Was, wenn er gar nicht da war? Oder ihr die Tür nicht öffnen würde?

Doch ihre Zweifel waren völlig unbegründet. In der Praxis brannte Licht, und die Haustür war nicht abgeschlossen. Sie stellte die Reisetasche in den Flur und warf ihren Anorak über einen der Stühle im Wartebereich. Zaghaft klopfte sie an die Tür zum Behandlungszimmer.

Als Jack nicht reagierte, räusperte sie sich lautstark und rief mit verstellter Stimme: »Ich brauche Ihre Hilfe, Doc!«, woraufhin Jack die Tür aufriss und völlig verdutzt im Türrahmen stehen blieb, als er Lena im Flur entdeckte.

»Du!« Er rückte die Brille zurecht und schaute auf seine Armbanduhr. »Ich habe glatt die Zeit vergessen!« Er drehte sich um und marschierte wieder in sein Sprechzimmer.

»So nicht, mein Schatz!«, rief Lena auf Deutsch und folgte ihm. Statt sie liebevoll zu begrüßen, klemmte Jack sich hinter den Schreibtisch und kritzelte irgendwelche Zahlen auf Karteikarten. Wut breitete sich in Lena aus. Sie umrundete den Schreibtisch und setzte sich auf einen Stapel Patientenbriefe. »Ich gehe hier nicht eher weg, bis du mir erklärst, warum du dich nicht bei mir gemeldet hast. Und überhaupt, was tust du da? Ich rede mit dir.«

»Keine Zeit, muss Abrechnungen machen«, brummte Jack. Mit zusammengekniffenen Augen fixierte er den

Computerbildschirm. Als sein Blick doch zufällig zu ihrem Kleid wanderte, schmunzelte er.

Lena ging zum Angriff über. Sie streifte ihre Schuhe ab und stellte die Füße auf Jacks Oberschenkel. »Das lasse ich nicht als Entschuldigung gelten. Zeit für eine SMS ist immer.« Ihre Ermahnung klang zärtlich wie eine Liebeserklärung.

»Fertig!« Jack schaltete den Computer aus. In Zeitlupe drehte er den Kopf in Lenas Richtung, dann legte er beide Hände an ihre Taille und zog sie zu sich auf den Schoß. »Wer war denn heute Morgen nicht zu erreichen?« Seine Augen funkelten sie streitlustig an, aber die Hände schienen seinem Kopf nicht zu gehorchen. Als Jack sich an dem langen Reißverschluss ihres Kleides zu schaffen machte, hielt sie seine Hände fest.

»Touché«, flüsterte sie ihm ins Ohr. »Ich gelobe Besserung. Aber nur, wenn du versprichst, morgen mit mir zu den Schafen zu wandern.«

Jack runzelte die Stirn. »Daraus wird nichts. Für morgen habe ich andere Pläne.«

Enttäuscht rutschte Lena von seinem Schoß, angelte unter dem Schreibtisch nach ihren Schuhen. »Wenn das so ist, kann ich ja wieder gehen«, zischte sie.

»Ja, mit mir nach oben.« Jack nahm ihr die Schuhe aus der Hand. Lena öffnete den Mund, um etwas zu sagen, da legte er sanft seine Finger auf ihre Lippen. »Darf ich jetzt ausreden?«

Lena nickte und kitzelte mit ihrer Zungenspitze Jacks

Handinnenfläche. »You drive me crazy, Lena«, stöhnte Jack. »Dabei wollte ich doch nur sagen, dass ich für morgen andere Pläne mit dir habe.« Seine Hand wanderte von Lenas Mund zu ihrem Nacken und von da aus zum Reißverschluss des Kleides.

»Vielleicht sollten wir unser Streitgespräch besser in dein Schlafzimmer verlegen«, entgegnete Lena.

Jack zog den Reißverschluss bis zu ihrem Po auf. Als er mit den Fingerspitzen die Linie ihres Seidenhöschens nachfuhr, blieb ihr fast die Luft weg.

Er atmete schwer. »Du trägst schwarze Dessous.«

»Das steht hier nicht zur Debatte«, murmelte sie. »Wir haben unsere Diskussion noch nicht beendet.«

Jacks Hände erkundeten die Rundungen ihres BHs. »Ich stehe mehr auf die anschließende Versöhnung.«

29

»Ruhig, Scotty!« Lena hatte Mühe, das morgendliche Temperament des Hundes zu bremsen. Er tanzte wie aufgezogen um sie herum und raste anschließend die Treppe hinunter zur Haustür. Um Jack nicht zu wecken, schlich sie auf Zehenspitzen am Schlafzimmer vorbei nach unten. Heute würde sie ihn mit einem Frühstück im Bett überraschen.

Nachdem Scotty den Morgenspaziergang mit ausgiebiger Schnupperrunde beendet hatte, folgte er ihr ins Haus, als sie ihn mit einem Leckerli lockte. Lena schloss die Küchentür hinter sich und dem Hund, füllte seinen Napf und bereitete anschließend Omeletts zu.

Eine Viertelstunde später drückte sie mit dem Ellbogen die Klinke der Schlafzimmertür hinunter und trug das Frühstückstablett ans Bett. Jack schlief mit offenem Mund auf dem Bauch und umarmte das Kopfkissen, als wäre es seine Geliebte. Lena stellte das Tablett auf dem Nachttisch ab, beugte sich über ihn und küsste ihn auf den Nacken. Mit den Fingern zog sie die Linie seiner Augenbrauen nach, tippte ihm kurz auf die Nase.

»Aufwachen, Schlafmütze!« Zärtlich biss sie in Jacks Ohrläppchen. Er öffnete ein Auge, dann das zweite.

»Wieso bist du schon wach?«, wunderte er sich, gähnte und drehte sich auf den Rücken. Erst jetzt bemerkte er das Frühstückstablett.

»Käseomelett mit Kräutern, Tee und frisch gepresstem Orangensaft«, zählte Lena auf. »Reine Fürsorge, um dich bei Kräften zu halten. Nicht ganz uneigennützig, gebe ich zu.«

Was hatte dieser Mann nur an sich, dass er in ihr immer dieses Begehren nach Nähe auslöste? Lenas Körper kribbelte von Jacks nächtlichen Zärtlichkeiten, und sie wäre am liebsten zu ihm ins Bett geschlüpft. Aber in ihrem Kopf hallten die Worte nach, die er im Schlaf gerufen hatte: »Melinda, Darling!« Was ging in ihm vor? Warum geisterte diese Frau immer noch durch Jacks Träume? Wann würde er Melinda endlich aus seinen Gedanken vertreiben?

»Hast du keinen Hunger?« Jack schob sich das letzte Stück Omelett in den Mund und wischte sich mit dem Handrücken über die Lippen.

»Doch, schon …« Lena aß drei Gabeln und reichte Jack den Teller. »Magst du noch? Ich habe vor dem Morgenspaziergang mit Scotty einen Toast mit Butter gegessen. Außerdem kann ich kaum erwarten, zu erfahren, was wir gleich unternehmen.« Sie rutschte von der Bettkante und lief zum Fenster. »Die Wanderung wäre heute ins Wasser gefallen. Es schüttet wie aus Eimern«, stellte sie beim Blick in den Garten fest. »Gut, dass Scotty seine Runde schon gedreht hat.«

Jack klopfte bestens gelaunt auf den Platz neben sich im Bett. »Komm zu mir. Ich möchte dir gern die Sorgenfalten von der Stirn küssen. Was bedrückt meine kleine deutsche Irin?«

»Nichts«, flunkerte Lena und hockte sich wieder auf die Bettkante.

Jack strich ihr zärtlich eine Haarsträhne hinter das Ohr. Plötzlich verfinsterte sich sein Blick. »Bist du etwa noch sauer auf mich?«

Erneut wich sie ihm aus. Statt zu antworten, küsste sie ihn erst zart, dann leidenschaftlich. Als er sie an sich ziehen wollte, entzog sie sich seiner Umarmung und rannte aus dem Zimmer. Jack schien nicht zu spüren, was in ihr vorging. Übermütig sprang er aus dem Bett und flitzte an ihr vorbei ins Bad.

Obwohl es früh am Morgen war, herrschte auf der Straße nach Sneem bereits zäh fließender Verkehr. »Hast du deinen Führerschein dabei?« Jack überholte ein Wohnmobil und quetschte sich hinter einen Reisebus. »Warum können die Touristen nicht wenigstens bei Regen im Hotel bleiben und Bingo spielen?«, knurrte er und hielt den Blick auf die Straße gerichtet.

Lena kramte in ihrer Jeanstasche. »Da ist er!« Sie hielt Jack ihren Führerschein vor die Nase. »Ich schätze, wir besichtigen gleich eine Whiskeybrennerei, und du willst dich durch das gesamte Sortiment kosten.«

Mit keinem Wort verriet Jack, wohin ihre Fahrt an diesem Sonntagmorgen ging. »Schon möglich«, antwortete er und bog von der Hauptstraße in einen Seitenweg ab. Inzwischen fiel der Regen so dicht, dass Lena nicht einmal mehr die Straßenschilder lesen konnte. Trotzdem kam ihr die Rhododendronhecke, an der sie vorbeifuhren, bekannt vor. Vom Parkplatz aus erkannte Lena das hochherrschaftliche Gebäude wieder. Sie waren am Seaside Hotel gelandet.

»Wenn ich gewusst hätte, dass wir hierher fahren, hätte ich statt Jeans und Bluse doch mein enges Kleid und die Pumps angezogen«, beschwerte sie sich mit strengem Unterton.

»Diesen Anblick gönne ich Simon nicht.« Jack sprang aus dem Wagen, spannte einen Regenschirm über der Beifahrertür auf und reichte Lena seinen Arm. »Außerdem sind deine hochhackigen Schuhe völlig ungeeignet für das, was wir gleich vorhaben.«

Lena klopfte ihm auf den Po. »Rück schon raus mit der Überraschung! Hast du die Hochzeitssuite gebucht?«

Jack schüttelte energisch den Kopf. »Kann ich mir nicht leisten.« Im Laufschritt steuerte er den Dienstboteneingang an, führte Lena vorbei an Wäschewagen und Staubsaugern zu einer schmalen Treppe und hinauf bis in den zweiten Stock. Vor einer hohen Tür mit der Aufschrift »Privat« blieb er stehen und klopfte an. Als von drinnen ein freundliches »Come in« erklang, öffnete er die Tür und schob Lena vor sich her in den Raum.

Sie standen im Salon der alten Hotelchefin, die in einem hohen Ohrensessel im Erker saß und strickte. Mrs Cavendish strahlte sie an und deutete auf eine gepolsterte Sitzbank in der Fensternische. »Ich habe Sie bereits erwartet. Entschuldigen Sie, dass ich sitzen bleibe, aber bei Regen quält mich mein Rheuma immer besonders stark.«

Mit zwei Schritten war Jack bei der alten Dame und küsste sie auf die Wange. »Ich gebe Ihnen gleich eine Spritze, dann können Sie sich wieder besser bewegen.« Verschwörerisch zwinkerte er ihr zu.

»Spannen wir Lena nicht länger auf die Folter.« Mrs Cavendish griff nach einem Autoschlüssel, der auf einem kleinen Beistelltisch lag. »Als Jack hörte, dass ich meinen Mini verkaufen will, hat er gleich an Sie gedacht. Wenn Sie möchten, gehört er Ihnen. Über den Preis werden wir uns sicher einig.«

»Wollen Sie mir wirklich Ihr Auto verkaufen?« Lena bekam vor Aufregung Schluckauf und konnte nicht weitersprechen.

»Wie unaufmerksam von mir.« Mrs Cavendish zog an einem altmodischen Klingelzug, der sich hinter dem schweren Stoff der Übergardine verbarg. »Bei Tee und etwas Gebäck plaudert es sich doch viel angenehmer.« Die dienstbaren Geister des Hauses schienen nur auf dieses Klingelzeichen gewartet zu haben. Keine zehn Minuten später öffnete sich die Tür, und eine junge Frau in weißer Bluse und schwarzem Rock schob einen Teewagen ins Zimmer, knickste und verließ den Raum so schnell, wie sie gekommen war.

Jack füllte drei zarte Porzellantassen zur Hälfte mit Tee und goss heiße Milch dazu. Ganz Gentleman, bot er den

Damen kleine Kuchenstücke von einer Etagere an, bevor er sich wieder zu Lena auf die Bank setzte.

Mrs Cavendish lehnte sich entspannt in ihren Sessel, nippte am Tee und erzählte von ihren wilden Autofahrten kreuz und quer über die Insel. »Früher, als meine Hüfte noch mitspielte, liebte ich es, mit dem Mini durch die Mountains zu kurven. Aber das ist lang vorbei. Seit zwei Jahren steht der Wagen in der Garage. Bis heute habe ich es nicht übers Herz gebracht, ihn wegzugeben. Bei Ihnen ist er sicher in guten Händen.«

Lenas Schluckauf verschwand nach der zweiten Tasse Tee. Dafür breitete sich eine nervöse Anspannung in ihr aus. Unruhig rutschte sie auf der Bank hin und her.

Jack legte eine Hand auf ihren Unterarm. »Geh doch schon mal in die Lobby zu Simon. Wenn ich Mrs Cavendish die Spritze gesetzt habe, komme ich nach. Es ist Ihnen doch recht, dass sich Lena jetzt das Auto anschaut?«

Die alte Dame schmunzelte. »Nach der Probefahrt sehen wir uns zum Lunch. Lena muss mir unbedingt erzählen, wie sie auf die Idee gekommen ist, Handtaschen zu entwerfen.«

Simon kam Lena mit offenen Armen entgegen und küsste sie rechts und links auf die Wange. »Hoffentlich bleibt Jack lange oben«, sagte er grinsend und führte Lena durch die Lobby. Vor einer hohen Vitrine blieb er stehen. »Wie gefällt dir meine neueste Errungenschaft?«

»Wow!«, war alles, was Lena darauf sagen konnte. Sie hatte nur noch Augen für die Ausstellungsstücke in der Vitrine. Auf der untersten Glasfläche lagen Bildbände von Irland, Wanderführer und Romane von James Joyce und Seamus Heaney. Darüber fesselten ausgesuchte Schmuckstücke eines irischen Designers ihre Aufmerksamkeit: zarter Silberschmuck mit grünen Jade- oder Mondsteinen. »Wie wunderschön«, flüsterte sie beeindruckt.

Simon legte einen Arm um ihre Schulter und deutete auf die obere, freie Glasfläche. »Würde es dir gefallen, deine Taschen hier oben zu präsentieren?« Der Klang seiner Stimme war zärtlich, fast einschmeichelnd. Als Lena ihn vor Freude anstrahlte und auf die Wange küsste, raunte er: »Dann sehen wir uns jetzt sicher öfter? Wann bringst du die ersten Taschen vorbei?«

Lena überlegte, ging in Gedanken ihre Bestände durch. »Ich denke, bis Donnerstag kann ich dir meine neuen Modelle liefern.«

»Wunderbar«, säuselte Simon. »Ich kann es kaum erwarten.«

Hinter ihnen räusperte sich jemand lautstark. »Darf ich erfahren, was du kaum erwarten kannst?« Jack schob sich zwischen Simon und Lena und legte demonstrativ einen Arm um ihre Taille. »Wolltest du nicht eine Probefahrt machen?«

»Natürlich! Aber stell dir vor, Simon hat mir angeboten, meine Taschen in dieser Vitrine auszustellen. Ist das nicht phantastisch?«, schwärmte Lena.

»Alles rein geschäftlich.« Simon boxte Jack in die Rippen. »Entspann dich, alter Junge.«

Lena entging das begehrliche Leuchten in seinen Augen nicht. Sie nahm sich vor, ihm gegenüber einen freundschaftlichen, aber distanzierten Umgangston anzuschlagen. Auf keinen Fall würde sie sich auf einen Flirt mit Simon einlassen. Während Jack zu seinem Wagen lief, um Scotty zu holen, begleitete Simon sie zur Garage.

»Es hat aufgehört zu regnen. Wenn du möchtest, kannst du mit offenem Verdeck fahren.« Er öffnete per Fernbedienung das große Garagentor. Neben einem silbernen Jaguar stand Lenas Traumwagen, ein dunkelgrüner Mini mit weißem Verdeck. Sie konnte ihr Glück kaum fassen. Dieser Wagen sollte wirklich ihr gehören? Zärtlich fuhr sie mit der Hand über den Kotflügel. »Der sieht aus wie neu.«

Simon hielt ihr die Fahrertür auf. »Steig ein. Wir machen eine kleine Tour in die Berge.«

»Von wegen!« Jack rannte mit Scotty im Schlepptau auf sie zu. »Du kannst mit dem Hund eine Runde im Park drehen. Ich begleite Lena.« Er drückte dem Freund die Hundeleine in die Hand, tätschelte Scotty den Kopf. »Lauf zu den Möwen«, sagte er, und Scotty rannte los. Er zog den verdutzten Simon hinter sich her. »Den sind wir los«, knurrte Jack und setzte sich zu Lena ins Auto.

Sie legte den ersten Gang ein und fuhr im Schritttempo die Hotelauffahrt hinaus. Vom ersten Moment an hatte sie das Gefühl, dieser Mini habe nur auf sie gewartet. Er schnurrte wie eine zufriedene Katze die Kurven der Küstenstraße entlang. Jack drückte auf einen Knopf am Armaturenbrett, und das Verdeck fuhr lautlos zurück. Über ihnen strahlte der wolkenlose irische Himmel, vor ihnen breitete sich die Bucht von Kenmare aus.

»Am liebsten würde ich mit dir einmal um die ganze Insel fahren.« Lena durchströmte ein solches Glücksgefühl, dass sie einen Parkplatz ansteuerte, den Motor ausstellte und Jack stürmisch küsste. »Danke für diese großartige Überraschung.«

Jack schob sie sanft von sich. »Bedank dich lieber bei Mrs Cavendish. Sie hat einen Narren an dir gefressen. Von Simon ganz zu schweigen.« Er runzelte die Stirn. »Lass dich von ihm nicht um den Finger wickeln. Obwohl er mein bester Freund ist, habe ich keine gute Meinung über ihn, was sein Verhältnis zu Frauen angeht.«

Lena schaute Jack fest in die Augen. »Dass das ein für alle Mal zwischen uns geklärt ist: Ich habe mich in dich verliebt. Mit dir möchte ich zusammen sein. Da kann mir Simon schöne Augen machen, so viel er will. Du bist der Mann, den ich mir an meiner Seite wünsche.«

Jack wich ihrem Blick aus, fuhr sich verlegen durch die Haare. »Dann ist es ja gut«, murmelte er. »Fahr zurück zum Hotel. Mrs Cavendish erwartet uns zum Lunch.«

Enttäuscht von seiner kühlen Reaktion auf ihre Liebeserklärung konzentrierte sich Lena wieder auf ihr neues Auto. Wie geschmeidig es in den Kurven lag, und wie schnell es beschleunigte! Jack suchte im Autoradio nach einem passenden Sender. Als »Morning Has Broken« von Cat Stevens erklang, summte er leise mit. Für ihn schien die Welt in Ordnung an diesem Morgen. Zärtlich kraulte er Lena den Nacken.

Wenn er ihr jetzt seine Liebe gestanden hätte, wäre Lenas Glück perfekt gewesen. Doch solange er nicht über seine wahren Gefühle ihr gegenüber redete, würde sie ihn nicht mehr bedrängen. Ein gelegentlicher Liebhaber schien ihr für ihr Leben zu wenig. Dafür hatte sie sich emotional schon zu weit auf ihn eingelassen. Lena wollte Leidenschaft und einen verlässlichen Partner an ihrer Seite. Und verdammt nochmal, sie spürte, dass es mit Jack bis dahin noch ein weiter Weg werden könnte. Auch wenn es ihr schwerfiel, würde sie heute Nacht nicht bei ihm bleiben.

Als hätte er ihre Gedanken geahnt, zog Jack seine Hand zurück. »Ich habe eine anstrengende Woche vor mir«, begann er.

Lena unterbrach ihn sofort. »Hab schon verstanden. Ich wollte heute sowieso an meinen Entwürfen weiterarbeiten. Bis Donnerstag muss ich mindestens zwanzig Taschen produzieren. Falls dich die Sehnsucht plagt, weißt du ja, wo du mich findest.« Lena parkte den Mini auf dem Hotelparkplatz, schloss das Verdeck und wandte sich dann Jack zu, der keine Anstalten machte, auszusteigen. *Sag es schon, du irischer Dickschädel,* dachte sie. *Sag, dass du mich liebst und jede Nacht neben mir einschlafen möchtest.*

Jack schien mit seinen Gedanken längst wieder bei den Patienten zu sein. »Morgen fahre ich zu Walter in die Klinik. Er braucht meinen Rat. Wenn ich zurück bin, melde ich mich bei dir.« Er küsste sie flüchtig auf den Mund und stieg aus.

Am frühen Nachmittag verabschiedeten sie sich von Mrs Cavendish und ihrem Sohn und fuhren hintereinander nach Busby. Lena hupte zum Abschied, als Jacks Wagen zu seinem Haus abbog, dann nahm sie die Abzweigung zur Farm. Kaum hatte sie den Mini zwischen Traktor und Ford geparkt, stürzten Anne und Sarah aus dem Haus und umrundeten neugierig den neuen Wagen. Chris und Dan, die im Garten gearbeitet hatten, legten Spaten und Harke aus der Hand und begutachteten Lenas Neuerwerb.

»Darf ich ihn mir ab und zu ausleihen?« Chris hockte hinter dem Lenkrad und bewunderte die chromblitzenden Armaturen.

Lena nickte. »Ich erkläre den Grashüpfer …« Der Name fiel ihr spontan ein. »… zum neuen Mitglied des O'Conner'schen Fuhrparks. Wenn ihr Lust habt, könnt ihr gleich eine Probefahrt machen. Aber Vorsicht! Der Wagen ist eine kleine Rakete.« Sie warf Chris den Wagenschlüssel zu.

Die schaute Lena ungläubig an. »Kommst du nicht mit?«

Lena winkte ab. »Ich muss arbeiten. Meine Handtaschen werden ab Donnerstag im Seaside Hotel verkauft. Bis dahin habe ich zwanzig neue Stücke zu fertigen.«

Bevor Chris sie nach Jack fragen konnte, drehte sich Lena um und rannte zu ihrem Cottage. Was nützte ihr das schönste Auto, wenn sie das Gefühl hatte, damit direkt in eine Nebelwand zu fahren und die Orientierung zu verlieren?

30

Die Ladenglocke klingelte. Lena fluchte leise vor sich hin. Schon wieder hatte sich die Nadel an dem dicken Wollstoff festgebissen. Sie stupste Kathy an, die mit roten Wangen am Webstuhl hockte und die letzten Reihen eines Teppichs fertigte.

»Gehst du bitte? Ich kann hier gerade nicht weg.«

»Bin schon unterwegs.« Kathy rutschte aus der Bank und eilte in den Verkaufsraum. Mit halbem Ohr hörte Lena sie mit einem Mann reden, verstand aber nicht, was sie sagte. Sie konzentrierte sich wieder auf die Seitennaht der widerspenstigen Hüfttasche. Die Herstellung ihres neuen Modells erwies sich als schwieriger als gedacht. Der Webstoff zog sich unter der Nadel zusammen. »Verfluchter Mist«, schimpfte Lena und schnitt frustriert den Faden ab.

»Darf ich stören?«, ertönte eine tiefe Männerstimme hinter ihrem Rücken. Lena sprang so rasch auf, dass ihr Stuhl umkippte und gegen die Webbank knallte. »Ian?«

»Wusste gar nicht, dass ein alter Mann wie ich noch eine so umwerfende Wirkung auf eine schöne Frau hat.« Ian Carmichael strahlte Lena mit seinen stahlblauen Augen an.

Kathy, die am Türrahmen lehnte, grinste und gab Lena mit einem »Daumen hoch« zu verstehen, dass ihr der Mann gefiel. Endlich hatte sich Lena wieder gefangen. »Mr Carmichael, ich freue mich, Sie wiederzusehen.«

»Ian, bitte.« Er reichte ihr die Hand. »Ich war zufällig in der Nähe, da dachte ich, ich schau mal nach, wie du dich in Busby eingelebt hast.« Er hielt noch immer Lenas Hand in seiner.

Lena spürte, wie ihr die Röte ins Gesicht stieg. Dieser Mann strahlte so viel Wärme und Herzlichkeit aus, dass sie fürchtete, er könnte mehr als Sympathie für sie empfinden. Rasch entzog sie ihm ihre Hand. »Ich hätte mich schon längst bei dir gemeldet, aber meine neue Taschenkollektion läuft richtig gut an und hält mich auf Trab.«

»Das kann ich mir vorstellen.« Ian stellte den Stuhl wieder an seinen Platz und hockte sich auf die Webbank. »Ehrlich gesagt, bin ich nicht zufällig in Busby. Als du mir während des Flugs von deinem Traum, selbstständige Taschendesignerin zu werden, erzählt hast und ich die selbst kreierte Jeanstasche gesehen habe, wusste ich, dass du das richtige Gespür für diesen Job hast. Ich wollte nicht abwarten, bis du dich bei mir meldest. Ich musste mich davon überzeugen, ob du deinen Traum wahr gemacht hast.« Sein Blick fiel auf die Entwürfe. »Das gefällt mir.« Erstaunt beobachtete Lena, wie Ian die Zeichnungen von der Wand nahm und unter die Arbeitsleuchte hielt. »Welches Material verwendest du für die Hüfttasche? Webstoff ist sicher zu störrisch.«

Lena schaute Kathy fragend an, Kathy zuckte mit den Schultern.

»Du schuldest uns eine Erklärung, Ian Carmichael. Warum kennst du dich so gut mit Stoffen aus?« Lena reichte ihm die missglückte Tasche.

»Das wüsste ich auch gern.« Kathy stellte sich neben Lena. »Sind Sie vom Fach?«

Ian lachte schallend. »Ihr seid fast so neugierig wie meine Töchter.«

Lena knuffte Kathy in die Seite. »Wo bleibt unsere Höflichkeit? Wie sagte Mrs Cavendish am Sonntag doch so treffend: Bei Tee und Gebäck plaudert es sich viel angenehmer.«

»Da hat die Dame recht. Gegen eine Tasse Tee hätte ich nichts einzuwenden. Darf ich euch in den netten kleinen Teesalon am Ende der Straße einladen? Dann beantworte ich auch alle eure Fragen.« Ian Carmichael zog die Kiste mit den Stoffresten unter dem Webstuhl hervor. Gezielt griff er nach einem rot-schwarz karierten Tweed. »Den würde ich für die Hüfttaschen verwenden.«

Lena nahm ihm den Stoff aus der Hand, zog daran und hielt ihn gegen das Licht. »Der ist perfekt. Ich weiß nicht, warum er mir nicht aufgefallen ist.«

Im Hinausgehen griff sich Ian eine Jeanstasche und ein Portemonnaie aus dem Regal. »Die nehme ich mit. Ich will sie mir genauer anschauen.«

Kathy hängte das Schild »Bin gleich wieder da« an die Ladentür und schloss ab. Ian reichte jeder Frau einen Arm, und gemeinsam bummelten sie die Hauptstraße hinunter zu Mauras Teestube.

Mrs Melony fiel fast die Kinnlade hinunter, als Ian ihr ein »Nice day!« zurief, und Fergus blieb wie angewurzelt stehen, als Lena ihn begrüßte.

»Ein hübscher Ort«, sagte Ian. »Und lauter nette, aufmerksame Menschen.«

»Manchmal ein bisschen zu aufmerksam«, murmelte Kathy.

»Ich bin froh, dass sie mich vom ersten Moment an in ihre kleine Gemeinschaft aufgenommen haben. Ich fühle mich wohl hier.« Lena hatte das Gefühl, ihre Freunde verteidigen zu müssen.

Ian drückte ihren Arm. »So sind wir Iren. Wenn man uns mit all unseren Fehlern und Schwächen akzeptiert, sind wir die besten Freunde, die man sich wünschen kann.«

Er blieb stehen und schaute Lena fest in die Augen. »Ich hoffe, du zählst mich zu deinen Freunden.« Mit einem Augenzwinkern wandte er sich Kathy zu. »Du natürlich auch.«

Maura, die hinter dem Postschalter stand und Briefe frankierte, nickte ihnen freundlich zu. Erst als das letzte Päckchen mit Stempel versehen in einer blauen Box lag, begrüßte sie Ian und die Freundinnen. »Willkommen in meiner bescheidenen Teestube.«

Lena sah der Freundin an, dass ihr der grauhaarige, groß gewachsene Mann gefiel. Mauras Augen strahlten, als Ian ihr charmant die Tür aufhielt.

»Was duftet denn hier so verführerisch?« Ian rückte für

Lena und Kathy zwei Stühle zurecht und schaute sich interessiert um.

»Die beste Apple Pie Irlands«, sagte Lena, woraufhin Maura in der Küche verschwand und mit dem Kuchen zurückkam.

»Den habe ich gerade aus dem Ofen geholt. Möchten Sie ein Stück?« Sie lächelte den großen Iren an. »Schnuppern Sie noch mal an diesem Prachtexemplar. Ist der nicht jede Sünde wert?«

»Unbedingt.« Ian grinste. »Kathy und Lena werden sicher auch nicht darauf verzichten wollen.«

»Spann uns bitte nicht länger auf die Folter.« Langsam wurde Lena ungeduldig. »Auf uns wartet eine Menge Arbeit in der Webstube.«

Ian legte die Kuchengabel zur Seite und rückte seine Brille zurecht. »Meiner Familie gehört seit drei Generationen das größte Bekleidungsgeschäft in Tralee. Wir beschäftigen drei Schneiderinnen für die Maßkonfektion, führen aber auch hochwertige Ware von der Stange.«

»Deshalb kennst du dich mit Stoffen so gut aus«, unterbrach ihn Lena.

Ian nickte. »Von meinem Vater, der Schneider war, habe ich die Grundlagen des Handwerks gelernt. Dazu gehört natürlich auch die Materialkunde. Kommen wir zum Punkt.« Er schaute erst Lena, dann Kathy an. »Könnt ihr euch vorstellen, für unser Geschäft Handtaschen zu fertigen?« Ian griff hinter sich auf die Fensterbank, wo Lena die Jeanstasche und das Portemonnaie abgelegt hatte. »Wenn du die Modelle mit Kunst- oder Korkleder veredelst, können wir sie in einem höheren Preissegment ansiedeln.«

Lena kam aus dem Staunen nicht mehr heraus. Dieser Mann hatte nicht nur Ahnung von Stoffen, trotz seines fortgeschrittenen Alters hatte er ein Gespür für Trends. »Daran habe ich auch schon gedacht, aber bisher habe ich noch keinen Lieferanten für vergleichbare Materialien gefunden.«

Ian zog ein Notizbuch aus seiner Jackentasche. »Am besten, ich stelle die Kontakte zu den Händlern für dich her.« Er riss ein Blatt aus dem Buch und kritzelte eine Telefonnummer und einen Namen darauf. »Ich rufe Sam Tosh gleich an. Der soll sich mit dir in Verbindung setzen.«

»Ich werde wohl nicht mehr gebraucht«, maulte Kathy. »Wenn Lena ihre Stoffe demnächst bei diesem Sam bestellt, braucht sie keine Webstoffe mehr.«

Ian legte ihr beschwichtigend eine Hand auf die Schulter. »Langsam, langsam, Kathy. Du lieferst weiterhin den Stoff für die Portemonnaies. Wenn wir sie mit einem Schlüsselring versehen, kann ich sie zusätzlich als Schlüsseletuis anbieten.«

»Wirklich?« Kathy strahlte Ian an. »Dann gehe ich besser gleich an die Arbeit.« Sie schob ihren Stuhl zurück, setzte sich aber sofort wieder. »Welche Farben und Muster soll ich verwenden?« Vor Aufregung hatte sie hektische Flecke im Gesicht.

»So traditionell wie möglich«, erklärte Ian. »In unseren Laden kommen viele Touristen. Die möchten ein Stück irische Tradition mit nach Hause nehmen.«

Kathy umarmte Lena, schüttelte Ian überschwänglich die Hand, gleich darauf stürmte sie aus der Teestube.

Ian schaute ihr schmunzelnd hinterher. »Hast du schon einen Namen für deine Kollektion?«, wandte er sich wieder Lena zu. »Lena's Bags oder so ähnlich?«

Lena wühlte in ihrer Jeanstasche nach Stift und Papier. »Lass mal überlegen. Für mich ist eine Handtasche mehr als ein Gebrauchsgegenstand. Die ist mein treuer Begleiter in allen Lebenslagen.« Sie kaute an ihrem Bleistift. Dann malte sie eine Wolke auf den Zettel und schrieb »Best Buddy« hinein. »Was hältst du davon?«

Ian nahm ihr den Zettel aus der Hand und nickte anerkennend. »Eine schöne Idee für ein Markenlogo. Ich würde statt der Wolke ein Schaf aus Leder als Anhänger für jede Tasche vorschlagen. Darauf dieser Name.« Er zeichnete den Umriss eines Schafes und schrieb »Best Buddy« hinein. »So stelle ich mir das vor.« Neben seine Zeichnung notierte er einen Namen und eine Telefonnummer. »Wenn mein Designer einen Prototyp hergestellt hat, wird dieser Schuhmacher in Cork die Anhänger für dich herstellen. Ein alter Freund von mir.« Er nippte am Tee. »Erschrick bitte nicht, wenn du Post von meinem Anwalt bekommst. Er wird alle notwendigen juristischen Schritte einleiten, um den Markennamen zu sichern.«

Lena sah die neuen Taschen mit den Anhängern schon vor sich. »Ian, du bist genial und genau im richtigen Moment gekommen.«

Ian lachte. »Genial bin ich wirklich nicht, eher ein Kaufmann. Aber deine Kreativität ist ansteckend. Am liebsten würde ich dich mit nach Tralee nehmen. Eine eigene Handtaschendesignerin könnte ich mir für unser Geschäft gut vorstellen.«

»Das geht nicht«, erwiderte Lena wie aus der Pistole geschossen.

»Also doch.« Ian zog enttäuscht die Mundwinkel nach unten. »Es gibt noch einen Verehrer außer mir.«

Lena schaute ihn entgeistert an, und Ian lachte. »Das würde mich für dich freuen.«

Eine Stunde später verließen sie die Teestube. »Mein Wagen steht vor dem Gemeindehaus.« Ian reichte Lena zum Abschied die Hand. »Ich freue mich auf unsere Zusammenarbeit. Das wird großartig. Sobald es dein Zeitplan zulässt, besuchst du uns in Tralee. Am besten, du bringst die ersten Taschen gleich mit. Dann planen wir auch die Präsentation deiner Marke in Verbindung mit einer Modenschau. Was meinst du?«

Lenas Herz stolperte vor Aufregung. »Meine Taschen auf dem Laufsteg?«, stammelte sie. »Das wäre ein Traum.« Ohne lange nachzudenken, küsste Lena ihren neuen Freund und Geschäftspartner rechts und links auf die Wange. »Danke«, murmelte sie zum Abschied und lief beschwingt zurück zum Wollmarkt.

Außer Atem stürmte sie in die Webstube und ließ sich neben Kathy auf die Bank fallen. »Kneif mich mal. War Ian Carmichael tatsächlich hier und hat uns zu seinen Geschäftspartnern gemacht, oder habe ich das nur geträumt?«

Kathy kniff sie so fest in den Oberarm, dass Lena aufschrie. »Doch nicht so fest. Der Arm wird noch gebraucht«, beschwerte sie sich halbherzig. »Stell dir vor, Ian plant sogar eine Modenschau mit meinen Taschen.«

Kathy lehnte ihren Kopf an Lenas Schulter. »Es stimmt also doch, was die Leute sagen. Glück im Geschäft, Pech in der Liebe.«

»Wie kommst du denn darauf?«, fragte Lena.

»Peter hat mir per WhatsApp mitgeteilt, dass er am Samstag seine Sachen abholt.« Kathy schlug mit der flachen Hand auf die Bank.

»Das passt gut. Am Samstag werde ich hier sein und meine Bestellungen abarbeiten. Ich frage gleich mal nach, ob Claire Zeit hat, mir zu helfen«, schlug Lena vor.

»Du meinst …?« Kathy marschierte in der Webstube auf und ab.

»Ich meine, dass du am Samstag nach Cork fährst und dir etwas Schickes zum Anziehen kaufst. Außerdem gehst du zum Friseur, und danach besorgst du mir Nähmaschinennadeln. Mit Peter werden Claire und ich schon fertig.«

Kathy riss die Tür auf und rannte die Treppe hinauf.

»Was hast du vor?«, rief Lena ihr nach.

»Peters Sachen zusammenpacken«, tönte es von oben. Voller Tatendrang griff Lena zur Schere und schnitt den karierten Tweed zu. Was Jack wohl zu ihrem neuen Geschäftspartner sagen würde?

31

»Möchtest du gar nicht wissen, wer mich heute besucht hat?« Lena griff nach Jacks Hand, und gemeinsam wanderten sie am Meeressaum entlang um die Felsnase.

Abrupt blieb er stehen und musterte sie über den Rand seiner Brille. »Hab schon gehört, dass du mitten auf der Straße einen großen, gut aussehenden Mann geküsst hast.«

»Wer?« Lena riss erstaunt die Augen auf.

»Fergus hat mir das brühwarm unter die Nase gerieben«, brummte Jack und warf für Scotty ein Stück Treibholz Richtung Felsen. »Wenn in Busby jemand hustet, bebt der ganze Ort.«

Mit angelegten Ohren hetzte der Hund über den Strand und kehrte mit dem Wurfgeschoss im Maul zurück. Er legte es vor Lena in den Sand, und sie schleuderte das Holzstück ins flache Wasser.

»Deshalb deine frostige Begrüßung«, beschwerte sich Lena. Völlig unerwartet war Jack in der Webstube aufgetaucht, um sie zu einem Spaziergang abzuholen. Lena ließ Jacks Hand los und wuschelte mit den Fingern durch seine Haare. »Nicht mal einen Begrüßungskuss habe ich bekommen.« Sie verzog die Lippen zu einem Schmollmund.

»Und jetzt meinst du, ich sei eifersüchtig.« Jack drückte sie an sich und küsste sie. »Dabei war ich in Gedanken immer noch bei Walter in der Klinik.« Er legte einen Arm um ihre Schulter und führte sie zu einem flachen Stein. »Lass uns reden.«

Eng aneinandergekuschelt hockten sie auf dem warmen Felsen. Scotty, der anscheinend keine Lust mehr hatte, Möwen zu jagen, streckte sich zu ihren Füßen aus und knabberte am Treibholz.

»Steht es so schlecht um Walter?«, unterbrach Lena die Stille.

Jack kratzte sich nachdenklich das Kinn. »So, wie es aussieht, wird er den Rest seines Lebens im Rollstuhl sitzen und auf fremde Hilfe angewiesen sein.«

»Der Arme«, stöhnte Lena. Auch wenn ihr der Aussteiger nicht besonders sympathisch war, bewegte sie doch sein Schicksal. »Was wird nun aus ihm?«

Jack schaute über das Meer, als suche er die Antwort in den Wellen des Atlantiks. »Ich habe ihm zugeredet, die Farm zu verkaufen und das Angebot seines Sohnes anzunehmen. Der hat schon einen Platz in einer betreuten Wohneinrichtung in Wien für ihn gefunden.« Er griff in den Sand und ließ eine Handvoll durch die Finger rieseln. »Erstaunlich, wenn man bedenkt, was Walter seiner Familie angetan hat.«

»Das finde ich auch. Wenn Martin uns mit einer maroden Firma hätte sitzen lassen, um seinen Aussteigertraum zu verwirklichen, hätte Tobias ihn garantiert nicht mit offenen Armen empfangen«, sagte Lena. »Aber warum geht dir das so nah?« Sie strich zärtlich über Jacks Stirn.

»Er leidet wie ein Hund, weil er Irland verlassen muss. Wenn man mich aus Busby verpflanzen würde, ginge ich auch ein. Einen alten Baum verpflanzt man eben nicht mehr.«

»Na, dann ist es ja gut, dass ich noch kein alter Baum bin.« Lena kraulte Scotty den Kopf. »Ich fange nämlich gerade an, hier neue Wurzeln zu schlagen.«

Jack zuckte mit den Schultern und lächelte. »Busby und Berlin kann man eben nicht miteinander vergleichen.«

Keine Sekunde länger wollte Lena ihre Neuigkeiten für sich behalten. Die Worte sprudelten nur so aus ihr heraus, als sie von Ian Carmichael und seinem Angebot erzählte.

Jack unterbrach sie nicht. Selbst als sie zwischendurch Deutsch redete, murmelte er nur: »English please, my German is horrible.« Seine Miene verfinsterte sich, als sie von der geplanten Modenschau berichtete. »Das hört sich verdammt nochmal nach einem Fulltimejob an. Wo bleibt da Zeit für unsere Zweisamkeit?«

Allein für diese Frage liebte Lena ihn. War das nicht Beweis genug, dass Jack es ernst mit ihr meinte?

»Komm mit ins Cottage. Dann kannst du so viele Termine in meinem Kalender blocken, wie du möchtest. Du und Scotty, ihr seid mir wichtiger als alle Modenschauen der Welt.« Um ihre Worte zu unterstreichen, rutschte sie auf Jacks Schoß und küsste ihn leidenschaftlich.

»Darf ich zwischendurch atmen?«, japste Jack. »Ich komme freiwillig mit. Aber viel Zeit habe ich nicht für dich. Ich muss unbedingt bei Farmer Miller vorbeifahren und mir seinen verstauchten Knöchel ansehen.«

Als Jack sie am frühen Abend verließ, rekelte sich Lena im Bett und spürte seiner Wärme nach. Auf dem Nachttisch lag ihr aufgeschlagener Terminplaner. Mit Rotstift hatte Jack den Samstagabend und den kompletten Sonntag für sich geblockt.

»Ich weiß zwar nicht, ob ich es so lang ohne dich aushalte«, hatte sie gesagt. »Aber wahrscheinlich sollte ich mich den Rest der Woche wirklich auf meine Arbeit konzentrieren.«

Und genau das würde sie tun. Entschlossen sprang Lena aus dem Bett und schlüpfte in ihre Jeans und ein bequemes Sweatshirt. Dann setzte sie sich in ihre Nähecke und zeichnete den Entwurf für einen Shopper. Es sollte ein Gute-Laune-Modell werden. Mit viel Stauraum für den Einkauf. Sie rechnete den Materialbedarf aus und notierte die Zahlen neben der Zeichnung. Nur widerwillig unterbrach sie ihre Arbeit, um einen Anruf entgegenzunehmen.

»Störe ich?«, fragte ihre Freundin Susanna.

»Du doch nicht«, antwortete Lena. »Trifft sich gut, dass du dich meldest, es gibt Neuigkeiten.« Rasch fasste sie die Ereignisse des Tages zusammen. »Ihr kommt doch zur Präsentation?«

Lena hörte Susanna mit Klaus tuscheln. »Wo ist das Problem?«, hakte sie nach. »Ist bei euch alles in Ordnung?«

Sie beschlich das ungute Gefühl, dass Susannas Krebs zurückgekehrt sein könnte. »Sag schon, was los ist.«

Susanna lachte. »Wir hatten geplant, dich an deinem Geburtstag zu besuchen. Und wie du ja weißt, ist der am zwölften Oktober. Die Präsentation wird sicher nicht zufällig am gleichen Tag stattfinden.«

»Na und?« Lena kritzelte »Ian nach Termin fragen« neben ihren Entwurf. »Ihr könnt doch zweimal kommen. Du hilfst mir bei der Taschenproduktion, und Klaus darf Traktor fahren und sein handwerkliches Geschick beim Aufstellen neuer Weidezäune beweisen.« Rasch fügte sie hinzu: »Erholen könnt ihr euch dann bei langen Spaziergängen am Meer oder in Mauras Teestube.«

Am anderen Ende der Leitung wurde heftig debattiert. Lena nutzte die Wartezeit, um ihren Entwurf mit Farben zu versehen.

»Hallo, mein Mädchen«, tönte die sonore Stimme von Klaus. »Wir sind uns endlich einig geworden. Wenn es für dich okay ist, kommen wir im Oktober für zwei Wochen. Zur Modenschau schicke ich Susanna allein und nutze die Zeit, um das Wohnzimmer zu renovieren.«

Kaum hatte Lena das Gespräch beendet, klopfte es dreimal kurz hintereinander an ihrer Eingangstür. »Ist offen, Chris«, rief sie und setzte ihre Arbeit an dem neuen Entwurf fort. Es gab nur eine, die dieses Klopfzeichen benutzte, und das war ihre Schwägerin.

»Hast du Lust auf einen Mädelsabend?«, fragte Chris und blieb im Türrahmen stehen. »Sarah und Anne schlafen schon, und Dan hilft Tommy bei der Reparatur seines Traktors. Das kann dauern.«

Lena legte die Schere aus der Hand. »Gib mir fünf Minuten, dann komme ich rüber. Ich schneide nur rasch die Muster für das neue Modell zu.«

»Soll ich dir dabei helfen?«, bot ihre Schwägerin an. »Ich bin zwar kein Ass im Nähen, aber mit der Schere kann ich umgehen.« Sie schnappte sich einen Küchenstuhl und setzte sich zu Lena an den Nähtisch.

Keine zehn Minuten später heftete Lena die Schnittmuster für ihre zwei neuen Taschenmodelle an die Pinnwand. »Traust du dir zu, Kunstleder oder Kork zuzuschneiden?«

Chris nickte. »Eine meiner leichtesten Übungen. Was meinst du, wie oft ich mit den Kindern gebastelt habe?« Sie sprang auf und rannte zur Tür. »Hilfst du mir suchen? Auf dem Dachboden habe ich vor Urzeiten eine Kiste mit dem ganzen Bastelkram versteckt.«

Kurz darauf saßen sie in der Küche und begutachteten ihre Fundstücke. Während Chris Tee kochte, breitete Lena die unterschiedlichsten Scheren, Rollschneider und Schneidematten auf dem Tisch aus. »Wahnsinn, was du alles auf dem Speicher hortest.«

»Nimm mit, was du möchtest.« Chris reichte Lena eine Tasse Tee. »Mein Angebot steht. Ich will dir wirklich gern bei der Taschenproduktion helfen.«

»Aber du kannst doch unmöglich bei deiner ganzen Schufterei auf der Farm auch noch für mich arbeiten. Außerdem braucht dich deine Familie«, wandte Lena ein.

Doch Chris ließ nicht locker. »Wenn ich die Arbeit von zu Hause aus erledige, ist es kein Problem, mich nebenbei um meinen Haushalt zu kümmern, und ich bin für Dan und die Mädchen erreichbar.«

»Dann müssen wir aber auch über die Bezahlung reden. Es kommt nicht infrage, dass du mir umsonst hilfst. Wenn der Verkauf erst mal anläuft, brauche ich jede Art von Unterstützung.« Lena drückte der Schwägerin dankbar die Hand. In ihrem Kopf überschlugen sich die Gedanken. Ihr wurde abwechselnd heiß und kalt.

»Geht es dir nicht gut? Du bist auf einmal ganz blass um die Nase.« Chris schaute sie besorgt an. »Hast du heute Abend schon etwas gegessen?«

Lena schüttelte den Kopf. »Keine Zeit«, murmelte sie.

Ungefragt stellte ihr die Schwägerin einen Teller mit Fleischpastete vor die Nase und drückte ihr eine Gabel in die Hand. Lena aß einige Bissen, dann schob sie den Teller von sich. »Mir wird schwindelig, wenn ich daran denke, was ich alles erledigen muss.« Sie stützte den Kopf in ihre Hände und stöhnte. »Wie soll ich das bloß schaffen? Materialeinkauf, mindestens zwanzig Taschen die Woche fertigen und mich außerdem noch um den Verkauf und die Präsentation kümmern.«

Chris setzte sich neben sie und legte einen Arm um ihre Schultern. »Du brauchst ein gutes Team an deiner Seite.«

Lena nickte. »Ich könnte mindestens noch eine zusätzliche Kraft brauchen, die mir beim Nähen hilft, besser zwei. Kennst du vielleicht jemanden?«

Chris verschwand im Flur und kehrte mit einem Adressbuch zurück. »Josy käme infrage und Sally Owens, eine pensionierte Lehrerin. Sie wohnt zwar in Sneem, aber vielleicht hat sie Lust, dir stundenweise zu helfen.«

»Verstehen die denn wirklich etwas vom Nähen? Ich habe keine Zeit, sie lang einzuarbeiten«, wandte Lena ein.

»Josy schneidert für sich und ihre Töchter alle Kleider selbst. Und Mrs Owens hat an der Berufsschule Nähen unterrichtet«, sagte Chris.

»Worauf wartest du? Ruf sie an.« Lena hielt es nicht länger auf dem Stuhl. Wie ein General marschierte sie, die Hände auf dem Rücken verschränkt, in der Küche auf und ab. Das nächste Problem türmte sich vor ihr auf. »Die Webstube ist zu eng für einen weiteren Arbeitsplatz. Wir brauchen einen größeren Raum«, murmelte sie und hörte Chris mit halbem Ohr beim Telefonieren zu.

Die Schwägerin schob ihr Handy in die Hosentasche und strahlte Lena an. »Josy kommt morgen Abend vorbei, um dich kennenzulernen. Mrs Owens bespricht sich noch mit ihrem Mann. Die meldet sich später.«

Statt vor Freude zu jubeln, raufte sich Lena die Haare. »Wo soll ich in Busby auf die Schnelle einen Arbeitsraum finden, der groß genug für mindestens vier Nähmaschinenplätze ist? Von Teeküche und Toilette ganz zu schweigen.«

Chris überlegte einen Moment, dann zog sie ihr Handy wieder aus der Tasche. »Ich frage Pfarrer Donnelly, ob du den alten Gymnastikraum im Gemeindehaus mieten kannst. Soviel ich weiß, wird der nur noch als Abstellkammer genutzt, seit wir die neue Turnhalle haben.«

Gegen Mitternacht kehrte Lena in ihr Cottage zurück. Ihr schwirrte der Kopf von Zahlen und Terminen. Sie war zu aufgewühlt, um ins Bett zu gehen. *Bring erst mal Ordnung in dein Gedankenchaos,* dachte sie und griff zu Stift und Papier. Ihr Blick fiel auf Martins Foto, als sie sich in den Schaukelstuhl hockte, um Notizen zu machen. Wie verständnisvoll ihr verstorbener Mann sie anlächelte, als wolle er ihr Mut machen.

»Du schaffst das schon, Schatz«, hatte er damals zu ihr gesagt, als sie den Umbau des Hauses allein organisierte, weil er ständig auf Dienstreisen war. »Du bist stärker, als du glaubst.« Hoffentlich würde Martin recht behalten. Sosehr sie sich wünschte, mit ihrer Taschenproduktion Erfolg zu haben, sosehr fürchtete sie, dass ihr die Sache über den Kopf wachsen könnte.

32

Pfarrer Donnelly runzelte die Stirn und stemmte die Fäuste in die Hüften. »Sie wissen schon, dass in Irland gewisse Arbeitsschutzbedingungen gelten? Auch bei uns wird streng kontrolliert.«

Gerade noch war sich Lena sicher gewesen, alles im Griff zu haben. Und jetzt das! Daran hatte sie wirklich noch nicht gedacht.

»Halb so schlimm«, ruderte Donnelly zurück. »Ich suche Ihnen gleich mal ein Infoblatt heraus.«

»Das wäre wirklich sehr hilfreich für mich«, beeilte sich Lena zu sagen. »Was ist mit der Toilette und der Teeküche?«

Donnelly kratzte sich am Kinn. »Die können Sie mitbenutzen. Um alles andere müssen Sie sich aber selbst kümmern.«

Lena griff nach der Hand des Pfarrers und schüttelte sie. »Vielen Dank. Ich bin froh, dass Sie mir den Raum vermieten.«

»Ist aber noch 'ne Menge Arbeit, bevor Sie ihn nutzen können.« Pfarrer Donnelly deutete in den vollgestellten Gymnastikraum.

»Das schaffen wir schon«, murmelte Lena und schaute Hilfe suchend zu Kathy und Chris.

Die beiden nickten heftig, krempelten die Ärmel hoch und schoben Lena zur Seite. »Sieht doch gar nicht so schlimm aus. Wenn Dan und Tommy mit anpacken, könnt ihr am Wochenende einziehen«, versicherte Chris.

Lena zwängte sich an ausrangierten Stühlen vorbei, kletterte über Bücherkartons und setzte sich schließlich auf eine Schulbank. »Wohin sollen wir den ganzen Kram schaffen?« Ihr Blick fiel auf zwei Schultafeln, die hinter aufeinandergestapelten Tischen an der Wand lehnten. »Die könnte ich brauchen«, wandte sie sich an den Pfarrer.

»Machen Sie mit dem Zeug, was Sie wollen. Ich verstehe gar nicht, warum wir das nicht schon längst entsorgt haben.« Pfarrer Donnelly klemmte sich eine Bücherkiste unter den Arm und marschierte Richtung Treppe. »… könnten wir nach der Sonntagsmesse einen Flohmarkt …«, hörte Lena ihn auf dem Weg nach unten murmeln.

»Wenn das so ist, schauen wir mal, was wir davon brauchen können«, entschied sie und begutachtete den Zustand der Stühle.

»Mit etwas Leim und ein paar Schrauben sind die ruckzuck wieder wie neu«, ertönte Tommys Stimme in ihrem Rücken. Innerhalb weniger Minuten versammelte sich das halbe Dorf im Gemeindehaus, um bei der Entrümplung des Gymnastikraums zu helfen. Nicht ganz uneigennützig, wie Lena bald feststellte, denn das eine oder andere Teil fand doch recht schnell seinen Liebhaber. Mr Melony beschloss kurzerhand, einen Großteil der Bücher im Laden anzubieten. Tommy war ganz versessen auf die alten Schulbänke, und Maura schnappte sich ein verstaubtes Rattanregal. Schon bald herrschte ein heilloses Durcheinander.

»Halt!« Chris stand breitbeinig in der Tür und hielt eine leere Tupperdose hoch. »Keiner trägt hier irgendetwas nach Hause, ohne seinen Obolus für die Gemeinde entrichtet zu haben. Ist schließlich für einen guten Zweck. Vorher helft ihr uns aber beim Runtertragen des Sperrmülls!«

Lena zückte sofort ihr Portemonnaie und warf hundert Euro für zwei Tische, sechs Stühle und die Schultafeln in die Spendendose. »Die Grundausstattung für meine Werkstatt hätten wir«, verkündete sie euphorisch. Mit Kathy trug sie ihre Beute in den Flur und hängte eine von Motten zerfressene Übergardine darüber. Dann schrieb sie »Werkstatt« auf einen Zettel und heftete ihn an den Stoff.

»Dein Handy klingelt.« Chris deutete zur Fensterbank, wo Lena es vor lauter Hektik vergessen hatte.

»Hi, Mom«, meldete sich ihr Sohn. Lenas Herz stolperte, und sie schnappte nach Luft. »Tobi, mein Schatz! Wie geht es dir?«

»Wie soll es einem reichen Mann schon gehen? Bestens«, antwortete Tobias lachend.

In seinem Lachen war so viel Wärme, dass Lena meinte, ihn neben sich zu spüren. »Bedeutet das, du bist nicht mehr sauer auf mich?«, fragte sie vorsichtig nach. Anscheinend hatte er sich über seinen Anteil am Erlös des Hausverkaufs gefreut.

»Wie kommst du drauf, dass ich sauer auf dich war? Ich brauchte einfach nur Zeit, um mir über mein neues Leben klar zu werden. Dann noch der Umzug nach München, der neue Job! Das verstehst du doch?«

Lena fiel ein Stein vom Herzen. »Natürlich, mein Schatz.«

»Hast du dich schon in deinem irischen Dorf eingelebt?«, wollte Tobias wissen. Im Hintergrund vernahm Lena eine Frauenstimme. »Ich frage sie ja schon«, flüsterte ihr Sohn.

»Was sollst du mich fragen?«, rutschte es Lena heraus. Sie hockte sich auf die oberste Treppenstufe und presste das Handy an ihr Ohr.

»Anke und ich sind jetzt schon eine ganze Weile zusammen. Ich meine, so richtig …«, setzte Tobias an.

»Spann mich nicht länger auf die Folter.« Lena stand auf, um Tommy und Dan Platz zu machen, die sich mit zwei Schulbänken an ihr vorbeiquetschten. »Ich richte gerade meine Werkstatt ein.«

»Hat mir Susanna bereits erzählt. Deshalb rufe ich an. Wir wollen ebenfalls zu deinem Geburtstag nach Irland kommen. Anke möchte dich gern kennenlernen. Kannst du uns in irgendeinem Bed and Breakfast unterbringen?«, rückte Tobias endlich mit der Sprache heraus. Lena bekam weiche Knie vor Aufregung.

»Kommt gar nicht infrage. Ihr schlaft bei mir im Gästezimmer. Klaus und Susanna quartiere ich in einem kleinen Ferienhaus in Alt-Busby ein. Ich möchte euch doch gern in meiner Nähe haben.« Eine Welle des Glücks durchströmte ihren Körper. Ihre Augen füllten sich mit Tränen.

»Bist du noch dran?«, fragte Tobias.

Lena schluckte die Freudentränen hinunter. »Ich wünschte, du wärst schon hier. Ich kann es kaum erwarten, dich in meine Arme zu schließen. Du fehlst mir so sehr.«

Tobi räusperte sich. »Wir freuen uns schon auf dich und Busby.«

Mit zittrigen Fingern steckte Lena das Handy in ihre Hosentasche. Schon bald würde sie auch den Mut finden, mit ihrem Sohn über Jack zu reden. Lena atmete tief durch und winkte Chris und Kathy zu sich.

Ihre Schwägerin strahlte, als sie die Neuigkeit vernahm. »Wusste ich doch, dass sich alles wieder einrenkt.«

Kathy versprach, das Ferienhaus für Susanna und Klaus zu reservieren. »Gut, dass deine Gäste im Oktober kommen. Da habe ich noch keine Buchungen. Aber ab November ist das Haus für drei Monate geblockt.« Nachdenklich schaute sie Chris an. »Was soll's? Weiß ja sowieso bald jeder in Busby, dass Steven das Ferienhaus gemietet hat.«

»Was du nicht sagst«, winkte Chris ab. »Dan hat am Wochenende mit seinem Bruder telefoniert. Ich glaube, die beiden haben sich endlich ausgesprochen. Inzwischen freut sich Dan sogar, ihn wiederzusehen.«

Lena hockte sich erschöpft auf einen wackligen Stuhl. »Ganz schön viel Aufregung für einen Tag. Dabei ist er noch nicht zu Ende. Um fünf treffen wir uns mit Mrs Owens und Josy.« Erst allmählich wurde ihr bewusst, dass der Erfolg ihres Unternehmens zuallererst von ihrer eigenen Kreativität und Tatkraft abhing. Ohne ihre Entwürfe und Ideen konnte Best Buddy nicht existieren. Energisch schüttelte sie den Kopf und straffte die Schultern. *Ich will das, und ich schaffe das,* dachte sie mit bangem Herzen.

Kathy kramte in ihrer Tasche und förderte eine Packung Schokokekse zutage. »Ich habe mir schon gedacht, dass das heute stressig wird. Da hilft nur etwas Süßes, um bei Laune zu bleiben«, erklärte sie und hielt Lena und Chris die offene Keksschachtel vor die Nase.

Dan lehnte ab, als Kathy ihm ein Cookie anbot. »Ich habe Hunger auf etwas Ordentliches, und die Mädchen warten schon im Wagen. Fahren wir, Chris?«

Auch die anderen Helfer hatten es plötzlich eilig, nach Hause zu kommen. Kathy und Lena hockten auf der Fensterbank und schauten sich in Lenas neuem Reich um.

»Ich hätte nie gedacht, dass wir heute fertig werden.« Lena streckte ihren Rücken, der von der ungewohnten Möbelschlepperei schmerzte. In Gedanken sah sie die fertig eingerichtete Werkstatt schon vor sich. Am Montag sollten die neuen Nähmaschinen geliefert werden. Der Stoffhändler hatte ebenfalls zugesagt, die Bestellung so schnell wie möglich auf den Weg zu bringen. Wie gut, dass Ian die Kontakte zu den Firmen hergestellt und auf rasche Lieferung gedrängt hatte.

Kathy tippte auf ihre Armbanduhr. »Wir müssen zurück in den Wollmarkt. Mrs Owens und Josy warten sicher schon.«

Schweren Herzens schloss Lena ihre zukünftige Werkstatt ab und folgte ihr. »Gleich morgen früh putze ich ordentlich durch. Hast du die Spinnweben gesehen? In so einem Staub kann doch niemand arbeiten.«

Vor dem Wollmarkt marschierte eine alte Dame mit Hochsteckfrisur auf und ab. »Waren wir nicht für fünf Uhr verabredet?«, sagte sie mit vorwurfsvollem Unterton. *Typisch Lehrerin,* dachte Lena und strahlte die resolute Frau an. »Wollen wir uns bei einer Tasse Tee zusammensetzen?«

Es waren nicht Lenas Taschen, nicht die Aussicht auf eine gute Bezahlung, die Mrs Owens milde stimmten. Es war Mauras unvergleichlicher Zitronenkuchen, der ein Lächeln auf das Gesicht der alten Dame zauberte. »Köstlich«, lobte sie und nahm sich ein zweites Stück. »Mittwochs und freitags hätte ich Zeit.« Sie stülpte eine Hüfttasche auf links und kontrollierte die Nähte. »Saubere Arbeit, aber das geht noch besser.« Sie setzte ihre Brille ab und rieb sich die Augen. »Ich arbeite die Näherinnen ein, und dann sehen wir weiter.«

Kaum gestand Lena: »Die habe ich noch nicht«, da betrat Josy Butler mit ihrer sechzehnjährigen Tochter die Webstube. »Da sind wir«, sagte sie und reichte Lena die Hand.

Erleichtert atmete Lena auf. Ihr Bauchgefühl sagte ihr, dass die beiden ein Glücksgriff für sie waren.

»Sue Butler.« Mrs Owens strahlte das junge Mädchen an. »Eine meiner besten Schülerinnen im Nähkurs.«

Die Kirchturmuhr zeigte acht Uhr an, als Lena sich von Kathy verabschiedete und zu ihrem Auto eilte. Ihr war plötzlich so leicht ums Herz, dass sie am liebsten die ganze Welt umarmt hätte. So viel Glück an einem einzigen Tag! Tobi würde bald kommen und ihr seine neue Freundin vorstellen. Mrs Owens hatte zugesagt, ihr ab Mittwoch mit Rat und Tat zur Seite zu stehen. Mit Josy und Sue war ihr Team komplett. Wenn alles nach Plan lief, könnte die Produktion endlich starten. Lena fielen die Worte ihres Vaters ein, der sie immer dann ausgebremst hatte, wenn sie besonders glücklich war: »Vergiss nie, dass auf Sonnenschein meistens Regen folgt.«

Womit er leider oft genug recht gehabt hatte. Plötzlich überkam Lena eine Sehnsucht nach Jacks Nähe, die ihr fast körperlich wehtat. Sie wollte ihr Glück mit ihm teilen, ihm in die Augen schauen, wenn sie von Tobias erzählte. Lena beschleunigte ihren Schritt. Schon von Weitem sah sie ihn. Doch Jack war nicht allein. Eine schlanke, blonde Frau lief auf ihn zu, und er schloss sie in seine Arme.

33

Unfähig, auch nur einen Schritt zu gehen, sah Lena mit an, wie Jack mit der Frau im Haus verschwand, ohne sie bemerkt zu haben. Erst allmählich löste sie sich aus der Starre und schlich zu ihrem Wagen. Das konnte nicht sein! Das traute sie Jack nicht zu. Sie redete sich ein, dass die fremde Frau eine alte Freundin sei, die ihn nach langer Zeit besuche. *Es ist nicht das, wonach es aussieht*, versuchte sie, sich mit dem abgedroschenen Spruch zu beruhigen. Doch tief in ihr nagten Zweifel. Jede andere Frau wäre jetzt sicher zu ihm gelaufen und hätte ihn zur Rede gestellt. Aber das war nicht ihre Art. Sie brauchte Zeit zum Nachdenken.

Lena lenkte den Mini auf die Landstraße von Busby und blinzelte in die untergehende Sonne, die einen heiteren Tag ankündigte. Doch in Lenas Herz zogen dunkle Regenwolken auf. Sie achtete kaum auf die Straße, steuerte den Mini viel zu dicht an den Steinwällen vorbei und verdankte es nur dem Umstand, dass um diese Zeit niemand auf der Straße war, dass sie keinen Unfall baute. »Reiß dich zusammen!«, schrie sie sich an, schaltete einen Gang herunter und ermahnte sich, nicht den Kopf zu verlieren.

Kaum hatte sie die Tür des Cottage hinter sich geschlossen, warf sie ihre Tasche achtlos auf den Küchentisch und zog das Handy aus der Hosentasche. Nichts! Kein Gutenachtkuss von Jack. Warum auch? Er war mit einer anderen Frau zusammen. Mit zittrigen Fingern wählte sie seine Nummer, doch er nahm das Gespräch nicht entgegen.

»Habe Sehnsucht nach dir. Freue mich schon auf das Wochenende. Kuss, Lena«, schrieb sie ihm und legte das Handy neben die Nähmaschine. Um sich abzulenken, griff sie zur Schere und zerschnitt eine ihrer alten Jeans. Verbissen arbeitete sie bis zum Morgengrauen an der neuen Tasche. Erst als der Morgenruf des Pfaus erklang, legte sie sich erschöpft auf die Couch und schlief ein.

Keine Stunde später schreckte sie der Klingelton des Handys auf. »Jack!«, rief sie, ohne auf das Display zu schauen.

»Wo bleibst du, Lena? Ich verpasse noch den Zug nach Cork«, ertönte Kathys vorwurfsvolle Stimme. Die Katzenwäsche musste heute genügen, denn Lena war spät dran. Statt zu frühstücken, kaute sie während der Fahrt lustlos an einem Apfel. Aus Angst, Jack in ihrer derzeitigen Verfassung über den Weg zu laufen, parkte sie den Wagen in einer Seitengasse und eilte mit hängenden Schultern zum Wollmarkt.

»Du siehst aus, als hättest du die ganze Nacht gefeiert«, stellte Kathy fest und gab Lena einen Kuss auf die Wange.

»Hätte ich mal besser«, murmelte Lena und ließ sich auf die Webbank fallen. »Ich habe durchgearbeitet. Hast du eine Tasse Tee für mich?« Sie rieb sich die müden Augen und starrte aus dem Fenster. »Ist Melinda groß, schlank und blond?«, murmelte sie.

»Ja, wieso?« Kathy schob zwei Koffer hinter den Webstuhl. »Das ist Peters Kram«, erklärte sie und hängte sich ihre Handtasche über die Schulter.

»Dann habe ich sie gestern mit Jack gesehen«, sagte Lena zögerlich.

»Oje!«, war alles, was Kathy dazu einfiel. »Wir reden, wenn ich wieder da bin.« Sie tätschelte Lena mitfühlend die Wange. »Geh hoch und koch dir einen Tee. Du kennst dich ja aus.« Im Hinausgehen riss sie einen Zettel von der Pinnwand und stopfte ihn in die Hosentasche. »Die Einkaufsliste für deine Werkstatt hätte ich fast vergessen.«

Lena war froh, dass Claire ihr an diesem Tag Gesellschaft leistete. Die Wirtin des Pubs hockte mit roten Wangen an der Nähmaschine und versuchte sich an einer Reißverschlussblende, während Lena Stoff zuschnitt. Nur wenige Touristen verirrten sich an diesem sonnigen Tag in den Wollmarkt, aber viele wanderten mit Rucksack und Karte bewaffnet an dem Geschäft vorbei Richtung Meer, nicht ohne vorher einen Blick ins Schaufenster zu werfen.

Als gegen Mittag die Ladenglocke bimmelte, legte Lena die Schere aus der Hand und eilte in den Verkaufsraum. »Hallo, Peter«, begrüßte sie den gut aussehenden blonden Mann. Er nickte nur kurz und drängte sich an ihr vorbei in die Webstube. Aufgebracht folgte Lena ihm und tippte auf seine Schulter. »Spar dir deine Mühe. Kathy ist nicht da.« Rasch schob sie ihn zur Seite und marschierte zum Webstuhl. »Aber sie hat das …«, energisch tippte sie mit dem Fuß gegen die Koffer, »… für dich hiergelassen.«

Claire bedachte Peter mit einem giftigen Blick. »Besser, du hältst uns nicht länger von der Arbeit ab«, raunzte sie und hob drohend die Schere.

»Seit wann habt ihr zwei hier etwas zu sagen?« Peters Augen verengten sich, als er nach den Koffern griff. »Bestellt Kathy, dass ich wiederkomme«, knurrte er und verließ die Webstube.

»Machen wir. Aber rechne damit, dass wir hier sein werden und aufpassen, dass du dich nicht wieder bei ihr einnistest«, rief Lena und warf die Tür hinter ihm zu.

Claire riss erstaunt die Augen auf. »So kenne ich dich gar nicht. Es ist aber nicht nur Peter, auf den du sauer bist?«

Müde schüttelte Lena den Kopf. »Kommst du allein klar? Ich brauche dringend frische Luft. In spätestens einer Stunde bin ich wieder zurück.«

Claire lächelte sie verständnisvoll an. »Geh nur«, sagte sie, und Lena war dankbar, dass die ältere Freundin keine Fragen stellte.

Ohne es beabsichtigt zu haben, führten sie ihre Schritte ins alte Dorf. Das gleichförmige Abrollen der Füße beruhigte ihr stolperndes Herz. Sie atmete tief durch und marschierte an den reetgedeckten Ferienhäusern vorbei zur Weide.

An dem roten Punkt, den Dan vorsorglich auf den Schwanz des Lamms gemalt hatte, erkannte sie die kleine Lena sofort wieder. »Du bist ja so groß geworden«, flüsterte sie und legte ihre Arme um das Schaf. Die kleine Lena hielt still und nuckelte eifrig am Daumen ihrer Patentante. Das Lamm schien ihre Zuwendung zu genießen und schmiegte seinen Kopf an ihre Schulter.

Nach einer Weile wurde Lena ruhiger und legte sich erschöpft auf die Wiese, während ihr Patenkind neben ihr graste. Sie ließ den Blick über die grünen Hügel schweifen und versuchte, unten im Dorf Jacks Haus auszumachen. Warum nur hatte sie sich ausgerechnet in diesen Mann verliebt? Mit keinem Wort hatte er bisher gesagt, dass er sie liebte. Warum also sollte sie um ihn kämpfen! Schweren Herzens fasste Lena einen Entschluss. Sie würde Jack nicht hinterherlaufen und eine erneute Abweisung riskieren. Ab jetzt zählte für sie nur eines: der Erfolg ihrer Best-Buddy-Kollektion. Zärtlich drückte sie ihr Lamm an sich und versprach, bald wiederzukommen. Dann lief sie zurück zum Wollmarkt.

Am frühen Abend stürmte Kathy mit leuchtenden Augen in die Webstube. »Was für ein Tag«, flötete sie und warf Lena eine prall gefüllte Einkaufstasche zu. »Lob mich mal. Um deine Einkaufsliste abzuarbeiten, habe ich mir sogar Blasen an die Füße gelaufen. Ist schon etwas anderes als unser kleines Busby, dieses Cork. Eine aufregende Stadt.« Während sie ihr neues Kleid vorführte, schwärmte Kathy von den Boutiquen am Merchants Quay, den eleganten Cafés und den vielen kleinen Handwerkerläden.

»Wusste ich doch, dass dir der Ausflug guttun wird«, bremste Lena den Redefluss der Freundin und inspizierte den Inhalt der Einkaufstasche. »Peter war übrigens da und hat die Koffer mitgenommen. Und …«

»Was und?« Kathys Augen hatten ihren Glanz verloren. »Erzähl schon, was hat er gesagt?«

Lena zögerte einen Moment. »Nichts weiter. Ich glaube, er hat kapiert, dass er hier nicht mehr erwünscht ist«, flunkerte sie ein wenig. »Willst du sehen, was wir heute gezaubert haben?« Um Kathy von dem Thema Peter abzulenken, drückte Lena ihr eine der neuen Schultertaschen in die Hand. »Ich habe die Kanten mit Leder verstärkt und zusätzlich ein Handyfach angebracht. Wie gefällt dir das?«

Bei Rotwein und Tiefkühlpizza hockten sie später auf dem Sofa. Als Kathy nachschenken wollte, winkte Lena ab.

»Ich muss noch Auto fahren. Du willst doch nicht, dass ich die Abzweigung verpasse und mit dem Mini in der Bucht lande.«

Augenzwinkernd füllte die Freundin trotzdem Lenas Glas. »Du kannst in meinem Bett schlafen. Ich lege mich hier aufs Ohr.« Gähnend lehnte sie ihren Kopf an Lenas Schulter. »Die untreuen Kerle der Welt können uns gestohlen bleiben. Wir zwei stürzen uns in die Arbeit und kommen mit Best Buddy groß raus.«

»Vorher muss ich aber aufs Klo«, sagte Lena und verschwand im Bad.

Als sie ins Wohnzimmer zurückkehrte, hatte Kathy sich längst in die Kissen gekuschelt und schlief. Lena deckte sie fürsorglich mit einer Wolldecke zu, knipste das Licht aus und schlich im Dunkeln nach nebenan. In T-Shirt und Slip kroch sie in Kathys Bett. Obwohl der Wein sie schläfrig machte, kam ihr Kopf nicht zur Ruhe. Sosehr sie sich auch dagegen wehrte, kehrten ihre Gedanken immer wieder zu Jack zurück. Doch irgendwann gewann die Müdigkeit Oberhand, und Lena fiel in einen tiefen, unruhigen Schlaf.

34

»… und deshalb muss ich mich jetzt um den Hund kümmern«, raunte Miss Smith hinter vorgehaltener Hand Mrs Melony ins Ohr.

»Weiß die neue Freundin, dass der Doc mit seiner Ex verreist ist?«, wisperte Mrs Melony.

Lena hatte genug gehört. Sie griff wahllos ins Süßwarenregal und warf ein halbes Dutzend Tafeln Schokolade in ihren Einkaufskorb. Dann zwängte sie sich an Miss Smith vorbei zur Kasse. »Sie erlauben doch. Ich habe es eilig. Die Damen möchten sicher noch plaudern«, sagte sie betont freundlich.

»Natürlich.« Jacks Haushälterin senkte verlegen den Blick.

Mrs Melony schnappte nach Luft und drückte Lena wortlos das Wechselgeld in die Hand. Auch wenn Lena den beiden am liebsten ihre Meinung gesagt hätte, schenkte sie ihnen doch ein zuckersüßes Lächeln und verließ erhobenen Hauptes den Lebensmittelladen.

So weit kam es noch, dass sie diesen beiden Klatschmäulern Stoff für neue Gerüchte lieferte. Vor dem Geschäft riss Lena eine Tafel Vollmilchschokolade auf und biss hinein wie in ein Sandwich. Ihre Nerven flatterten und verlangten nach Nahrung. Hastig stopfte sie die angebissene Tafel zu den anderen in die Tasche und machte sich auf den Weg zu Jacks Haus.

An diesem Samstagmorgen schien sich das halbe Dorf bei Fergus vor dem Pub zu versammeln. Lena sah kaum die Chance, unbemerkt an ihren Freunden vorbeizulaufen. Bella Snow, der Pfarrer, Angus, Fergus und Claire saßen vor dem Pub und steckten die Köpfe zusammen. Selbst Maura schloss die Tür ihrer Poststation ab und gesellte sich zu ihnen.

»Setz dich zu uns, Lena«, lud sie die Freundin ein. »Wir planen das anstehende Sommerfest.«

Bella rutschte ein Stück näher an Angus heran und machte ihr Platz. »Du beteiligst dich doch sicher auch mit einem Stand?« Fergus reichte ihr ungefragt ein Glas Cider und zwinkerte ihr zu. »Ist zwar erst in zwei Wochen, unser Fest, aber bis dahin gibt es eine Menge zu tun.«

Ganz sicher war Jacks Abwesenheit schon längst Gesprächsthema im Dorf. Und jeder wusste Bescheid. Nur Lena suchte noch nach Antworten.

Alle Augen richteten sich auf sie. Lena konnte sich dieser Einladung nicht entziehen. Dafür waren ihre Freunde in Busby zu nett. Ahnten sie, was in ihr vorging? Um Zeit zu gewinnen, hob Lena das Glas und prostete den anderen zu.

Plötzlich spürte sie eine Hand auf ihrer Schulter. »Ist doch klar, dass Lena und ich mitmachen«, sagte Kathy in ihrem Rücken. Sie schien zu spüren, dass Lena nicht der

Sinn nach lockerer Plauderei stand. Kaum hörbar flüsterte sie ihr zu: »Geh nur in die Werkstatt, ich bleibe hier und helfe bei der Planung.«

Dankbar drückte Lena ihr die Hand und stand auf. »Bei der nächsten Besprechung bin ich gern wieder dabei. Aber jetzt muss ich dringend in die Werkstatt«, verabschiedete sie sich schnell und marschierte Richtung Gemeindehaus.

Als sie glaubte, dass niemand sie beobachtete, schlug sie den Weg zu Jacks Haus ein. Wie ein Dieb schlich sie am Rhododendron vorbei in den Garten und linste vorsichtig durch das Fenster in den Behandlungsraum. Doch da war niemand. Was hatte sie erwartet? Jack, der wie jeden Samstag an den Abrechnungen saß? Enttäuscht lief sie zum Eingang und starrte auf das Schild: »Praxis geschlossen. Vertretung hat Dr Finch.«

Lenas letzte Hoffnung zerplatzte wie eine Seifenblase. Sie war unendlich traurig, von Jack derart getäuscht worden zu sein. Und das in einer Situation, in der sie all ihre Kraft brauchte, um hier in Busby Erfolg zu haben und heimisch zu werden. Jack wusste doch, was für sie auf dem Spiel stand!

Lena atmete tief durch, wandte Jacks Haus den Rücken zu und eilte zu ihrer Werkstatt. Anstatt ihren Kummer mit Alkohol zu betäuben, stürzte sie sich in die Arbeit. Mit Wischmopp und Putzeimer bewaffnet, wirbelte sie durch den ehemaligen Gymnastikraum und fegte selbst die letzte Staubfluse aus der Ecke. Erst am Nachmittag gönnte sie sich in der Gemeinschaftsküche eine Tasse Tee.

Da rief Ian an. Seine warme Stimme riss sie aus ihren trüben Gedanken. »Wie geht es meiner Geschäftspartnerin? Wann bringst du mir die neuen Kreationen vorbei?«

Wie gern hätte Lena ihm ihr Herz ausgeschüttet und auch von Jack erzählt. Doch eine innere Stimme mahnte sie, ihn nicht zu nah an sich heranzulassen. Denn auf keinen Fall sollte er den Eindruck gewinnen, sie suche eine männliche Schulter zum Anlehnen. Ihr fielen die Worte ihres verstorbenen Mannes wieder ein: »Wenn du Erfolg haben willst, musst du Geschäft und Gefühle streng getrennt halten.« Diesen Rat würde sie beherzigen.

»Ich richte gerade meine Werkstatt ein«, erzählte sie Ian und schwärmte von ihren neuen Mitarbeiterinnen. »Schon nächste Woche starten die drei mit der Produktion. Wenn alles glatt läuft und die Nähmaschinen pünktlich geliefert werden, kann ich dir in zehn Tagen die ersten Taschen liefern.«

»Hört sich super an. Es wäre wirklich wichtig, dass du bald zu uns kommst, um die Präsentation zu planen. Leider gibt es ein Problem mit deinem Markennamen. Best Buddy ist schon vergeben. Du musst dir auf die Schnelle ein anderes Logo überlegen. Hast du eine Alternative im Hinterkopf?«

Wieder so eine kleine Seifenblase, die vor ihren Augen platzte. »Schade«, sagte Lena. »Kathy und ich hatten uns schon so an das Logo gewöhnt.« Ohne es beabsichtigt zu haben, stöhnte sie hörbar auf.

»Das ist noch lange kein Grund zum Trübsalblasen. Was sagtest du, Kathy und du?« Ian murmelte undeutlich irgendwelche Namen.

Lena hörte ihn auf der Computertastatur herumtippen. Spontan schlug sie vor: »Wie wär's mit ›Lena & Kathy's‹?«

Wieder hämmerte Ian auf seine Tastatur. »Finde ich klasse. Soweit ich sehen kann, ist dieser Name noch nicht belegt.«

Lena sah in Gedanken das neue Logo schon vor sich. »Das wird Kathy sicher auch gefallen. Dann sollten wir statt des Schäfchens aber ein einfacheres Motiv wählen.«

»Lass das mal meinen Designer machen. Der schickt dir ein paar Vorschläge. Du entscheidest, was du möchtest. Sicher hilft dir Kathy gern dabei«, schlug Ian vor. Lena wollte das Gespräch schon beenden, da hakte Ian nach: »Ist bei dir wirklich alles in Ordnung? Du klingst so traurig.«

Lena gab vor, zu gähnen. »Das muss am Schlafmangel liegen. In meinem Kopf geistern so viele neue Ideen herum, dass ich kaum ans Schlafen denke«, versuchte sie, sich aus der Affäre zu ziehen. »Deshalb fahre ich jetzt auch nach Hause und gehe früh zu Bett.« Sie versprach, sich bei Ian zu melden, falls es Lieferschwierigkeiten mit den Nähmaschinen oder Stoffen geben sollte.

»Notfalls bringe ich dir eine unserer Nähmaschinen vorbei. Und mit Stoffen kann ich dir auch aushelfen«, beruhigte Ian sie. *Wenn doch alle Männer so unkompliziert wären wie er,* dachte Lena und eilte zum Wollmarkt.

»Wahnsinn!« Kathy tanzte ausgelassen um Lena herum. »Mein Name auf deinem Logo. Ich kann es kaum glauben.« Ihre Wangen glühten vor Aufregung.

»›Dein Name auf unserem Logo‹, wolltest du wohl sagen. Kathy, wir gehören zusammen«, betonte Lena.

Ihre Freundin strahlte sie an. »Sollen wir das nicht mit den anderen im Pub feiern?«

Lena zuckte unschlüssig mit den Schultern. »Mir ist im Moment nicht nach Feiern. Außerdem wollte ich heute Abend wenigstens noch zwei Hüfttaschen fertigstellen.«

Sofort schwenkte Kathy um. »Manchmal bin ich wirklich eine unsensible Kuh«, meinte sie. »Da führe ich hier Freudentänze auf, während meine beste Freundin Liebeskummer hat.« Sie umarmte Lena und strich ihr über den Rücken. »Lass uns nicht mehr über Männer reden. Wir schmeißen uns jetzt an die Arbeit. Aber vorher koche ich uns eine Kanne Tee und schmiere ein paar Sandwiches.«

Die Nähmaschine surrte, und der Webstuhl klapperte bis Mitternacht. Erst als Lena vor Müdigkeit die Augen zufielen, nahm sie den Fuß vom Pedal der Maschine. »Schluss für heute. Ich muss dringend ins Bett. Diesmal aber in mein eigenes.«

Sie massierte ihren verspannten Nacken und streckte die Beine aus. »Ich brauche mal wieder Bewegung, sonst roste ich ein.« Sehnsüchtig schaute sie aus dem Fenster in den sternenklaren Abendhimmel. »Jetzt lebe ich schon dort, wo andere Urlaub machen, und komme nicht mal dazu, mir meine neue Heimat anzusehen.«

Kathy rutschte aus der Webbank und stellte sich neben sie ans Fenster. »Das können wir ändern. Morgen wandern wir zwei Hübschen zum Staigue Fort. Ich hole dich um zehn Uhr ab und bringe das Picknick mit. Keine Widerrede.«

»Bevor sich meine beste Freundin mit einer anderen aus dem Staub macht, komme ich freiwillig mit. Aber nur, wenn wir am Nachmittag wieder zurück sind. Ich muss arbeiten.«

In dieser Nacht träumte Lena von Scotty. Winselnd lag er mit blutender Pfote vor ihrer Tür. Als sie ihn streicheln und versorgen wollte, wachte sie schweißgebadet auf. Wie gern hätte sie ihren haarigen Freund jetzt an sich gedrückt. Ob es ihm bei Miss Smith wohl gut ging? Ob er sie vermisste? Lena schlich im Dunkeln in die Küche und bereitete sich eine heiße Milch mit Honig zu. Das warme Getränk beruhigte ihre Magennerven, und sie fiel bald in einen tiefen, traumlosen Schlaf.

Die Luft war frisch und klar an diesem Sonntagmorgen. »Perfektes Wanderwetter«, verkündete Kathy und schnallte sich ihren Rucksack auf den Rücken.

»Fahren wir denn nicht mit dem Wagen?« Ungläubig schaute Lena die Freundin an.

»Da kann man mal sehen, wie wenig du dich hier auskennst. Das Staigue Fort liegt zwei Meilen von hier entfernt, und ich kenne den schönsten Weg dorthin.« Kathy marschierte entschlossen auf den Feldweg zu.

»Hoffentlich«, murmelte Lena und beeilte sich, Schritt zu halten. Sie atmete die würzige Seeluft ein, in die sich der Geruch unzähliger Wiesenkräuter mischte. Je höher sie stiegen, desto heftiger pfiff der Wind vom Atlantik und vertrieb auch die letzten Wolken. Schweigend wanderten sie den Hügel hinauf, kletterten über Steinwälle und sprangen über kleine Bäche. Die raue Schönheit dieses Fleckchens Erde war überwältigend.

»Danke.« Lena küsste Kathy auf die Wange. »Genau das habe ich gebraucht.« Bei jedem Schritt ließ die Anspannung ihres Körpers weiter nach. Hätte sie in diesem Moment nicht an Jack denken müssen, der heute mit ihr hatte wandern wollen, wäre sie sogar glücklich gewesen.

Kathy schien mal wieder Lenas Gedanken zu erraten. »Hör auf mit der Grübelei. Schau dir lieber diese Aussicht an.« Sie deutete mit ausgestrecktem Arm über die Bucht. »Siehst du dort draußen die dunklen Punkte?«

Lena strengte sich an, doch sie sah außer ein paar Segelbooten nur den glitzernden Atlantik. »Was soll da sein? Ich kann nichts erkennen.«

»Draußen im Meer liegen die Skelligs«, erklärte Kathy. »Dorthin fahren wir zwei auch bald mit dem Schiff. Und dann zeige ich dir die Insel, auf der die ersten Mönche gelebt und von dort aus Irland missioniert haben.«

»Das wäre schön«, murmelte Lena und wischte sich eine Träne von der Wange. Wie gern hätte sie all das an Jacks Seite erkundet.

Schon von Weitem erkannte sie die mächtigen Mauern

des Staigue Fort. »So groß hatte ich mir die Anlage nicht vorgestellt.« Staunend umwanderte sie die ringförmige Verteidigungsanlage.

Kathy spielte mit gewichtiger Miene die Reiseleiterin. »Die Mauern sind über fünf Meter hoch und vier Meter dick.« Sie führte Lena zu einer niedrigen Türöffnung im Mauerwerk, und sie gelangten ins Innere der Anlage. Über eine Steintreppe kletterten sie auf die Mauerkrone und schauten weit über das Land. Von hier oben sahen die Schafe aus wie weiße Tupfen auf einer grünen Leinwand und die verstreuten Farmen wie Spielzeughäuser.

»Man ist sich nicht sicher, ob das Fort als Verteidigungsanlage gebaut wurde oder als Nachtplatz für Tiere und Menschen diente. Schau mal, da drüben gibt es Kammern, die Zuflucht boten.« Kathy deutete auf zwei niedrige Eingänge im Mauerwerk.

»Was für eine schlaue Freundin ich doch habe. Du weißt sicher auch, wie alt die Anlage ist.«

Nachdenklich strich sich Kathy eine Locke aus dem Gesicht und referierte weiter. »Man vermutet, dass sie einige Hundert Jahre vor Christus gebaut wurde. Puh!« Sie tat, als wische sie sich den Schweiß von der Stirn. »Gut, dass ich heute Morgen noch mal nachgelesen habe.« Rasch nahm sie den Rucksack von den Schultern und stellte ihn neben sich. »Hier oben ist der perfekte Platz für ein Picknick. Genießen wir die Ruhe, bevor die Wandergruppen hier aufschlagen.«

Wie versprochen brachte sie Lena am Nachmittag zurück zum Cottage. »Sei mir nicht böse, wenn ich nicht mit reinkomme, aber auf mich wartet ein Stapel Bügelwäsche«, verabschiedete sie sich und stieg in ihren Wagen. »Wir sehen uns morgen in der Werkstatt.«

Lena nahm sich kaum Zeit für eine Teepause. Stattdessen stellte sie eine Flasche Mineralwasser auf den Küchentisch und legte Block und Kugelschreiber daneben. Dann öffnete sie ihren Laptop und vertiefte sich in ihre Kontoauszüge.

Sie rechnete hoch konzentriert durch, wie lang die Rücklagen ausreichen würden, um ihre kleine Firma über Wasser zu halten. Hinter »Einnahmen« malte sie ein großes Fragezeichen. Von dem, was sie bisher eingenommen hatte, konnte sie kaum die Miete für die Werkstatt bezahlen. Ganz zu schweigen von den Löhnen der Näherinnen und den Anschaffungskosten für Nähmaschinen und Stoffe. Fünfzigtausend Euro waren nicht viel, wenn sie von monatlichen Grundkosten von etwa dreitausend Euro ausging. Aber bis der Verkauf im Hotel und in Ians Geschäft anlief, würde es hoffentlich reichen.

Seufzend klappte sie den Laptop wieder zu und hockte sich frustriert an die Nähmaschine. Das hier war ihr Bereich. Hier kannte sie sich aus. Stoffe, Nähte und Schnittmuster waren ihre Leidenschaft. Schweren Herzens gestand sie sich ein, dass das nicht ausreichte, um eine Firma zu führen, und sie beschloss, Chris um Hilfe bei der Buchführung zu bitten.

35

Mrs Owens rückte ihre Brille zurecht und schob Josy zur Seite. »Lass mich mal an die Maschine. So schwer kann das gar nicht sein.« Mit Erstaunen stellte Lena fest, dass es für die pensionierte Lehrerin ein Leichtes war, an den modernen Nähmaschinen zu arbeiten. Keine Stunde nachdem die neuen Geräte in Lenas Werkstatt aufgestellt waren, hatte Sally Owens alle Einstellungen vorgenommen und setzte die erste Naht. »Ist doch schließlich kein Zauberwerk«, erklärte sie.

Erleichtert beugte sich Lena über die Entwürfe und überließ es Mrs Owens, Josy und deren sechzehnjährige Tochter Sue einzuarbeiten.

Gegen Mittag steckte Maura den Kopf zur Tür herein. »Wird hier auch ordentlich gearbeitet?«, fragte sie augenzwinkernd.

»Das will ich meinen«, brummte Mrs Owens. Amüsiert beobachtete Lena, wie sich die beiden älteren Frauen misstrauisch beäugten.

»Ich komme in Frieden und bringe Apfelkuchen mit«, lenkte Maura ein.

Erst jetzt bemerkte Lena den Korb, der auf dem Boden

stand. Sie eilte der Freundin entgegen und nahm sie in den Arm. »Darf ich dir mein Team vorstellen? Josy und ihre Tochter Sue kennst du ja schon. Die kompetente Dame zu ihrer Rechten ist Mrs Owens.« Sie wandte sich der ehemaligen Lehrerin zu. »Darf ich Sie mit der besten Kuchenbäckerin der County bekannt machen? Maura ist die Inhaberin der kleinen Teestube.«

Mrs Owens hielt schnuppernd ihre Nase über den Korb. »Wenn das so ist, sollte ich mich gut mit Ihnen stellen. Ich habe schon einiges über Ihre Teestube gehört.« Lächelnd trat sie auf Maura zu und reichte ihr die Hand. »Ich bin Sally.«

Lena läutete die Teatime ein und schob Maura vor sich her in die Gemeinschaftsküche. »Du bist meine Rettung. Vor lauter Arbeit habe ich ganz vergessen, den Mädels eine Pause zu gönnen.«

»Wenn du willst, bringe ich dir öfter etwas Leckeres vorbei. Ich mache dir auch einen Sonderpreis«, bot Maura an.

»Falls ich mir deine Preise leisten kann, sind wir im Geschäft. Am besten, du machst mir ein schriftliches Angebot, denn ich brauche ja die Belege«, sagte Lena und fügte augenzwinkernd hinzu: »Hab ja jetzt 'ne richtige Firma. Da muss alles für die Steuer protokolliert werden.«

»Kein Problem«, versicherte Maura. »Ich habe auch gern Planungssicherheit. Ihr müsst mir nur sagen, was und wie viel ich liefern soll.«

Lena nickte und zog ihr Handy aus der Hosentasche.

»Kathy kann die Pause sicher auch gut brauchen. Mal hören, ob sie sich aus dem Wollmarkt loseisen kann.«

Keine zehn Minuten später stürmte Kathy mit zerzausten Haaren in die Teeküche. »Super Timing«, japste sie kurzatmig. »Bis die Reisegruppe kommt, habe ich eine Stunde Zeit. Claire habe ich im Vorbeilaufen Bescheid gesagt. Die kommt nach.«

Die Wirtin des Pubs hockte sich kurz darauf zu den anderen in die Teeküche. »Nett, dass ihr mich zu eurer Teepause eingeladen habt.« Vorsichtig musterte sie Mrs Owens und schaute dann Lena an. »Brauchst du meine Hilfe überhaupt noch, jetzt, wo du so kompetente Fachkräfte an deiner Seite hast?«, fragte sie zögerlich.

Lena sprang auf und zog Claire mit sich in die Werkstatt. »Schau mal auf die Pinnwand.« Sie deutete auf eine Liste mit Namen und Telefonnummern.

»Mitarbeiterverzeichnis«, las Claire vor. »Da stehe ich ja an erster Stelle.« Ihre Augen füllten sich mit Tränen. Als Lena sie in den Arm nehmen wollte, wehrte sie ab. »Lass uns wieder zu den Kolleginnen gehen und besprechen, wie ich euch diese Woche unterstützen kann.«

Durch Mauras köstlichen Apfelkuchen milde gestimmt, bot Mrs Owens den anderen großzügig an: »Ihr könnt Sally zu mir sagen. Aber bildet euch nicht ein, dass ich deshalb weniger streng auf eure Arbeit schauen werde.« Sie war es auch, die peinlich darüber wachte, dass die Mittagspause nicht länger als eine Stunde dauerte. Mit den Worten: »Bis heute Abend will ich die ersten Korktaschen sehen«, scheuchte sie Josy und Sue wieder an die Nähmaschinen. Dann drückte sie Claire einen Stapel vorgeschnittener Portemonnaies in die Hand und meinte: »Die kannst du bis Montag zusammennähen.«

Daraufhin hatte es Claire eilig, nach Hause an ihre Nähmaschine zu kommen. Lena begleitete Kathy ein Stück die Hauptstraße hinauf. »Wenn mein Team weiterhin so schnell arbeitet, fahre ich in ein paar Tagen nach Tralee und bringe Ian die Taschen«, überlegte sie laut. »Langsam wird er ungeduldig. Er will unbedingt schon nächste Woche sein Schaufenster mit den neuen Taschen dekorieren.« Lena wurde zunehmend nervös, wenn sie an den Termin dachte. Könnte sie die Erwartungen erfüllen, die Ian in sie setzte?

»Schade, dass ich nicht mitkommen kann«, stöhnte Kathy. »Bei mir strömen im Moment die Urlauber nur so in den Laden. Ich komme kaum zum Weben. Den Stoff für die Portemonnaies werde ich erst am Abend fertigstellen können. Aber wenigstens klingelt die Ladenkasse.«

Lena strich ihr mitfühlend über die Wange. »Mir geht es nicht anders. Jeden Abend hocke ich bei Chris in der Küche und lasse mich in die Geheimnisse der Buchführung einweihen.« Nachdenklich blieb sie vor der Post stehen. »Vielleicht ganz gut so, dass wir zwei im Moment keine Zeit zum Grübeln haben. Statt zu jammern, sollten wir uns lieber auf die bevorstehende Präsentation freuen«, sagte sie und eilte zurück in die Werkstatt.

Das Modell »Cork« sollte etwas ganz Besonderes werden. Eine Mischung aus Shopper und Business-Bag. Lena schnitt schmale Streifen aus Korkleder zu, heftete sie mit Stecknadeln an den Canvas.

»Wenn du zu dem hellbraunen Korkleder schwarzen Canvas nimmst, wirkt es eleganter.« Sue legte ein Stück des dunklen Stoffs neben den Korkstreifen.

Lena trat einen Schritt zurück und begutachtete das Resultat. »Und wenn wir dann die Henkel aus Leder fertigen, haben wir den perfekten Materialmix.« Sie brannte darauf, das fertige Produkt in Händen zu halten. »Worauf warten wir noch? Schneiden wir die erste Tasche zu.«

»Wir?« Sue schaute sie ungläubig an. »Darf ich dir wirklich helfen?« Unruhig trat sie von einem Fuß auf den anderen. Lena klopfte auf den Stuhl neben sich und drückte ihr die Schere in die Hand. »Zeig mal, was du bei Mrs Owens gelernt hast.«

Die Zusammenarbeit mit dem jungen Mädchen bereitete ihr zunehmend Freude. Sue hatte einen Riecher für modische Details und sprühte nur so vor Ideen.

Am Abend stand tatsächlich die erste »Cork« im Regal und gleich daneben eine Clutch aus Korkleder. Ian würde Augen machen. Lena fotografierte ihre Neuschöpfungen und schickte die Bilder ihrem Geschäftspartner. Kurz darauf klingelte das Handy. Doch es war nicht Ians Name, der auf dem Display angezeigt wurde. Nach einer Woche Funkstille besaß Jack tatsächlich die Frechheit, sich wieder bei ihr zu melden. Wütend drückte Lena seinen Anruf weg. Wozu noch mit ihm reden? Dass er wieder mit Melinda zusammen war, das wusste sie doch längst. Mit tränenverschleierten

Augen schloss sie die Werkstatt ab und ging zu ihrem Wagen. Sie fuhr das Verdeck zurück und hoffte, dass die kühle Abendluft ihr helfen würde, einen klaren Kopf zu behalten.

Die Tür des Farmhauses stand weit offen. Chris winkte ihr aus dem Küchenfenster zu. »Es gibt Shepherd's Pie. Das magst du doch.« Als Lena die Küche betrat, tönte ihr ein mehrstimmiges »Na endlich!« entgegen.

»Wir kommen schon um vor Hunger«, sagte Dan und reichte Chris seinen Teller. Sarah und Anne umarmten Lena stürmisch.

»Nimmst du uns morgen mit in die Werkstatt?«, fragte Anne.

»Wir wollen dir auch helfen«, kam es prompt von Sarah. Erst als Lena versprach, ihnen am Samstag die neuen Nähmaschinen zu zeigen, gaben die zwei Ruhe und widmeten sich ihrem Essen.

»Heute setzen wir uns besser zu dir ins Cottage«, schlug Chris nach dem Essen vor und schnappte sich ihren Laptop. »Da sind wir ungestört.«

»Lasst mich ruhig allein mit dem Abwasch«, maulte Dan grinsend.

Sarah nahm ihn an die Hand, zog ihn zum Spültisch und verkündete laut: »Wir helfen Dad. Aber nur, wenn wir zur Belohnung ein Eis bekommen.«

Lena konnte gar nicht anders. Sie drückte ihre Nichten zärtlich an sich. »Wisst ihr eigentlich, wie lieb ich euch habe?« Dann küsste sie Dan auf die Wange. »Dich natürlich auch«, ergänzte sie rasch und folgte Chris nach draußen.

Die Schwägerin hakte sich bei ihr unter und führte sie in den Garten. »Setzen wir uns auf die Bank, und du erzählst mir, was dich bedrückt.« Wie gut Chris sie doch inzwischen kannte. *Fast wie eine Schwester*, dachte Lena.

»Warte einen Moment«, bat sie und verschwand im Cottage. Mit einer Decke über dem Arm kehrte sie kurz darauf zurück. Fürsorglich legte sie Chris und sich das Plaid über die Schultern. Eine Weile saßen sie aneinandergelehnt nur da und schauten in den sternenklaren Himmel.

»Riechst du das auch?«, unterbrach ihre Schwägerin das Schweigen. »Der Sommer hat einen ganz eigenen Duft. Diese Mischung aus salziger Atlantikluft und würzigen Wiesenkräutern gibt es nur hier.«

Lena atmete tief ein. »Jack hat angerufen«, murmelte sie und reichte Chris ihr Handy. »Nachdem ich ihn weggedrückt habe, hat er mir diese SMS geschickt.«

Chris las: »Wir müssen uns treffen. Bitte melde dich bei mir.« Sie zögerte einen Moment, bevor sie Lena das Handy zurückgab. »Du hast nicht geantwortet?«

»Das habe ich nicht, und das werde ich auch nicht. Das Kapitel Jack ist ein für alle Mal Geschichte.«

Chris rutschte ein Stück von ihr weg und schaute ihr in die Augen. »Willst du dir nicht wenigstens anhören, was er zu sagen hat?«

Lena schüttelte energisch den Kopf. »Lass uns reingehen, mir ist kalt.«

»Was machst du, wenn er hier auftaucht?«, fragte Chris und folgte ihr ins Cottage.

Lena stockte der Atem. Alles in ihr zog sich zusammen. An diese Möglichkeit hatte sie überhaupt nicht gedacht.

»Warum sollte er?«, entgegnete sie bitter. »Die Frau, die er liebt, ist doch wieder an seiner Seite.«

Chris blieb hartnäckig. »Aber irgendwann hast du vielleicht seine Hilfe als Arzt nötig.«

Damit hatte ihre Schwägerin sicher recht. Doch Lena konnte nicht so einfach über ihren Schatten springen und in Jack nur noch den Arzt sehen. Dafür hatte sie schon zu viele Gefühle in diese Beziehung investiert.

36

»Denny Street, Tralee«, tippte Lena in ihr Navi. Auch wenn Ian versichert hatte, dass seine Heimatstadt nur ein großes, lebhaftes Dorf sei, in dem sie sich unmöglich verfahren könne, wollte sie auf Nummer sicher gehen. Immerhin hatte dieser Ort zwanzigtausend Einwohner und garantiert mehr Straßen als Busby.

»Hast du an alles gedacht?« Kathy klappte den Deckel des Kartons auf, der auf der Rückbank des Minis stand. Mit ernster Miene kontrollierte sie zum wiederholten Mal den Inhalt.

»Zwanzig Portemonnaies, acht Taschen, Modell ›Cork‹, zehn Jeanstaschen und zehn Gürteltaschen«, zählte sie auf. »Vergiss die Rechnung nicht.«

»Ja, Mama.« Lena klopfte Kathy auf den Po und schob sich an ihr vorbei ins Auto. »Jetzt zieh nicht so ein Gesicht. Ich wäre auch lieber gemeinsam mit dir nach Tralee gefahren. Aber du musst dich um den Wollmarkt kümmern. Und in der Mittagspause schaust du bitte nach unseren Mitarbeiterinnen. Schließlich bist du heute die Chefin im Ring.«

Aus dem offenen Werkstattfenster winkten ihr Sue und

Josy zu. Sally rief: »Viel Glück, Lena.« Die drei schienen zu ahnen, wie wichtig der heutige Termin für den erfolgreichen Start des Unternehmens war. Ohne dass Lena sie darum gebeten hatte, waren sie am Samstag in der Werkstatt aufgetaucht und hatten gearbeitet, um die Bestellung rechtzeitig fertig zu bekommen. Anscheinend war auch für sie die Arbeit längst zu einer Herzensangelegenheit geworden.

Selbst die sonst eher mürrische Sally Owens blühte an der Nähmaschine förmlich auf. »Früher konnte ich mit Handtaschen nicht viel anfangen. Hab nie verstanden, warum manche Frauen regelrecht süchtig nach den Dingern sind«, hatte sie erklärt. »Wozu hier auf dem Land mit einer Tasche über den Acker laufen, habe ich gedacht. Und jetzt überlege ich selbst schon, welches Modell ich mir zulege.«

Lena hatte angeregt, dass ihre Mitarbeiterinnen mit den Taschen der Firma Reklame laufen sollten. »So weit kommt es noch, dass ihr ohne eine ›Lena & Kathy's‹ aus dem Haus geht. Soll ja schließlich jeder sehen, was wir für schicke Teile produzieren. Etwas modischer Chic wird unserem beschaulichen Busby nicht schaden.«

Selbst die eher zurückhaltende Josy klemmte sich sofort eine Jeanstasche unter den Arm, worüber sich Lena besonders freute. Denn auch sie trug ihre Jeanstasche stets bei sich, erinnerte sie ihr Lieblingsstück doch täglich an ihren verstorbenen Mann. Mit seiner alten Jeans hatte alles angefangen …

»Jetzt fahr endlich los«, unterbrach Kathy Lenas Gedanken. »Du willst doch noch bei Simon vorbei.« Sie deutete auf den zweiten, kleineren Karton auf dem Rücksitz.

Lena schaute in den Rückspiegel, dann wendete sie den Mini und bog in die Hauptstraße ein. Sie liebte es, mit offenem Verdeck zu fahren. Wenn der Wind durch ihre Haare strich und die Seevögel über ihr kreisten, fühlte sie sich dem irischen Himmel gleich ein Stück näher. Laut Navi würde sie in spätestens einer Stunde ihr Ziel erreichen. Blieb ihr noch genügend Zeit, um die Bestellung zum Seaside Hotel zu bringen. Inzwischen kannte sie den Weg dorthin schon im Schlaf. In der letzten Woche hatte sie bereits die ersten Taschen dort in die Vitrine gestellt. Zu ihrer Überraschung war Simon an dem Nachmittag sehr kühl und zurückhaltend gewesen. Er hatte sich kaum Zeit für sie genommen und sich rasch wieder in sein Büro verzogen.

Als sie an diesem Morgen hinter dem Hotel parkte, öffnete er ihr die Hintertür und winkte sie zu sich. »Gut, dass du so früh bist.« Er küsste sie auf die Wange und legte einen Arm um ihre Schulter. »Hast du Zeit für einen Tee?«

»Ein anderes Mal gern, Simon«, entgegnete Lena betont geschäftsmäßig. »Ich bin auf dem Weg nach Tralee.« Sie entzog sich seiner Umarmung und eilte an ihm vorbei in die Rezeption. Mit wenigen Handgriffen arrangierte sie die mitgebrachten Taschen in der Vitrine und legte noch einige ihrer neuen Visitenkarten dazu. »Nächstes Mal bringe ich mehr Zeit mit«, versprach sie Simon, drückte ihm den Lieferschein in die Hand und verließ das Hotel über die Freitreppe. Doch bereits nach wenigen Schritten hatte der Freund sie eingeholt und hielt sie am Arm fest.

»Warum läufst du vor mir weg? So schlimm bin ich doch gar nicht.« Er schaute ihr fest in die Augen. »Ich weiß nicht, was Jack dir über mich erzählt hat, aber ich bin kein Weiberheld. Ich habe einfach noch nicht die Richtige gefunden.«

»Was willst du, Simon?«, unterbrach Lena ihn. »Ich habe es eilig.«

»Dein guter Freund sein, mehr nicht«, sagte er mit fester Stimme und wandte sich ab. Lena bedauerte sofort, ihn so schroff behandelt zu haben. Sie wollte ihn nicht verletzen, denn er konnte ja nichts für ihre Gefühle. Lena legte eine Hand auf seine Schulter und murmelte: »Aber das bist du doch längst für mich.« Als er sich zu ihr umdrehte und sie anlächelte, sagte sie leise: »Du weißt gar nicht, wie wichtig mir unsere Freundschaft gerade jetzt ist.« Dann stieg sie in den Mini und fuhr im Schritttempo an ihm vorbei. »Ich hoffe doch, du kommst mit deiner Mutter zur Präsentation«, rief sie ihm zu. »Das wäre mir sehr wichtig.«

Im Rückspiegel sah sie, wie Simon ihr eine Kusshand hinterherschickte und lächelte. Wahrscheinlich wusste er längst, dass Jack wieder mit Melinda zusammen war, und machte sich deshalb Hoffnungen. Lena schüttelte energisch den Kopf. Simon würde nie mehr als ein Freund für sie sein. Es schien ihr unvorstellbar, ausgerechnet mit Jacks bestem Freund etwas anzufangen.

Kaum hatte Lena das Ortsschild von Tralee passiert, dirigierte das Navi sie in eine enge Seitenstraße. »Sie haben Ihr Ziel erreicht. Es befindet sich auf der linken Seite.«

»Von wegen!«, schimpfte Lena lautstark und parkte am Straßenrand. Statt in die Denny Street hatte das blöde Ding sie in eine Sackgasse gelotst. Rechts und links sah sie nur einige Pubs und kleine Handwerkerläden. Von einem großen Modegeschäft keine Spur. Frustriert zog sie das Handy aus der Handtasche und wählte Ians Nummer.

»Bleib, wo du bist. Ich hole dich ab«, beruhigte er sie. Und keine zehn Minuten später eilte er ihr entgegen. Als Lena sich nach einem Parkverbotsschild umsah, meinte er lächelnd: »Du kannst den Wagen hier stehen lassen. Es sind nur ein paar Schritte bis zum Laden.« Dann küsste er sie auf die Wange, schnappte sich den Karton von der Rückbank und lief voraus.

»Warte bitte einen Moment«, rief Lena ihm nach und schloss vorsichtshalber das Verdeck ihres Wagens. Erste dunkle Wolken zogen auf, und es war merklich kühler geworden. Lena war froh, dass sie heute Morgen kurz entschlossen das Sommerkleid gegen den hellen Hosenanzug getauscht hatte. Er schien ihr weitaus passender für einen Geschäftstermin in einem eleganten Bekleidungsgeschäft als das legere Kleid. Ian marschierte über den Hinterhof einer Schlosserei, bog um die nächste Häuserecke, und schon standen sie in der Denny Street.

»Das nennst du ein großes, lebhaftes Dorf?« Lena schaute sich begeistert um. Hier reihte sich ein schickes

Geschäft an das andere. Dazwischen gab es gemütliche Cafés und Lokale.

»Wenn du das nächste Mal kommst, parkst du dort drüben am Town Park.« Ian deutete auf die andere Straßenseite. Gleich neben dem Eingang des Stadtparks entdeckte Lena den Parkplatz. »Hat unser Geschäft nicht die perfekte Lage gegenüber dem Rosengarten? Wenn du später noch etwas Zeit hast, könnten wir einen kleinen Spaziergang machen«, bot Ian an. Lena nickte ihm dankbar zu. »Eine wunderbare Idee. Auf mich wartet heute niemand mehr.« Sie seufzte und wandte rasch den Blick ab.

Doch Ian schien ihre letzte Bemerkung nicht mehr gehört zu haben. Er eilte mit großen Schritten auf ein lang gezogenes Gebäude zu. Der Schriftzug »Carmichael Fashion« prangte über dem Eingang des Geschäfts. Vier große Schaufenster zu jeder Seite zogen die Blicke vorbeischlendernder Frauen an, aber auch einige Männer blieben vor den Auslagen stehen.

»Das ist Bridget.« Ian zog Lena mit sich zum hintersten Schaufenster. Eine zarte Frau im cremefarbenen Kostüm drapierte einen Seidenschal kunstvoll über den Schultern einer Schaufensterpuppe. Sie war so sehr in ihre Arbeit vertieft, dass sie Lena und Ian nicht bemerkte. Erst als er an die Scheibe klopfte, wandte sie sich um und winkte ihnen lächelnd zu. »Obwohl wir einen Dekorateur haben, lässt es sich meine Frau nicht nehmen, das eine oder andere Schaufenster selbst zu gestalten. Dabei blüht sie richtig auf«, erklärte Ian und trug den Karton durch die offen stehende

Tür ins Geschäft. »Schau dich erst mal in Ruhe um. Ich habe noch etwas im Büro zu erledigen«, erklärte er und eilte die Treppe hinauf.

Auf den ersten Blick erkannte Lena, dass dieser Modeladen sich keineswegs hinter den eleganten Geschäften der Friedrichstraße in Berlin zu verstecken brauchte. Hier wurde auch die anspruchsvollste Kundin fündig. Die Marken der meisten großen Designer waren vertreten. Aber würden ihre Taschen diesem Anspruch überhaupt gerecht werden? In Lena machten sich Zweifel breit, und sie ließ sich nachdenklich in einen Klubsessel sinken.

In diesem Moment eilte Bridget Carmichael auf sie zu und schaute sich suchend um. »Hast du keine Taschen mitgebracht?« Mit dem Handrücken strich sie sich eine Haarsträhne aus dem Gesicht. »Entschuldige, ich habe dich noch gar nicht richtig begrüßt«, meinte sie lächelnd und küsste Lena auf die Wange. »Ian hat recht. Du hast wirklich viel Ähnlichkeit mit unserer ältesten Tochter.«

»Davon hat er mir aber nichts gesagt«, entgegnete Lena. Die beiden Frauen schauten sich an und lachten. Lena entspannte sich, und ihre Selbstsicherheit kehrte zurück.

»Typisch irischer Mann«, meinte Bridget. »Sie reden nicht viel, aber sie haben ein Herz aus Gold.«

»Und manchmal verstecken sie auch große Kartons«, stellte Lena mit Augenzwinkern fest.

»Dann hat Ian deine Taschen sicher mit ins Büro genommen. Lass uns gleich mal nachschauen.« Bridget reichte Lena eine Hand und zog sie aus dem tiefen Sessel. Gemeinsam liefen sie die Treppe hinauf. Bridget führte Lena durch die Herrenabteilung und deutete schließlich auf eine unscheinbare Tür neben den Umkleidekabinen. »Dahinter versteckt sich unser Modeatelier. Das Büro ist gleich nebenan.«

Lena konnte ihre Neugier kaum zügeln. »Darf ich mal einen Blick ins Atelier werfen?«

Bridget nickte und hielt ihr eine Glastür auf. »Ich hatte gehofft, dass du das fragen würdest, denn unsere Näherinnen brennen darauf, dich kennenzulernen.«

Im Hintergrund erklang Ians Lachen. »Ich habe ihnen schon auf die Finger klopfen müssen«, amüsierte er sich. »Die wollten mir doch tatsächlich ein paar deiner neuen Modelle abschwatzen.« Gut gelaunt legte er Lena und Bridget einen Arm um die Schulter und schob sie vor sich her ins Atelier. »Zur Strafe müssen die Damen jetzt die nagelneuen Logos mit Lederschlaufen an den Taschen befestigen.«

Die drei Schneiderinnen sprangen auf, als Lena auf sie zukam. »Ihre Taschen sind wirklich etwas ganz Besonderes«, sagte die ältere der Frauen. »Das sieht man nicht alle Tage.«

»Es freut mich, dass sie Ihnen gefallen.« Lenas Wangen glühten vor Aufregung. Vor ihr auf dem Tisch stapelten sich ihre Kreationen. An einigen entdeckte sie kleine, ovale Lederanhänger.

»Zufrieden mit unserer Arbeit?«, fragte Ian und reichte ihr einen Anhänger. »Wir haben sie in drei Größen fertigen lassen. Kleine für die Clutches, mittlere für die elegante Corktasche und die großen für die Jeanstaschen. Was meinst du?«

Lena strich fast zärtlich über den Schriftzug »Lena & Kathy's«, der mit geschwungenen Lettern in das Leder geprägt war. Dann schnupperte sie daran. »Ich liebe diesen Ledergeruch«, entfuhr es ihr spontan. Als sie Ians verdutztes Gesicht sah, ergänzte sie schnell: »Sie sind noch besser geworden als der Prototyp. Ich bin begeistert von der ovalen Form.«

Bridget drängte sich an ihrem Mann vorbei zum Tisch. Sie griff nach einer Corktasche und stellte sich mit ihr vor den Spiegel. »Die behalte ich für mich. Sie passt perfekt zu diesem Kostüm.«

Als Lena das hörte, lief ein Freudenschauer über ihren Rücken. »Du ahnst nicht, wie glücklich mich deine Worte machen. Darf ich dir die Tasche schenken?«

»Kommt gar nicht infrage«, mischte sich Ian ein. »Nicht bevor die Taschen auf dem Laufsteg waren.«

Doch Lena hob drohend den Zeigefinger. »Du erlaubst doch, dass ich meiner neuen Freundin eine Freude mache. Wenn du möchtest, kreiere ich für dich eine Herrenhandtasche.«

Nachdenklich kratzte sich Ian am Kinn. »Keine schlechte Idee. Erst neulich habe ich in einer Modezeitschrift gelesen, dass Mann wieder Tasche trägt.«

Bridget legte eine Hand auf seinen Arm. »Bevor du Lena mit neuen Aufträgen eindeckst, kümmern wir uns um die Präsentation. Das hat jetzt Vorrang.«

Gemeinsam hockten sie sich an Ians Schreibtisch und planten für den Herbst eine Modenschau, auf der Lenas Kollektion einen besonderen Platz einnehmen sollte.

»Die Presse wird sich auf deine Geschichte stürzen, die liebt so etwas«, erklärte Ian.

Zwei Stunden später hatten sie alle wichtigen Details geklärt.

»Gute Arbeit, Ladys.« Ian streckte den Rücken durch und erhob sich. »Darf ich euch nach nebenan zu einem Lunch einladen?« Lena und Bridget verschwanden in den angrenzenden Waschräumen und frischten ihr Make-up auf.

»Jetzt kann ich es dir ja sagen.« Bridget stupste Lena an, und sie verschmierte ihren Lippenstift. »So, wie Ian von dir geschwärmt hat, war ich zuerst ganz schön eifersüchtig.«

Lena wischte sich den Lippenstift von der Wange und schaute Bridget erstaunt an. »Und jetzt bist du es nicht mehr, hoffe ich.«

»Ich weiß doch, dass dein Herz längst an einen anderen vergeben ist«, sagte Bridget und tippte Lena auf die Wange. »Da ist noch etwas Lippenstift.«

Lena nickte nur und verschwand auf der Toilette. Sie hoffte inständig, dass Bridget sie nicht nach Jack fragen würde.

Ungeduldig wartete Ian in der Damenabteilung auf sie. »Das hat man nun davon. Wenn man mit zwei schönen Frauen ausgeht, muss man auch doppelt so lange auf sie warten.«

Gerade wollten sich Lena und Bridget bei ihm einhaken, da ertönte aus dem Eingangsbereich ein spitzer Schrei. »Verschwinde, du frecher Köter!«, schrie eine der Verkäuferinnen.

Ian eilte der verschreckten Dame zu Hilfe, da raste Scotty schon auf Lena zu. Ohne nur einen Mucks von sich zu geben, sprang er an ihr hoch und leckte ihr über das Gesicht. Als Ian ihn am Halsband wegziehen wollte, winkte Lena ab.

»Das ist mein Scotty«, seufzte sie und kniete sich vor den Hund. Sie schlang die Arme um ihn und schmiegte ihr Gesicht in sein weiches Fell. »Wo ist Jack?«, flüsterte sie ihm ins Ohr. Scotty jaulte auf und rannte zur Tür. Schwanzwedelnd wartete er darauf, dass sie ihm folgte.

Aus Sorge, dass der Hund auf die Straße laufen könnte, hielt Lena ihn am Halsband fest. Mit klopfendem Herzen suchte sie die Einkaufsstraße nach Jack ab. Scotty zog sie auf die andere Straßenseite, riss sich los und raste in den Park. Schon von Weitem entdeckte sie Jack im Rosengarten. Mit zitternden Knien eilte sie ihm entgegen.

»Wie konntest du Scotty allein losschicken? Bei diesem Verkehr hätte er leicht vor ein Auto laufen können«, blaffte sie Jack an.

»Endlich«, stöhnte er auf und wollte sie in seine Arme schließen. Doch sie stieß ihn von sich.

»Warum bist du mir nachgefahren?«, schrie sie. »Ich weiß doch längst, dass du wieder mit Melinda zusammen bist.« Ihr Herz stolperte, und sie schnappte nach Luft.

Sofort war Jack an ihrer Seite. Er führte sie zu einer Bank und drängte sie, sich hinzusetzen. »Bitte hör mir zu«, flehte er und blieb vor ihr stehen. Lena wollte aufspringen und davonlaufen. Zurück zu Ian und Bridget. Doch ihr unruhiges Herz zwang sie, bei ihm zu bleiben.

Jack schaute ihr fest in die Augen. Da war so viel Traurigkeit in seinem Blick. »Melinda ist schwer krank«, brach es aus ihm hervor. »Sie brauchte meine Hilfe. Als Arzt und als Freund.«

Lena schluckte. »Das tut mir leid.« Schwer atmend nahm sie all ihre Kraft zusammen. »Um mir das zu sagen, hättest du nicht nach Tralee kommen müssen.« Als Jack nach ihrer Hand griff, hob sie abwehrend den Arm. »Was willst du wirklich hier?«

Jack starrte auf seine Schuhspitzen. »Melinda hatte einen Tumor im Kopf. Ich habe sie zur Operation überredet und ihr einen Termin bei einem Spezialisten besorgt. Es ging um Leben und Tod! Sie wollte, dass ich sie ins Krankenhaus begleite. Ich lasse niemanden, mit dem ich befreundet bin, in so einer Situation im Stich. Das hat doch nichts mit dir zu tun.«

»Ich wünsche ihr alles Gute und hoffe, ihr werdet glücklich miteinander«, murmelte Lena und sprang auf. »Bitte lass mich aus dem Spiel. Ich tauge nicht zu einer heimlichen Geliebten.«

»Aber ich liebe sie nicht mehr. Versteh doch! Wir sind Freunde, mehr nicht«, stieß Jack hervor.

»Das ist nicht das, was ich von dir hören will, Jack.« Lena

warf ihm einen verzweifelten Blick zu. In diesem Moment winselte Scotty so herzergreifend, dass sich Lena zu ihm beugte und ihm zärtlich über den Kopf strich.

Da legte Jack seine Hand auf ihre und sagte mit fester Stimme: »Ich liebe dich.«

Claires berühmtes Irish Stew
Irischer Eintopf

1 kg Lammfleisch ohne Knochen
4 große Kartoffeln
2 große Zwiebeln
3 mittelgroße Möhren
500 ml Wasser
Salz, Pfeffer und etwas frische Petersilie

Zubereitung:
Das Fleisch in größere Stücke schneiden. Gemüse schälen und in dicke Scheiben schneiden. Petersilie hacken.

In einen Topf mit Deckel alle Zutaten hineinschichten. Dabei sollte die erste und letzte Schicht jeweils Kartoffeln sein. Mit Wasser aufgießen und nach Geschmack würzen. Bei geschlossenem Deckel auf mittlerer Flamme eineinhalb Stunden kochen, bis das Fleisch gar ist und die Kartoffeln sämig sind.

Bain taitneamh as an mbèile (Mahlzeit)

Liebe Leserinnen, liebe Leser,

vor mehr als dreißig Jahren reiste ich das erste Mal mit meiner Familie nach Irland. Es sollte nicht unsere letzte Reise auf die Grüne Insel bleiben. Mit unseren Freunden Betty und Manni mieteten wir ein hundert Jahre altes Cottage in der Anne's Bay bei Caherdaniel. Wenn eine Bucht schon meinen Namen trug, was konnte da schiefgehen?

Es war Anfang April, das Haus in den letzten Wintermonaten nicht bewohnt gewesen und daher feucht und kalt. Der raue Atlantikwind fegte um die Bruchsteine des alten Hauses, und wir zogen in der ersten Nacht einige Kleidungsstücke übereinander, bevor wir ins Bett krochen, um der Kälte zu trotzen. Dennoch nahm uns dieser Ort von Anfang an gefangen. Die urwüchsige Landschaft, die zerklüfteten Felsen und das tiefblaue Meer weckten eine Sehnsucht in uns, die uns bis heute nicht loslässt. Ein Stück Torf in unserem Bücherregal erinnert uns stets an die gemütlichen Abende vor dem offenen Kamin bei irischem Whiskey.

Mit einem VW-Bus erkundeten wir damals den Ring of Kerry, fuhren mit dem Schiff bis zu den Skellig Islands und besuchten unter anderem das quirlige Cork. Am Abend wanderten wir an den Schafweiden vorbei in den Ort, kehrten im Pub ein, wo wir schon bald wie Freunde begrüßt wurden.

All das inspirierte mich zu diesem Roman. In meinem Busby (einem von mir erfundenen Ort) ließ ich die Menschen wieder aufleben, die uns damals so warmherzig in ihrer Mitte aufgenommen hatten. Irland hat sich in den letzten dreißig Jahren in vielerlei Hinsicht verändert, ist moderner geworden. Aber es gibt sie noch, diese kleinen, beschaulichen Orte und Winkel, diese herzliche Gastfreundschaft und vor allem die wundervolle Natur.

Wenn die Erinnerung mich im Stich ließ, war es mein Mann, der sie wieder auffrischte. In ihm habe ich meinen besten Ratgeber und kritischsten Leser, der nie müde wird, mich auf meinen gedanklichen Reisen zu begleiten.

Wenn auch Ihnen die Menschen von Busby inzwischen ans Herz gewachsen sind, dürfen Sie auf ein Wiedersehen im nächsten Roman gespannt sein. Es gibt noch so viel zu erzählen …

Ihre
Anne Labus

LESEPROBE

1

Reifen quietschten, dann ein lauter Knall und das Geräusch von splitterndem Glas. Das Haus zitterte und ächzte. Die gespenstische Stille, die darauf folgte, jagte Kathy einen eisigen Schauder den Rücken hinunter. Vor Schreck fiel ihr das Schiffchen aus der Hand und landete unter dem Webstuhl. Mit zitternden Knien öffnete sie die Tür zum Verkaufsraum. Für einen Moment blieb ihr Herz stehen, und ihr Atem stockte. Der alte Dielenboden war übersät mit Scherben.

»Wer zum Teufel hat das …?« Sie ballte die Fäuste und stürmte zur Ladentür. Da erst bemerkte sie den grünen Sportwagen, dessen halbe Schnauze mitten im Schaufenster hing. Auf dem Fahrersitz kauerte Peter und starrte mit weit aufgerissenen Augen in den Wollmarkt. Sein Gesicht war kreidebleich. Er blutete an der Stirn. Kathy riss die Fahrertür auf. Wut machte sich in ihr breit. »Das Schaufenster demoliert, die Auslagen zerstört. Was hast du dir nur dabei gedacht, in diesem Tempo durch Busby zu rasen?«, schrie sie ihn an. Sie zerrte an seinem Arm, stupste ihn in die Seite, doch er reagierte nicht. »Sag etwas, Peter«, flehte sie besorgt.

Aus Peters Mund kam nur ein undeutliches Lallen. Er stank, als hätte er in Whiskey gebadet. Blut tropfte von seiner Stirn auf das Lenkrad. Verzweifelt versuchte Kathy, ihn aus dem Wagen zu ziehen, sah schnell ein, dass sie Hilfe benötigte. Als sie mit eiskalten Fingern das Handy aus der Hosentasche zog, schob sie jemand sanft zur Seite.

»Lass mich mal ran«, sagte Fergus. »Der ist zu schwer für dich.« Der Wirt des Pubs schaute ihr fest in die Augen. »Du bist ganz blass um die Nase. Kipp mir bloß nicht um. Hock dich auf den Boden, und ruf den Doc an.«

Kathy nickte nur, lehnte sich an die Ladentheke und wählte Jacks Nummer. Der Dorfarzt wohnte nur einige Schritte vom Wollmarkt entfernt über seiner Praxis. Zehn Minuten später eilte er mit der Arzttasche an die Unglücksstelle. Nach einer eingehenden Untersuchung versicherte Jack, dass Peter bis auf die Platzwunde über dem Auge unversehrt sei. Kathys Lebensgeister kehrten zurück. Längst war die Sorge um ihren Ex der Wut gewichen. Peter saß mit hängenden Schultern auf einem Stuhl im Webraum und ließ sich geduldig von Jack die Wunde versorgen, während Kathy wie ein Bierkutscher fluchte.

»Weißt du, was du angerichtet hast?! Rast besoffen in meinen Laden und zerstörst die Arbeit von Monaten. Die schönen Pullover, meine Teppiche und all die Taschen!« Ihre Stimme überschlug sich fast. »Von dem Schaufenster ganz zu schweigen.« Sie stemmte die Fäuste in die Hüften und stampfte auf. »Das wirst du mir Cent für Cent bezahlen.«

Peter hob den Kopf und schaute sie mit glasigen Augen an. »Sorry, Darling«, lallte er. »Aber ich liebe dich doch.«

»Nix *sorry Darling*! Du bist ein verantwortungsloser Mistkerl!« Fast tat er ihr ein wenig leid. Im hintersten Winkel ihres Herzens hatte der Mann, der sieben Jahre lang ihr geliebter Herzensmensch gewesen war, immer noch einen Platz belegt. Auch wenn er sie belogen und betrogen hatte und längst mit einer anderen zusammenlebte.

Als Kathy eine Hand auf ihrer Schulter spürte, zuckte sie zusammen. »Lena, gut, dass du da bist«, sagte sie erleichtert und gab der Freundin einen Kuss auf die Wange. Bereitwillig ließ sie sich von ihr aus der Webstube ziehen.

»Wir haben schon mal das Gröbste aufgeräumt«, erklärte

Lena und deutete in den Laden. Das halbe Dorf hatte sich inzwischen dort mit Besen und Eimern versammelt.

Mittendrin Claire, die resolute Wirtin des Pubs. »Scherben in diese Eimer«, kommandierte sie und lächelte Kathy aufmunternd an. »Sieht schlimmer aus, als es ist. Den Wagen haben die Männer schon aus dem Schaufenster gezogen. Er steht auf dem Bürgersteig.«

Aus dem Hintergrund ertönte die sonore Stimme von Pfarrer Donnelly. »Bist du okay, Kathy?« Mit dem Handrücken wischte er sich über die verschwitzte Stirn. »Mann, hat das geknallt! Im ersten Moment dachte ich, die Kirchturmglocke wäre runtergefallen.«

Kathy wurde von ihren Freunden umringt und von jedem in den Arm genommen. »Wollt ihr mir helfen oder mich erdrücken?«, wehrte sie halbherzig die Umarmungen ab. Tapfer schluckte sie die Tränen hinunter, straffte die Schultern und schaute in die Runde. »Ich denke, ich koche mal eine Kanne Tee für meine fleißigen Helfer. Am besten mit einem ordentlichen Schuss Whiskey drin.« Dann drehte sie sich rasch um und rannte die Treppe hinauf in ihre Wohnung.

Niemand sollte sehen, wie elend sie sich in diesem Moment fühlte. Eine kaputte Fensterscheibe konnte man reparieren, aber ein gebrochenes Herz brauchte Zeit zum Heilen. Noch gestern war sich Kathy sicher gewesen, dass sie über Peter hinweg war, und hatte angefangen, ihr Single-Dasein zu genießen. Kaum tauchte dieser gut aussehende Typ hier auf, kamen die alten Gefühle wieder hoch. »Reiß dich zusammen«, ermahnte sie sich. »Nur weil du in einer Woche sechsunddreißig wirst, ist das noch lange kein Grund, den Kerl wieder in dein Bett zu lassen, der dich so verletzt hat.«

Sie stellte die Teekanne, Becher und eine Dose Cookies auf das alte Holztablett und balancierte alles die Treppe hinunter. »Mitternachtstee!«, verkündete sie betont fröhlich und zauberte eine Flasche Whiskey aus der Tasche ihrer Strickjacke. Vorsichtig schaute sie sich im Verkaufsraum um. Anscheinend saß Peter immer noch in der Webstube und traute sich nicht heraus.

Lena schien zu spüren, was Kathy gerade durch den Kopf ging. »Du lässt ihn aber heute Nacht nicht hier schlafen«, flüsterte sie ihr ins Ohr.

Kathy wuschelte sich nachdenklich durch die Locken. »In dem Zustand kann ich ihn allerdings nicht auf die Straße setzen.«

»Der kann mit zu uns kommen«, mischte sich Claire ein.

»Nein!« Kathy klopfte mit der Faust auf die Ladentheke. »Er pennt bei mir auf der Couch. So kann ich ihm direkt morgen früh, wenn er wieder nüchtern ist, die Rechnung aufmachen.« Ihr entging Lenas fragender Blick nicht. »Keine Angst. Ich schließe meine Schlafzimmertür ab«, beteuerte sie. »Also, was ist? Wer hilft mir, den Kerl nach oben zu schaffen?«

Eine halbe Stunde später lag sie in ihrem Bett und starrte in die Dunkelheit. Nebenan schnarchte Peter, als gelte es, Weihnachtsbäume für das ganze Dorf zu sägen. So betrunken hatte sie ihn in ihrer gemeinsamen Zeit nie erlebt. Obwohl er in einer Brauerei arbeitete, machte er sich nicht viel aus Alkohol. Dafür hatte sie ihn immer besonders geschätzt. Wenn andere sich am Wochenende im Pub volllaufen ließen, gönnte sich Peter höchstens ein oder zwei Guinness. Warum hatte er sich diesmal so gehen lassen? Kathys Gefühle fuhren Achterbahn, und sie konnte nicht aussteigen.

Wenn es etwas gab, was sie wieder ins seelische Gleichgewicht brachte, war es ihr Webstuhl. Auf Zehenspitzen schlich sie an Peter vorbei. Im Flur griff sie nach ihrer dicken Strickjacke und schlüpfte hinein.

Der Novemberwind zerrte an den Brettern, die Fergus notdürftig vor das demolierte Schaufenster genagelt hatte. Es war saukalt. Durch die schmalen Ritzen pfiff der raue Wind des Atlantiks. Als ihre nackten Füße vor Kälte krampften, nahm sie sich ein paar dicke Wollsocken aus dem Regal und zog sie an. Sofort breitete sich eine angenehme Wärme über den ganzen Körper aus. Keine Minute länger wollte Kathy sich das Chaos in ihrem geliebten Wollmarkt anschauen. Dazu war morgen genug Zeit.

Sie öffnete die Tür zum Webraum, schaltete das Radio auf der Fensterbank ein und setzte sich an den Webstuhl. Im Schein der kleinen Stehlampe und zu den Klängen einer irischen Harfe setzte sie die Arbeit an einem Teppich fort. Schon als Kind hatte sie neben ihrer Mutter gesessen und gestaunt, wie man mit ein paar Schnüren, Balken und Fäden so wundervolle Dinge herstellen konnte.

Das gleichmäßige Klacken, das beim Weben erklang, war ihr Lebensrhythmus. Er gab ihr Sicherheit und beruhigte ihr unruhiges Herz. Unter Kathys Händen wuchs ein neues Stück irische Tradition, und in ihrem Kopf sortierten sich die Gedanken. Gleich morgen früh würde sie den Glaser im Nachbarort anrufen. Danach musste sie mit der Handelsschule in Sneem telefonieren und einen neuen Termin für die Werkstattbesichtigung ausmachen.

Sie überlegte, den Donnerstagstreff der Handarbeitsfrauen zu verschieben. Aber wie sie ihre Freundinnen kannte, würden die garantiert pünktlich um fünfzehn Uhr auf der Matte stehen, wussten Lena, Maura, Claire, Bella und Nora doch genau, dass jetzt jede helfende Hand gebraucht wurde, um die beschädigte Ware aus dem Schaufenster zu ersetzen.

Als im Radio die Sechs-Uhr-Nachrichten gesendet wurden, richtete sich Kathy auf und schlich zurück in ihr Bett. Vorsichtshalber stellte sie den Wecker auf acht Uhr. Kurz darauf sank sie in einen tiefen, traumlosen Schlaf.

Es war nicht das schrille Läuten ihres Handyweckers, das sie weckte, es war das Streicheln einer warmen Hand auf ihrer Wange.

»Tee und Toast für mein Mädchen«, säuselte Peter in ihr Ohr.

Das klang so vertraut und dennoch fremd. Irgendetwas störte sie daran. Kathy riss die Augen auf und starrte direkt in sein Gesicht. »Ich bin schon lange nicht mehr dein Mädchen«, zischte sie und stieß Peter unsanft zur Seite.

Er versuchte, sie an sich zu ziehen, aber sie entzog sich seinem Griff, rannte ins Bad und verschloss, so schnell sie konnte, die Tür. Weil sie vergessen hatte, frische Kleidung mitzunehmen, aber keine Lust verspürte, Peter im Bademantel gegenüberzutreten, zog sie kurzerhand eine getragene Jeans und ein T-Shirt aus dem Wäschekorb. Für Peter würde sie sich nicht aufbrezeln, so viel stand fest.

Entschlossen, sich keine weiteren Annäherungsversuche gefallen zu lassen, öffnete sie die Badezimmertür. Zu ihrer Erleichterung wartete Peter nicht am Frühstückstisch. Stattdessen dröhnte lautes Motorengeheul durch das gekippte Küchenfenster. Kathy mochte ihren Augen nicht trauen, als sie Peter mit rotem Kopf über die Motorhaube seines Wagens gebeugt sah. Statt sich um den Schaden zu kümmern, den er in ihrem Laden angerichtet hatte, dachte er nur an sein Auto.

Kathy kochte vor Wut. Sie rief die Polizeistation in Sneem an und informierte sie über den Vorfall. Im Vorbeilaufen schnappte sie sich Peters Koffer und schleppte sie die Treppe hinunter. Wütend knallte sie ihm die braunen Ungetüme vor die Füße. »Ich möchte, dass du verschwindest, sobald die Polizei hier war und den Unfall aufgenommen hat«, schrie sie ihm entgegen.

Von der anderen Straßenseite eilte Lena dazu und stellte sich neben sie. »Falls du nicht freiwillig für den Schaden aufkommst, hörst du bald von unserem Anwalt«, drohte die Freundin.

Kathy hob zur Bekräftigung demonstrativ die Faust, dann rannte sie zurück in den Wollmarkt. Wann würde dieser Mann endlich für immer aus ihrem Leben verschwinden?

2

»Mal schauen, wann ich einen Termin für Sie freihabe«, brummte der Glaser am anderen Ende der Leitung. Kathy trommelte mit den Fingern auf den Küchentisch. Jetzt half nur entschlossenes Vorgehen.

»Okay, frage ich eben bei Ihrer Konkurrenz in Killarney nach. Die freuen sich bestimmt über eine solvente Kundin«, erwiderte sie mit fester Stimme.

Der Glaser räusperte sich. »Was sagten Sie? Es handelt sich um eine Schaufensterscheibe mit Einfachverglasung?«

»Wieso?« Kathy verlor langsam die Geduld. »Ginge es denn schneller, wenn ich Doppelverglasung bestellen würde?« Der Mann hatte wirklich die Ruhe weg.

»Hm. Da ließe sich eher was machen. Könnten Sie die Rechnung bar bezahlen?«

Kathy war sofort klar, dass der Mann an der Steuer vorbei arbeiten wollte. »Natürlich kann ich das. Doch ich brauche eine ordentliche Rechnung für meine Versicherung.« Sie atmete tief durch. »Was ist jetzt? Kommen Sie heute noch vorbei, oder soll ich mir eine andere Firma suchen?«

Ihre Hartnäckigkeit schien sich auszuzahlen. Er sagte zu, das Schaufenster am Nachmittag auszumessen. »Wird aber ein paar Tage dauern, bis wir das Fenster richten.«

Frustriert zog Kathy ihren Parka an und lief die Treppe hinunter. Sie hängte das Schild mit der Aufschrift »Bin gleich wieder da« an die Ladentür und eilte zum Gemeindehaus. Zwei Stufen auf einmal nehmend hastete sie in den zweiten Stock, wo Lena ihre Werkstatt hatte.

Atemlos verharrte Kathy einen Moment vor der Tür und schaute voller Stolz auf das Firmenschild. »Kathys und Lenas Taschenmanufaktur«, stand dort mit geschwungenen Lettern auf Messing. Was einmal als Hobby ihrer deutschen Freundin angefangen hatte, war inzwischen ein richtiges Erfolgsmodell. Ihre Taschen wurden nicht nur im Wollmarkt und in einem großen Hotel verkauft, sondern auch im größten Bekleidungsladen von Tralee.

Mit Schrecken dachte Kathy daran, dass Peters Wagen Lenas neueste Kreationen zerstört hatte. Mindestens sechs der aufwendig gearbeiteten Handtaschen waren sprichwörtlich unter die Räder geraten. Und genau über diesen Verlust musste sie mit ihrer Geschäftspartnerin reden.

»Guten Morgen, ihr fleißigen Bienen«, begrüßte sie die Mitarbeiterinnen. Sue, Sally und Josy saßen an den Nähmaschinen und nickten ihr nur kurz zu, danach konzentrierten sie sich wieder auf die Arbeit. Lena heftete einen ihrer neuen Entwürfe an die Pinnwand.

»Darf ich dich einen Moment stören?« Kathy zog die Freundin mit sich in die Teeküche. »So wie es aussieht, werde ich noch eine Woche mit dem Bretterverschlag leben müssen.«

Lena füllte zwei Becher mit Tee aus einer Thermoskanne. »Mach doch den Laden solange zu. Im November verirrt sich sowieso kein Tourist mehr nach Busby.«

»Daran habe ich auch schon gedacht. Ich würde die Zeit gern nutzen, um den Verkaufsraum zu renovieren.« Diese Idee war Kathy ganz spontan gekommen. »Frische Farbe für die Regale und die alten Holzdielen.« Nachdenklich schaute sie Lena an. Doch die schien mit ihren Gedanken längst wieder bei der Taschenproduktion zu sein. »Lena, hörst du mir zu?«

»Entschuldige. Mir geht gerade so viel durch den Kopf. Jack möchte am Wochenende mit mir nach Dublin fahren. Dabei habe ich eigentlich keine Zeit dazu. Erst gestern ging eine Bestellung für zwölf Weekender ein. Und du brauchst ja auch meine Hilfe.«

Ein bisschen neidisch war Kathy schon auf das frisch verliebte Paar. Lena hatte nach dem Tod ihres Mannes in Jack eine neue Liebe gefunden und war sogar seinetwegen von Berlin nach Busby gezogen. Aber sie gönnte den beiden auch ihr Liebesglück. Wenn, ja wenn sie selbst nur endlich den richtigen Partner an ihrer Seite hätte. Kathy sehnte sich nach einer Familie. »Ihr zwei Turteltäubchen reist nach Dublin. Ich kümmere mich um euren Hund und die Firma. Wozu sind wir Partnerinnen?« Mit der Teetasse prostete sie Lena zu.

Die strahlte sie an. »Am Montag helfe ich dir, den Laden aufzuhübschen. Heute Nachmittag weihen wir die Handarbeitsmädels in deine Pläne ein. Wetten, dass die mit anpacken?«

Als Kathy die beschädigten Handtaschen erwähnte, winkte Lena nur ab. »Mach dir darüber keine Sorgen. Unser Anwalt wird sich das Geld schon von Peter besorgen. Notfalls muss der den Schaden in Raten abstottern. Ein paar Modelle für dein Schaufenster habe ich noch im Lager.«

»Hoffen wir mal, dass das alles so glattläuft.« Kathy runzelte die Stirn. So ganz wohl war ihr nicht bei dem Gedanken, dass Peter ihretwegen auch noch Ärger mit der Polizei hatte.

Lena knuffte sie in die Seite. »Du hast jetzt aber kein Mitleid mit Peter? In den Schlamassel hat er sich allein geritten. Vielleicht kapiert er endlich, dass zwischen euch nichts mehr läuft, und lässt dich in Ruhe.«

»Ja, hoffentlich«, erwiderte Kathy halbherzig und verabschiedete sich rasch.

Schon von Weitem sah sie den Handwerkervan vor ihrem Wollmarkt. Ein stämmiger Mann lehnte rauchend an der Ladentür und redete lautstark in sein Handy. Als Kathy auf ihn zukam, schnippte er die Zigarette lässig auf den Rinnstein. Funken stoben, als er sie mit dem Absatz seines Arbeitsschuhs austrat.

Kathy setzte ihr schönstes Lächeln auf und reichte ihm die Hand. »Wunderbar, dass Sie es so früh einrichten konnten, Mr Blank«, säuselte sie und schloss die Ladentür auf. »Darf ich Ihnen eine Tasse Tee anbieten?« Ihre Charmeoffensive schien zu wirken.

Er kratzte sich das stoppelige Kinn und nickte. »Verdammt kalt geworden«, brummte er und folgte Kathy in den Laden. Im Schein der Deckenleuchte schaute er sich um. Nicht dem demolierten Schaufenster galt seine Aufmerksamkeit, die dicken Wollsocken hatten es ihm angetan. »Darf ich?«, fragte er und griff sich ein Paar graue mit Zopfmuster aus dem Regal. »So was hat meine Mutter auch immer gestrickt. Gibt nichts Besseres.« Zärtlich strich er über die flauschige Wolle.

»Da haben Sie recht.« Kathy strahlte ihn an. »Besonders, wenn man in diesem zugigen Laden arbeiten muss.« Mit dem Kopf deutete sie zum Schaufenster. »Gott sei Dank regnet es nicht. Sonst würde ich auch noch absaufen.« Mit den Worten: »Ich koch schnell mal Tee«, ließ sie den Glaser stehen und eilte in ihre Wohnung.

Als sie mit zwei dampfenden Bechern und einer Packung Schokoladenkekse zurückkehrte, kniete Mr Blank im Schaufenster und kritzelte Zahlen auf einen Block. »Die Maße habe ich«, murmelte er und kletterte zurück in den Laden.

»Wollen wir den Tee bei mir in der Webstube trinken? Dort ist es gemütlicher«, bot Kathy an.

Bereitwillig folgte ihr der Handwerker und ließ sich schwerfällig auf einen Stuhl vor dem Fenster sinken. »Lange machen meine Knie das nicht mehr mit«, stöhnte er und trank einen großen Schluck Tee. Nachdenklich biss er in einen Schokoladenkeks. »Ich könnte Ihnen eine dicke Plastikfolie an die Holzbretter nageln. So sind die Ritzen dicht, und es zieht nicht mehr.«

Was eine Tasse Tee doch alles bewirken kann, dachte Kathy und eilte in den Verkaufsraum. Mit den grauen Socken, ihren »Irish Cosies«, in der Hand kehrte sie zurück. »Darf ich Ihnen ein kleines Dankeschön überreichen?« Sie lächelte verschmitzt und drückte ihm die flauschigen Teile in die Hand. »Sie sind meine Rettung.«

Die Socken verfehlten ihre Wirkung nicht. Mr Blank dichtete nicht nur das Schaufenster ab, er versprach sogar, den Auftrag vorrangig zu bearbeiten. »In spätestens einer Woche scheint die Sonne wieder in Ihren kleinen Laden«, verkündete er und klopfte Kathy zum Abschied kumpelhaft auf die Schulter.

Wenn sie auch keinen Freund fürs Leben gefunden hatte, so war sich Kathy sicher, einen verlässlichen Handwerker an ihrer Seite zu haben. Voller Tatendrang räumte sie die Regale leer und trug Pullover, Wollsocken, Schals und Taschen in ihre Wohnung. Dort stapelte sie alles hinter dem Sofa und schob danach die kleineren Webteppiche unter das Bett.

Als ihre Freundinnen am Nachmittag den Laden betraten, rollte sie gerade das Prachtstück ihrer Ausstellung, einen riesigen Wohnzimmerteppich, zusammen. »Gut, dass ihr kommt. Ich könnte eine helfende Hand gebrauchen. Der Teppich muss auch nach oben.«

»Ich packe mit an.« Claire schob Lena und Bella zur Seite und hockte sich an das eine Ende der Teppichrolle, Kathy hob das andere an. Ganz so einfach, wie sie sich das vorgestellt hatten, war es dann doch nicht. Das Ungetüm war für zwei Frauen zu schwer und vor allem zu unhandlich.

»Warum schiebt ihr ihn nicht unter den Webstuhl?«, schlug Lena vor. »Dort nimmt er keinen Platz weg.«

»Wenn wir dich nicht hätten.« Kathy küsste ihre Freundin auf die Nasenspitze. Mit vereinten Kräften bugsierten sie den Teppich in die Webstube.

»Hab schon von Lena gehört, dass du den Laden renovieren willst.« Maura stellte ein Kuchentablett auf den Arbeitstisch. »Beim Streichen kann ich dir nicht helfen. Dafür sorge ich gern für die Verpflegung«, bot sie an. Die Inhaberin der kleinen Teestube war mit zweiundsechzig die Älteste des Handarbeitskreises und so was wie die gute Seele im Dorf. Sie kümmerte sich um die alleinstehenden Rentner, kochte für sie oder begleitete sie zum Arzt. »Also was ist, Mädels?« Fragend schaute sie in die Runde. »Wer opfert am Wochenende ein paar Stunden und hilft Kathy?«

Bella hob schüchtern die Hand. »Sonntag nach der Messe hätte ich Zeit.«

Nora schaute auf ihre Schuhspitzen. »Für ein kleines Taschengeld helfen meine beiden Großen sicher gern mit. Ich bin natürlich auch dabei.«

Warum war sie nicht selbst darauf gekommen? Kathy ärgerte sich. Sie wusste genau, dass Nora und ihr Mann Tommy mit ihrer kleinen Schaffarm ständig Geldsorgen hatten. Dankbar nahmen sie jede Art von Nebenjob an.

»Ich zahle deinen Jungs fünfzig Euro für das Wochenende, jedem natürlich. Dann bereitet ihnen die Arbeit sicher mehr Spaß«, schlug sie vor und erntete dafür von Nora ein dankbares Lächeln. »Sollen wir die Farbe besorgen? Tommy und ich fahren morgen früh in den Großmarkt nach Killarney.«

Kathy freute sich über das Angebot. »Bringt mir bitte weiße Lackfarbe für die Regale und rote Holzfarbe für die Dielen mit.« In Gedanken sah sie den frisch renovierten Laden schon vor sich. »Wenn alles fertig ist, hole ich die Weihnachtsdeko vom Speicher. Diesmal wird der Wollmarkt besonders festlich strahlen.« Ihr fiel ein, dass sie versprochen hatte, sich um Scotty zu kümmern. »Was mache ich mit dem Hund, wenn wir hier mit Farbe hantieren?«

Lena lachte. »Um Scotty musst du dich nicht sorgen. Der wird brav auf seiner Decke liegen und aufpassen, dass ihr ordentlich arbeitet.«

»Und die Taschenproduktion?« Kathy bekam Bauchschmerzen, wenn sie daran dachte, was alles auf sie zukam.

Doch ihre Freundin beruhigte sie. »Habe ich schon geregelt. Sally und Sue werden am Samstag die Bestellungen abarbeiten. Kümmere du dich um den Wollmarkt.«

Maura stupste Kathy an. »Wollen wir quatschen oder arbeiten? Also esst euren Kuchen auf. Ich will qualmende Stricknadeln sehen.«

Keine zehn Minuten später zogen die Frauen ihr Strickzeug aus den Taschen. Statt sich wie üblich an den Webstuhl zu setzen, griff Kathy diesmal nach einem Nadelspiel und schlug Maschen für ein paar Herrensocken an.

»Zeig mal her.« Maura nahm ihr die Nadeln aus der Hand. »Wie lange hast du nicht mehr gestrickt? Ich zeige dir, wie das schneller geht.«

In diesem Moment klingelte Kathys Handy. Auf dem Display erschien eine ihr unbekannte Nummer. »Ja, wer dort?«, meldete sie sich vorsichtig.

»Kathy, bist du das?«, sagte ein Mann.

»Ja«, murmelte Kathy. »Und wer bist du?«

»Entschuldige. Ich dachte, du hättest mich an der Stimme erkannt. Ich bin Steve O'Connor, und ich rufe vom Flughafen in Cork an.«

Vor Schreck fiel Kathy das Strickzeug aus der Hand. »Heißt das …?« Ihr wurde abwechselnd heiß und kalt. »Ihr kommt heute schon?«

»Deshalb rufe ich an. Wir haben einen früheren Flieger genommen. Ich miete einen Wagen, dann sind wir heute Abend in Busby. Können wir schon in das Cottage?«

»Ja.« Kathy nickte und beendete das Gespräch.

Die Freundinnen schauten sie erwartungsvoll an. »Nun sag schon: Wer war das?«, wollte Lena wissen. »Hast du etwa einen neuen Verehrer?«

Alle lachten, und Kathy spürte, wie ihr die Röte ins Gesicht stieg. »Das war Steve. Er kommt heute Abend schon.«